Kristin Fieseler

Selected_

Die Clay Saga, Band „Selected_“, Nr. 1

Kapitel 1

Ainsley beobachtete die langsamen Bewegungen ihrer Mutter Selma. Die kostbare Zeit war spürbar eingefroren und roch nach Desinfektionsmittel. Ainsleys Gefühlswelt glich einem ewigen Wartezimmer, in dem sie nie aufgerufen wurde.

Ainsley starrte aus dem Fenster und sah ein zierliches Rotkehlchen aufgeregt auf und ab hüpfen, von Zweig zu Zweig. Draußen war die Schnelligkeit, doch je mehr sie nachdachte, war in diesem Raum auch die Schnelligkeit eingekehrt. Der Tod beeilte sich und verlangsamte ihre Mutter derart, dass es Ainsley wie ein realer Horrorfilm vorkam. Bild für Bild brannte sich in ihr Gehirn.

Mutters Körper saß genau vor ihr auf diesem schrecklichen Krankenhausbett. Neben ihr schwebte stumm ein schuhkartongroßes, blinkendes, silbernes Osterei mit einem Display, auf dem Ainsley die Herzfrequenz ihrer Mutter erkannte. Es war eine blaue Linie, die Leben darstellte. Ainsley bettelte innerlich. Eigentlich flehte sie diese Linie an. Ein Flehen nach Normalität.

Der schwebende Roboter drehte seine Kamera zu Ainsley.

„Brauchst du eine Spritze mit Serotonin, Ainsley?“, tönte es blechern.

Ainsley schüttelte ihre blonde Lockenmähne.

„Es würde dir guttun“, schepperte es nüchtern aus diesem merkwürdigen Apparat.

Das silberne Osterei war mit zahlreichen Kabeln an ihrer Mutter vernetzt und steuerte auf sie zu.

„Du brauchst das“, vernahm Ainsley.
Ehe sie sich versah, pikste sie dieser dominante Roboter in den Oberarm.
„Autsch“, fluchte Ainsley und sah voller Entsetzen, dass ein Kabel sich zu ihrer Mutter gelöst hatte. Die blaue Linie war sofort flach wie ein Pfannkuchen.
Ainsley bemerkte ein ungewöhnliches Augenrollen ihrer Mutter. Ainsley hob mit weit aufgerissenen Augen den Zeigefinger. Ihre Stimme klang grell.
„Nurse433, ein Kabel ist weg.“
Rote Lichter blinkten hektisch beim Roboter und Ainsley konnte dabei zusehen, wie die Seele ihrer Mutter nicht mehr kämpfte. Sie war müde geworden. So müde, dass es Ainsley vom Hingucken so sehr schmerzte, dass sie die zahlreichen Stiche in ihrem Herzen nicht mehr einzeln zählen konnte. Es war ein unbarmherziger Schraubstock, der sich immer weiter um ihren Brustkorb zuzog. Ainsley stieß schnelle Atemzüge aus, so wie ihre Mutter.
Ohne Vorwarnung kippte ihre Mutter nach hinten weg und lag einfach nur da. Die Atemzüge waren verstummt. Die Augen fixierten die weiße Styropordecke. Hellbraune Ränder auf den einzelnen Styroporkacheln erzählten die Geschichte eines ehemaligen Wassereintritts.
Der Roboter scannte den Körper ihrer Mutter und piepte abwechselnd.
„Die Lage ist ernst“, hörte Ainsley wie aus einem Dosentelefon.
Ainsley wollte auf den Notfallknopf des Krankenschwester-Roboters drücken, aber ihr Zeigefinger gehorchte ihr

nicht mehr. Er zitterte und bewegte sich panisch nach oben und unten wie die Nadel einer Nähmaschine.
Nicht jetzt, nein, nur nicht jetzt, dachte sie zuerst, dann spürte sie diese Wut in sich. Eine unglaubliche Wut gegen Nurse433.

Kapitel 2

Ainsley hustete immer wieder. Heute war die von Edelgasen konzentrierte Luft stickig. Die Emissionen der auf den Dächern befestigten Energiespeicherplatten aus Hoch-Entropie-Kristallen von Silicium und Titan waren ab Temperaturen von 42 Grad Celsius zu hoch für Menschen. Ainsley ignorierte die Ansage der Obersten Behörde für Klimaschutz, die über Lautsprecher an Supermärkten und Kopplungsstationen immer wieder abgespielt wurde. „Wir empfehlen unseren Bürgerinnen und Bürgern, im Haus zu bleiben. Sollten Sie etwas unbedingt erledigen müssen, was Paragraf 76 entspricht, dürfen Sie mit Atemschutz Ihrer Pflicht nachkommen."
Ainsley blickte ängstlich nach oben, ob eine der Aufpasser-Drohnen, die mit rotem Metalliclack beschichtet waren, irgendwo in der Nähe war.
Sie hörte ihren Magen gluckern, denn sie hatte keinen QR-Code mit der Paragraf-76-Erlaubnis auf ihrem Minichip, der in ihrem rechten Ohrläppchen eingepflanzt war. Pünktlich zu ihrem 16. Geburtstag hatte die Behörde für Datenschutz ihr diesen Chip mit einer Art Pfeilschussgerät ins rechte Ohrläppchen geschossen. Ihre Mutter meinte, weil Ainsley Angst vor diesem Termin hatte, es wäre ein wenig wie Ohrlöcherschießen in früheren Zeiten. Ainsley lachte, denn als sie diesen Begriff auf ihrem Mikro-PC, der sich auf ihrer Identitätskarte zusammen mit ihrem Girokontozugriff befand, mit der neuen Suchmaschine TRANSIT per Gedankenimpulsübertragung mehr oder weniger zur Suche

freigab, ertönte eine furchtbar schräge Dudelsackmelodie. Ein Zeichen, dass TRANSIT sich nicht sicher war, nach was es suchen sollte. Sogleich hörte Ainsley in der warmen Stimme ihres Lieblingsschauspielers Chris Notown „Meinst Du das Schießen auf Ohrlöcher oder das Stechen von Ohrlöchern für Schmuck?“

Ainsley machte sich vor Lachen fast in die Hose. Sie schickte den Gedankenimpuls sofort per Human Wifi an ihren Chip. Sanft vibrierte der Chip und spuckte die Information in Form eines Hologramms aus. Sie konnte zusehen, wie einem Mädchen, vielleicht so um die fünf Jahre alt, mit einem Gerät, das wie eine übergroße Nadel aussah, ein Loch in beide Ohrläppchen gestochen wurde. Von der Person, die das Gerät bediente, sah Ainsley nur den gelben Pulli und die Jeans. Und sie hörte den Kommentar „Fein gemacht“. Das Datum und der Ort dieses Archivvideos wurden eingeblendet. München am 12. Mai 1983.

Ainsley schnaufte. Das war verdammt lang her. Satte 94 Jahre.

Aber dank dieses Videos wusste Ainsley, was auf sie zukommen würde. Denn sie war da sehr empfindlich, nicht zu wissen, was für Termine die Behörden für sie vorsahen. Gerade die Behörde für Datenschutz war nicht so ohne. Sie hatte auch einst ein Gedankentelefonat ihrer Mutter Selma mit ihrer besten Freundin Abigail mitgehört. Ungewollt war Ainsley in diese Frequenz geraten, weil Ainsley auf genau der gleichen Frequenz Musik hörte, und zwar den Independent Sender SAGACITY.

Ainsley realisierte schlagartig wieder den Verlust, den sie

vor einer Stunde erlitten hatte. Sie war panikartig aus dem Krankenhauskomplex am Rande der nur mit Bäumen bepflanzten Landscholle gerannt. Sie rannte weg, einfach weg. Sie wusste nicht wohin. Sie brauchte frische Luft, aber die Luft war stickig.
Erneut erlitt sie einen kleinen Hustenkrampf und nun hörte sie die flatternden Geräusche der Rotoren einer dieser roten Mist-Drohnen. Mit schnellen Schritten zur Seite flüchtete sie auf einen Waldpfad, den ein hoher Zaun aus stabiler Keramik zum Hauptpfad umgab. Sie schmiegte sich mit dem Rücken eng an diesen kühlen Zaun, was ihr guttat, denn die Lufttemperatur war unerträglich. Das ganze Jahr über bestand nur noch aus Hitzewellen. Ihr Blick schweifte zu den hohen Linden, die die Oberste Behörde für Klimaschutz einst pflanzte, um die Temperaturen in den Ballungsgebieten herabzusenken. Doch der Plan ging nicht auf, denn Bäume und Wasser waren seit 20 Jahren Mangelware.
Das Flattern wurde hektischer und eskalierte in Ainsleys Ohren. Sie wollte jetzt nur noch nach Hause, doch sie wusste nicht wie. Wie sollte sie diese hochtechnisch ausgefeilte Drohne überlisten?
Ihr Gedankenimpuls sendete spontan eine Suche über das Ballungsgebiet VANITY an die Suchmaschine TRANSIT. Sie schnalzte einmal mit der Zunge, um das Hologramm zu verhindern, denn das hätte sie garantiert verraten. Das hysterische Flattern der Drohnen-Rotorenblätter verstummte. Mist, das Ding machte eine Pause. Das bedeutete, die Drohne machte einen Scan. Schnell löste sich Ainsley von der Keramikmauer und huschte hinter den dicken Stamm

einer Linde. TRANSIT übermittelte ihr, dass es eine Sommerlinde war. Ainsley war wegen dieser vollkommen überflüssigen Information genervt. Sie schickte erneut einen Gedankenimpuls an TRANSIT mit dem Begriff Überwachungskameras. Nach einer gefühlten Ewigkeit hatte Ainsley Zugriff auf die Überwachungskamera an der Keramikmauer.

Ihre Mutter schimpfte immer, wenn Ainsley sich über solche Kameras einschaltete, denn die Behörde für Datenschutz bestrafte alle sehr scharf, wenn sie so was herausbekam. Ainsley war es egal. Der Zugriff auf so eine Kamera hatte ihr sogar einst das Leben gerettet.

Sie hatte nun Kontakt mit der Überwachungskamera EGON94 und konnte sehen, wie die Drohne ihre eigenen Kameras schwenkte. Sie hörte das Summen der Kamera EGON94 und beobachtete, wie die Drohne die Gegend scannte. Ein roter länglicher Strich wanderte von links nach rechts und blieb ab und zu stehen. Ainsley liefen Schweißperlen den Nacken hinunter. Sie lehnte mit dem Rücken an dem rauen Stamm der Sommerlinde. Sie versuchte, sich an den Biologieunterricht zu erinnern. Ein kleiner Fetzen aus dem Physikunterricht war vorhanden. War es nicht ihr Lehrer Hermann3, der von der unterschätzten Kraft der Natur immer wieder sprach?

Sie war angespannt und starrte auf die rote Linie, die sich dem Baum näherte, hinter dem sie sich versteckte. Im nächsten Augenblick war die Linie nicht mehr zu sehen. Sie hörte ein Summen, dann ein Brummen und endlich wieder die hektischen Rotorenblätter. Das Signal, dass die rote

Drohne weiterflog.
Über EGON94 blickte Ainsley auf die sich entfernende Drohne, die Richtung Kopplungsstation EMANUEL schwebte.
Ainsley war nun klar, dass sie auf sich selbst gestellt war und auf ihre Intelligenz vertrauen müsste.

Kapitel 3

Ainsley fielen schon die Augenlider zu, als endlich TRANSIT ihr meldete, dass die Kopplungsstation EMANUEL unbeobachtet war. Sie saß inzwischen mit angehockten Beinen hinter dem dicken Stamm der Sommerlinde. Sie blickte auf das Display ihres Ringes, den ihr ihre Mutter als Andenken an ihre Oma Fiona geschenkt hatte. Es war ein Geschenk zu ihrem zehnten Geburtstag. Sie hatte von ihrer Mutter eine gelbe Buttercremetorte mit einer bunten Marzipanfigur, die ihren Lieblingsschauspieler Chris Notown darstellte, bekommen. Ainsley lief das Wasser im Munde zusammen. Sie hatte Hunger, verdammten Hunger. Und sie war müde, so richtig müde. Aber irgendwie musste sie es zu dieser immens wichtigen Kopplungsstation schaffen. Sie stand schleppend auf und schlurfte mit ihren weißen Sneakerschuhen zum Hauptpfad. Sie bog nach rechts ab und nahm Kontakt zur Überwachungskamera EGON95 auf.

Der Vollmond strahlte inzwischen am dunkelblauen Himmel, leicht verhangen mit Dunstwolken des Tages. Sie tapste wie ein kleiner Welpe und versuchte, sich mit dem Gedanken an frisches Wasser zu Hause wach zu halten. Ihre Zunge war trocken und klebte am Gaumen. Ihr Hals kratzte. Ein unbequemes Gefühl machte sich in ihr breit, doch jeder Schritt, der sie näher zur Kopplungsstation EMANUEL brachte, war ein Schritt in ein freies Leben.

Ainsley erinnerte sich an die Bitte ihrer Mutter. Wort für Wort. „Ainsley, eines musst du mir versprechen. Es ist nur

diese eine Sache. Wenn ich nicht mehr bin, schaue, dass du irgendwie nach Hause gehst. Allein, ohne jemanden. Deine Freundin Sage wird dir helfen."
Was würde passieren, wenn sie nicht allein nach Hause gehen würde? Sie wollte es gar nicht wissen, denn ihre beste Freundin Sage würde ihr dann schon sagen, wie es weiter geht. Ainsleys Herz klopfte wild, in einem Takt, der selbst ihr neu war.
Ein großer Scheinwerfer beleuchtete die Transportkapsel auf dem glitzernden, anthrazitfarbenen Förderband, das mit Silicium-Titan-Solarzellen angetrieben wurde. Die oval förmige Tür der Kapsel war hoch nach oben geschwungen und im Inneren der Kapsel blinkte ein grünes Licht.
Ainsley atmete auf. Die Kapsel war startklar. Sie schlich auf dem trockenen Lehmboden zur Transportkapsel und blickte immer wieder nach links und rechts.
Plötzlich vernahm sie ein Brummen aus der Transportkapsel. Ein Gedankenimpuls an die Suchmaschine TRANSIT erschien ihr als Hologramm.
Erst erkannte sie es nur schemenhaft, dann wurden die Farben des Hologramms intensiver und sie blickte auf ein schnarchendes Eichhörnchen. Ainsley war irritiert und wischte dieses Hologramm mit einem Zungenschnalzen weg.
Auf Zehenspitzen näherte sie sich der Kapsel und das Brummen wurde immer lauter. Sie setzte einen Fuß in die Kapsel und roch den typischen Geruch von Elektronik, wenn Staubkörnchen auf ihr leicht brutzelten.
Die Vollmondstrahlen leuchteten zusammen mit dem

Scheinwerfer den Innenraum der Kapsel so gut aus, dass Ainsley endlich den Grund des brummenden Geräusches erblickte. Sie schnippte mit den Fingern und die rotgetigerte Katze, die sich auf dem neonblauen Sitz eingerollt hatte, schreckte hoch. Das Brummen war sofort verebbt. Die Katze hüpfte auf den silbern glänzenden weißen Boden aus Titandioxid und Eisenglimmer. Bittend sah sie Ainsley an, als Ainsley ein leises Geräusch von Rotorenblättern vernahm. Blitzartig drückte sie auf den grünen Knopf und die Tür schwang nach unten. Die Tür klickte leise zu. Mit einem weiteren Drücken auf den grünen Knopf startete die Transportkapsel und warf durch die enorme Beschleunigung Ainsley in den Sitz. Eine weibliche Stimme ertönte.
„Was ist Ihr Reiseziel?"
Ainsley räusperte sich. „Touchground, bitte."
Aus dem Lautsprecher hörte Ainsley erleichtert. „Wir erreichen das Ziel in 22 Minuten."
Die rotgetigerte Katze strich um Ainsleys Beine. Mit einem guten und einem flauen Gefühl streichelte sie den Kopf der Katze, die sofort schnurrte. Ainsley lachte, als ihr die Suchmaschine TRANSIT sagte, dass es sich um eine Katze handelte, denn das wusste sie schon von ihrer Oma Fiona, die ihr Katzenfotos früher gezeigt hatte. TRANSIT wusste eben doch nicht alles ganz genau.

Kapitel 4

An Ainsley zog lautlos eine Landschaft vorbei, die sich abwechselte von ausgetrocknetem Lehmboden und Ballungsgebieten, die wie grüne Inseln aus Bäumen und Gebäuden wirkten. Der Vollmond bestrahlte die von Hitzewellen geplagte Erde und versuchte dem Ganzen, einen winzigen Hauch an Romantik aufzuzwingen.

Die Katze saß inzwischen auf ihrem Schoß und genoss die Streicheleinheiten. Ainsley war fasziniert von der Weichheit des Felles und diesem Wohlfühlgeräusch des Tieres, das ihr durch Zufall begegnet war.

Die Stimme aus dem Lautsprecher kündigte leise an. „Noch drei Minuten bis Touchground. Bereiten Sie sich bitte auf Ihren Ausstieg vor.“

Ainsley sah mitleidig zu der Katze. „Ich nenne dich Hope, was meinst du?“

Die Katze sah Ainsley aufmerksam an und maunzte. Ainsley lachte.

„Ich sehe schon, du magst deinen Namen.“

In diesem Moment erhielt sie einen Gedankentelefonanruf von Sage, der sich mit einem leichten Kribbeln ihres rechten Ohrläppchens bemerkbar machte.

Da Ainsley allein war, stellte sie das Telefonat auf laut. Es hörte ja nur Hope mit und das war okay für sie.

„Hi, Sage, so spät noch auf?“

„Oh, Mann, Ainsley, hier machen sich ganz viele Leute Sorgen um dich. Nurse433 hat wohl einen Alarm in Touchground aktiviert und nun schwirren ein paar rote Drohnen

seit gut zwei Stunden hier rum."
Ainsley schluckte schwer.
„Weißt du zufällig, was die wollen?"
„Keine Ahnung, Ainsley, es gibt immer wieder Durchsagen, dass man Bescheid geben soll, wenn man dich sieht."
Ainsley riss sich zusammen. Sie musste es fragen.
„Hörst du, Sage, kann ich für heute Nacht bei euch unterschlüpfen, bis die Lage sich beruhigt hat?"
„Ainsley, weswegen suchen die dich? Hast du was angestellt?"
„Mom ist heute Vormittag gestorben."
„Aber du sagtest doch letztes Mal, dass sie sie vielleicht retten können."
„Nurse433 hat versagt."
„Ohje, Ainsley, das ist ja schrecklich. Was soll ich tun?"
„Mom sagte, ich soll bei dir Hilfe suchen."
„Wenn das ihr letzter Wille war, dann helfe ich dir."
„Sage, du bist meine beste Freundin. Sonst habe ich niemanden mehr."
„Ainsley, bleib ruhig. Ich hole dich an der Kopplungsstation ab."
Es klickte und Sage war auf einmal weg. Sage war ein unscheinbares Mädchen, das niemanden auffiel, weil sie so vielen anderen Mädchen ähnlichsah. Brünette Haare, schulterlang, grüne Augen. Durchschnittlich von außen betrachtet, doch von innen ein sehr besonderes Mädchen. Sie war erstklassig in Mathematik. Neulich hatte Sage ihrem Mathelehrer Teacher842 an der Tafel vorgerechnet, wie man die Wurzel aus einer astronomisch hohen Zahl zog.

Und sie war schneller als der Computer. Ainsley sah damals so etwas wie Angst in den Augen des Lehrers, denn er hielt die Computer für die Meister im Rechnen, doch Sage war einzigartig. Es waren kleine feindselige Gedankenblitze, die Ainsley mit ihren feinen Sensoren bei Teacher842 wahrnahm.

Sage und Ainsley verstanden sich deshalb so gut, weil Sage dieses unglaubliche Rechentalent und Ainsley diese unglaubliche Wahrnehmungsfühligkeit hatte. Die beiden ergänzten sich unschlagbar und Ainsley fürchtete sich vor dem Moment, eines Tages ohne Sage zu sein, gerade jetzt, da ihr stärkster Halt, ihre Familie plötzlich weggebrochen war. Sie fühlte sich unendlich traurig und auf einmal rannen ihr Tränen die Wangen hinunter und tropften auf das samtige Fell von Hope. Hope maunzte und Ainsley tätschelte ihren Kopf.

„Es wird alles gut, Hope, glaub's mir."

Kapitel 5

Ainsley sah, dass die Kopplungsstation TOUCHGROUND hell erleuchtet war und zahlreiche rote Drohnen unter den Lichtkegeln der Lampen und Scheinwerfer herumschwirrten. Es waren viele rote Punkte, die immer größer wurden, je näher die Transportkapsel hinfuhr. Rote Linien huschten gespenstisch über die Kopplungsstation. Ainsley blickte zu Hope.

„Sollen wir hier wirklich aussteigen?"

Hope miaute und in Sekundenschnelle hatte Ainsley eine Idee, denn TRANSIT hatte im PURPLE NET eine Lösung für diese Situation gefunden. Gut, dass ihre Mutter es nicht mitbekommen hatte, dass sie seit drei Wochen sich mit Leuten aus der rebellischen Bewegung im PURPLE NET vernetzt hatte. Jetzt war sie froh, dass sie eine wertvolle Information erhielt, eine, die ihr beim Überleben half.

„Noch zehn Sekunden bis zur Ankunft in Touchground", schepperte es aus dem Lautsprecher. Die Stimme vibrierte leicht. Anscheinend gab es Frequenzüberlagerungen mit den roten Drohnen, die alles abscannten.

Ainsley las den Plan HIDING29 aus dem PURPLE NET durch. Sie prägte sich die Reihenfolge ein. Sie durfte keinen Fehler machen, sonst war sie sofort enttarnt.

Kapitel 6

„Noch drei Sekunden“. Die Stimme aus dem Lautsprecher war sehr verzerrt. Ainsley tastete das Display der Transportkapsel ab. Endlich fühlte sie den kleinen schwarzen Knopf zum Bedienen der rechten Tür. Sie würde nicht durch die sich automatisch öffnende linke Tür aussteigen.
„Noch zwei-ei Seekuunden“, hörte Ainsley die Ansage.
Genau jetzt drückte sie auf den kleinen schwarzen Knopf.
Ein Zischen ging durch die Kabine der Transportkapsel.
Hope hob ihren Kopf und sah zur rechten Tür, die sich nun Zentimeter um Zentimeter öffnete.
„Noch ei-ei-eine Sekuuundee“, versprach die Ansagesprecherin.
Der Türspalt in der rechten Tür vermochte zwanzig Zentimeter zu sein. Wenn die Tür nicht jetzt ein großes Stück mehr aufging, würde Ainsley nicht hindurchpassen.
Die Kapsel stoppte abrupt.
„Will-ill-koo-men in Touch-ouch-ground“, sprach die Stimme aus dem erbsengroßen Lautsprecher.
Ein lautes Zischen hallte in der Kapsel und die rechte Tür war auf einen Schlag gut 50 Zentimeter breit geöffnet. In diesem Moment schwang die linke Tür automatisch nach oben.
Ainsley quetschte sich durch den rechten Türspalt und Hope lief mühelos hinterher. Sie durfte nicht zurückblicken, was die roten Drohnen machten. Sie musste in den Wald laufen, einfach nur laufen. Sie holte mit ihren Beinen aus und steckte sie mechanisch in rascher Folge wie zwei

Stelzen immer wieder auf die Erde eines erdigen Waldpfades. So große Schritte hatte sie noch nie in ihrem Leben gemacht. Es gehörte zum Plan HIDING29, alles aus sich rauszuholen. Sie stieß ihren trockenen Atem stoßweise mit jedem Sprung aus. Ein Gedankenimpuls an TRANSIT bescherte ihr ein Hologramm, in dem ein Känguru durch die Steppe hüpfte. Sie durfte jetzt nicht lachen, denn sie brauchte ihre ganze Kraft. Sie wischte den Gedanken weg. Hope lief erst schnell neben Ainsley her und rannte dann sogar ein Stück vor ihr. Ainsley sah schon die willkommene Dunkelheit des Waldes, als sie ein Flattern hinter sich vernahm. Sie blickte sich nicht um. Sie beschleunigte weiter ihre Sprünge und hüpfte mit einem Satz hinter die erste große Linde. Ainsley hatte inzwischen eine Vorliebe für Linden entwickelt, denn ihre Stämme waren unschlagbar breit. Und Linden konnten uralt werden.

Ainsley presste sich nun mit dem Rücken an den Baumstamm und hob Hope auf ihren Arm. Hope schnurrte und Ainsley atmete erleichtert auf, denn das flatternde Geräusch der Drohnen-Rotorenblätter wurde leiser.

Für einen Moment war es unglaublich still und die Dunkelheit des Waldes kam Ainsley gar nicht so schlimm vor. Sie war ein Schutz vor den roten Drohnen.

Auf einmal vibrierte Ainsleys rechtes Ohrläppchen. Ein Gedankentelefonat von Sage.

Hi, Ainsley, siehst du das Aufgebot an der Kopplungsstation? Wo zur Hölle bist du?

Ainsley schnaufte immer noch schwer. Ihr stieg der feine Duft der Lindenblüten in die Nase.

Im Lindenwald, rechts davon.
Du bist ganz schön schlau, Ainsley.
Nach einer kurzen Pause hörte Ainsley wieder Sage reden.
Ainsley, ich hole dich ab. Mit meinem Shiftboard.
Ainsley war glücklich. Sage war einfach die Beste.

Kapitel 7

Fast lautlos schwebte Sage auf ihrem schwarzen Shiftboard zu Ainsley und strahlte, als sie Hope sah. Sie flüsterte ihr entgegen.
„Ainsley, wen hast du denn da mitgebracht?"
Auch Ainsley senkte die Lautstärke ihrer Stimme.
„Hope."
„Ein passender Name."
„Findest du?"
Sage setzte mit ihrem Shiftboard sanft auf dem weichen Waldboden auf. Ainsley sah sie ängstlich an.
„Hat dich auch niemand gesehen?"
Sage klopfte Ainsley auf die Schulter.
„Bin doch nicht bescheuert. Die Beleuchtung war aus."
„Aber das ist doch gegen die Vorschriften des Obersten Gremiums."
Sage stöhnte.
„Und das macht dir nichts aus?"
Ainsley lachte ein wenig.
„Ja, schon, was meinst du?"
Sage umarmte Ainsley.
„Überhaupt nicht, Ainsley."
Sage löste sich wieder aus der Umarmung.
„Und jetzt shiften wir zu mir, was?"
Sage stieg als Erste auf das Shiftboard, danach Ainsley mit Hope in den Armen. Sage seufzte.
„Ainsley, du musst dich irgendwo festhalten."
Ainsley hob Hope auf den linken Arm und umklammerte

Sage mit dem rechten Arm von hinten.
Federleicht hob das Shiftboard ab und flog zwischen den Baumkronen dem dunkelblauen, mit weißen Dunstwolken verhangenen Himmel entgegen, an dem der Vollmond wissend auf die Drei herabblickte. Plan HIDING29 aus dem PURPLE NET hatte geklappt. Es war ein Tipp von User stupid_0123.

Kapitel 8

Ainsley schlief diese Nacht sehr unruhig. Sie träumte davon, wie sich das Kabel bei Nurse433 lockerte und ihre Mutter auf dem Krankenhausbett nach hinten wegkippte. Allerdings war Nurse433 sehr aggressiv. Ainsley wurde von ihr festgehalten und so laut sie auch schrie, Nurse433 ließ nicht los.

Ainsley wurde vom Schütteln ihrer Freundin Sage wach.

„Hammer, Ainsley, wusste gar nicht, dass du im Schlaf so laut schreien kannst. Habe dich mal geweckt, damit meine Eltern nicht aufwachen.“

Ainsley blinzelte auf die Projektion auf Sages Schreibtisch. Es war erst 5 Uhr 31. Sie merkte, dass sie schwitzte. Sage hatte ihr ein T-Shirt zum Schlafen ausgeliehen, aber es war komplett durchnässt. Sage zwinkerte ihr zu.

„Ich gebe dir was Neues zum Anziehen, warte.“

Ainsley wäre lieber in ihrem eigenen Bett aufgewacht, aber wahrscheinlich wurde ihre Wohnung beobachtet. Hopes Schnurren neben ihr beruhigte sie ein wenig und auch die milde Luft, die durch das offenstehende Fenster hereinzog. Wo war ihre Unbekümmertheit geblieben und wo ihre Freude, wenn sie in die Schule ging?

Heute hatte sie überhaupt keine Lust. Am liebsten würde sie im Bett liegen bleiben, einfach so.

Sage kam mit einem frisch nach Lavendel duftenden T-Shirt ins Zimmer. Sie drückte es Ainsley in die Hand.

„Hier, solltest du wechseln.“

Sage deutete zu Ainsleys Jeans und T-Shirt, die über einer

Stuhllehne hingen.
„Deine Klamotten kannst du heute in der Schule noch Mal anziehen, aber morgen brauchst du was Neues.“
Ainsley blickte Sage sorgenvoll an.
„Wir müssten in meine Wohnung.“
Sage runzelte die Stirn.
„Das ist gefährlich für dich. Lass mich das nachher machen. Du gibst mir die Einlasskarte und wenn ich gefragt werde, sage ich, ich will was für mich holen.“
Ainsley blickte zum Display. 6 Uhr 07. Sage stand nun im Türrahmen.
„Weißt du was, Ainsley, ich mache uns erst einmal einen Kaffee.“
Ainsley blätterte in ihren Erinnerungsschnipseln. Um 7 Uhr 13 würde die Schul-Transportkapsel kommen, die nach HOME fuhr. Normalerweise hätte ihre Mutter sie um 6 Uhr 30 geweckt. Normalerweise. Was war jetzt schon normal?

Kapitel 9

Ainsley ging ein wenig langsamer als sonst zur Schul-Transportkapsel, in der Sitze für 20 Schülerinnen und Schüler montiert waren. Ainsley und Sage besuchten die gleiche Klasse - die 9 b an der Stanislaw-Lem-Schule im Ballungsgebiet HOME.
Das Frühstück aus einem Buttercroissant und einem Espresso tat Ainsley richtig gut. Sages Eltern schliefen noch, weil sie Schichtdienst im Ballungsgebiet NEW FOREST hatten. Sie arbeiteten zusammen mit einer künstlichen Intelligenz als Chef, um Chips für Haustiere herzustellen. Hunde sollten damit noch besser hören, da sie mithilfe der Chips die Sprache der Menschen in Hundesprache übersetzt bekamen. Sage verstand die künstliche Intelligenz ihrer Eltern nicht, da sie auch plante, solche Chips für Nutztiere herzustellen. Kühe wären für 2078 geplant, erzählten ihre Eltern. Sage hatte schon heiße Diskussionen deswegen mit ihnen, mit denen sie sich ansonsten sehr gut verstand.
Ainsley setzte sich neben Sage in der ersten Reihe der gelben Transportkapsel.
„Es ist 7 Uhr 13, liebe Schülerinnen und Schüler. Der nächste Halt ist die Stanislaw-Lem-Schule in HOME."
Ainsley fühlte sich ein wenig besser. Ein Stück Normalität war es schon, in die Schule zu fahren.
Sage stupste sie an.
„Heute haben wir den neuen Lehrer, wie hieß er gleich noch mal?"
„Mister Rodney."

„Ja, genau, Mister Rodney. Und er unterrichtet Roboterethik."
Ainsley rollte die Augen.
„Wofür soll das gut sein?"
Sage grinste.
„Endlich reden wir mal darüber, was künstliche Intelligenz darf und was nicht."
„Die dürfen alles, das weißte doch, Sage."
„Oh, sei doch nicht so muffelig."
Sages Gesichtszüge wurden aber sogleich wieder ernst und sie streichelte Ainsley über die Schulter.
„Tut mir leid, Ainsley, war nicht so gemeint. Du hast allen Grund dafür."
Ainsley schaute aus dem Fenster.
„Bin froh, wenn du mich nicht daran erinnerst, Sage."
Sage sah nicht, dass sich Ainsleys Augen mit Tränen füllten. Ihre Augen waren kurz vorm Überlaufen.
Ainsley starrte in die ausgetrocknete Landschaft, die an ihnen vorbeizog. Sie wusste nicht, wo sie sein wollte. Irgendwo ganz anders, aber ganz bestimmt in der Nähe von Sage.

Kapitel 10

Am Eingang des schwarzen Metall-Gebäudes drängelten sich die Schülerinnen und Schüler wie eh und je. Ainsley war genervt. Gestern noch drängelte sie mit, aber heute wollte sie ganz hinten stehen und irgendwann mal reingehen. So aus Versehen. Sage hakte sich bei Ainsley unter.
„Komm, Ainsley, ich verspreche dir, Mister Rodney ist der Hit."
Ainsley verzog den Mund.
„Wenn du meinst."
Lustlos stapfte sie hinter Sage hinterher, den Flur entlang, bis zu der dunkelbraunen Tür, die oben ein kleines Sichtfenster hatte.
Klassenkamerad Bob riss derart an der Tür, dass sie im hohen Bogen aufschwang und an die Wand knallte. Sage war erbost.
„Bob, pass mal auf."
Er drehte sich zu den beiden um.
„Habt euch nicht mal so, ihr Mimosen."
Sage kannte diesen Spruch schon länger und heute war sie gewappnet.
„Bob, wer hier die Mimose ist, entscheide immer noch ich."
Bobs Kinnlade klappte schwer nach unten und er stolperte mürrisch zu seinem Tisch.
Sage wies auf den Platz neben ihr.
„Ainsley, heute sitzt du neben mir. Ich rede mit Amy."
Kaum ausgesprochen, stand Amy mit langen, schwarzen

Haaren und einem topaktuellen Hosenkleid in Pink vor ihnen.
„Find ich ja prickelnd, wie du meinen Platz anbietest.“
Sage blickte ernst zu Amy.
„Sie hat eine schwere Zeit. Weißt doch, ihre Mom.“
Amy überlegte kurz und schritt wortlos zu Ainsleys alten Platz. Als sie dort sich hinsetzte, rief sie Ainsley zu.
„Ist doch Ehrensache, Ainsley.“
Ein Raunen ging plötzlich durch den Raum, denn Mister Rodney betrat in einem silbernen Maßanzug und einem Zahnpasta-Lächeln den Raum. Mit bedeutungsvollen Schritten wie auf einem Laufsteg stolzierte er zu seinem Lehrer-Schreibtisch. Im Takt schwang er seine schwarze Mappe vor und zurück, und er pfiff eine Melodie, die alle kannten. Es war die Titelmelodie der Streaming-Serie über die schnippische künstliche Intelligenz namens Marcus. Jeder streamte die neuen Folgen, wenn sie bei TRANSIT online zur Verfügung standen. Es war eine Serie, die süchtig machte, weil sie künstliche Intelligenz verulkte. Und nicht mal das Oberste Gremium hatte Einwände gegen die Serie, weil sie nicht künstlerische Freiheit einschränkten. Die einzige Sache, die nicht eingeschränkt wurde.
Ainsley lächelte, als Mister Rodney seinen vollen Namen an die Tafel schrieb. Robert Rodney.
Als er sich zu ihnen umdrehte, strahlte er sie an.
„Ich bin Robert Rodney, euer neuer Lehrer für Roboterethik. Bei mir lernt ihr alles über künstliche Intelligenz.“
Ainsley hob interessiert die Augenbrauen, als Mister Rodney weitererzählte.

„Heute halte ich einen Vortrag über die neue KI, die einen Konsequenz-Chip enthält. Sie ist das Ergebnis von 50 Jahren Entwicklung und einer zufälligen Entdeckung."
Von da an hörte Ainsley jedem Wort von Mister Rodney zu. Roboterethik war ihr neues Lieblingsfach.

Kapitel 11

Ainsleys Augenlider waren so schwer wie die Gewichte ihrer Hanteln, die sie zum Morgentraining bis gestern täglich benutzt hatte. Sie stützte mit einem Arm ihren Kopf ab, aber rutschte immer weiter nach unten, denn an der Tafel stand Teacher842, ein Android mit KI, der einen furchtbar langweiligen Mathechip hatte. Wahrscheinlichkeitsrechnung war für sie so interessant wie eine Runde in den Lehmlandschaften zu drehen. Trocken ohne Ende. Ohne Vorwarnung lag ihr Kopf nun auf dem Tisch. Ein schriller Aufschrei von Teacher842 holte sie zurück.
„Ainsley, noch zehn Minuten, dann hast du es geschafft."
Sie schreckte hoch und blickte in Sages erstauntes Gesicht. Sage flüsterte ihr zu.
„Mensch, Ainsley, du willst doch nicht auffallen, oder?"
Still schüttelte Ainsley ihren Kopf und erntete auf einmal einen misstrauischen Blick von Teacher842.
„Ainsley, was hast du letzte Nacht gemacht?"
„Ich, äh, also, ja, was schon? Geschlafen?"
Gelächter dröhnte durch die Klasse 9b. Am lautesten lachte Bob. Er rief in die Menge. „Ainsley verwechselt Mathe mit Entspannungsübungen."
Die Klasse grölte und Teacher842 ermahnte: „Ruhe bitte, nächste Woche ist der Test und da solltet Ihr alle aufpassen."
Teacher842 deutete auf Ainsley.
„An die Tafel, aber schnell."
Ainsley erhob sich schleppend und schlurfte in Zeitlupe zur

Tafel. Sie griff nach dem digitalen Stift und hielt ihn schreibbereit in ihrer linken Hand.
Teacher842 projizierte eine Textaufgabe an die weiße Klassenzimmerwand. Ainsley zwickte die Augen zusammen und starrte auf die Aufgabe. Sie wollte Schmerzensgeld, sofort. Was dachte sich diese künstliche Intelligenz dabei? Die Aufgabe war viel zu schwer für ihren Wissensstand. Sie drehte ihren Kopf zu Teacher842, der sie wie einen durchgeknallten Menschen fokussierte.
Endlich traute sie sich, zu fragen.
„Ehrenwerter Teacher842, ich habe Wissensstand D und diese Aufgabe hat das Niveau A."
Ein aufgeregtes Summen kam von Teacher842.
„Willst du die Aufgabe verweigern? Du weißt, was das heißt."
Ainsley stöhnte laut.
„Ich habe keine Ahnung, um was es da geht. Die Aufgabe ist zu schwer."
Teacher842 näherte sich ihr und sie konnte das Maschinenöl, das das Parfüm aller Androiden mit KI war, riechen. Es erinnerte sie an ihren Vater Timothy, den sie nur ganz schwach in Erinnerung hatte. Er war Transportkapselmechaniker, bis er diesen folgenschweren Unfall vor zwölf Jahren hatte.
Ainsley sah ein Blitzgewitter in den künstlichen Augen von Teacher842. Sie hatte ihn gereizt.
Sage rief ihr von hinten zu.
„Ainsley, schreib irgendwas."
Teacher842 schwenkte seinen Kopf mit einer fahrigen

Bewegung zu Sage.
„Halt dich da raus, Sage."
In der Klasse war es jetzt mucksmäuschenstill.
Ainsley und Teacher842 waren in Duellposition. Und Teacher842 steuerte immer näher auf Ainsley zu. Doch eine Durchsage im Klassenzimmer stoppte ihn.
„Ainsley, komm bitte zum Schulleiter. Es ist dringend."
Ainsley grinste und schmiss den digitalen Stift in das Kästchen vor der Tafel. Triumphierend verließ sie den Klassenraum und spürte die tödlichen Blicke von Teacher842 in ihrem Rücken.

Kapitel 12

Ainsley saß jetzt schon fünfzehn Minuten vor der Tür des Schulleiters Lucas Sansibar. Wahrscheinlich hatte der Schulleiter über seine Kamera Ainsleys Verweigerung mitbekommen und nun würde sie einen Rüffel für ihr unsachgemäßes Verhalten gegenüber einer künstlichen Intelligenz erhalten.

Die weiße Holztür öffnete sich einen kleinen Spalt und der Kopf von Lucas Sansibar war zu sehen. Kein einziges Haar, aber jede Menge Lachfalten. Das war Lucas Sansibar. Eigentlich musste Ainsley sich nicht vor ihm fürchten, da war Teacher842 schon gruseliger. Lucas Sansibar war ein Mensch. Allerdings gab es Gerüchte, dass er auch ersetzt werden sollte. Ainsley nahm sich vor, ganz viel in Roboterethik aufzupassen.

„Komm schon, Ainsley", brummte Lucas Sansibar und stieß die Tür noch weiter auf. Er winkte sie herein.

Ainsley hüpfte von ihrem Wartesessel hoch und marschierte in sein Zimmer. Nun sah sie die schwarze Drohne, die lautlos neben seinem Schreibtisch auf etwa zwei Meter Höhe schwebte. Ainsley spiegelte sich in der Oberfläche der schwarzen Drohne. Die schwarzen Drohnen waren besonders raffiniert, weil man sie nicht hören konnte. Sie kamen auch nur bei äußerst wichtigen Einsätzen.

Ainsley schluckte, als der Schulleiter weitersprach.

„Setz dich, Ainsley, dann haben wir es hinter uns."

Ainsley nahm auf dem schwarzen Plastikstuhl vor dem Schreibtisch Platz und kippelte mit den Füßen.

Die Kamera der schwarzen Drohne schwenkte mit einem summenden Geräusch zu Ainsley und ein Surren war zu hören, da die Kamera wie ein Teleskop nach vorne fuhr.
„Das ist Ainsley, Tochter von Selma, die seit genau 19 Stunden, 2 Minuten und 14 Sekunden tot ist.“
Ainsley wollte woanders sein, denn sie wusste nicht, was diese Drohne vorhatte. Aber die Drohne sprach mit ihrer glasklaren Stimme, die einer Opernsängerin ähnelte, weiter.
„Mich schickt die Behörde für Familiäre Angelegenheiten, Ainsley, Tochter der toten Selma.“
Ainsley spürte Wut in sich hochkommen. Was sollte dieses Betonen? Definierte diese Drohne sie über dieses Ereignis?
Die Drohne schwebte näher zu Ainsley.
„Hör zu, Ainsley, Tochter der toten Selma, du hast Glück.“
Ainsley lachte kurz auf und die Drohne schreckte leicht zurück.
„Du bekommst eine neue Mutter, Ainsley, Tochter der toten Selma.“
Ainsley verstand die Welt nicht mehr. Wer wollte sie denn aufnehmen?
An der Tür klopfte es und ein Ebenbild ihrer Mutter kam hereinspaziert. Ainsley fühlte Gänsehaut auf ihren Armen.
Das Ebenbild ihrer Mutter streckte ihr die Hand entgegen.
Ainsley griff nach dieser Hand und merkte eine Kälte, die sie nur von Androiden mit KI kannte.
„Ich bin Mom13, der Prototyp für Waisenkinder.“
Lucas Sansibar stand hinter seinem Schreibtisch auf und tätschelte Ainsleys Schulter.

„Du hast wirklich großes Glück, Ainsley, du bekommst einen Ersatz, der deiner Mutter ähnlich ist. Und das ist nicht alles. Android Mom13 mit KI enthält einen ganz besonderen Chip."
Eine Art Lachen schallte aus der Drohne.
„Ja, der Konsequenz-Chip ist ganz neu und das Forschungsergebnis einer Nobelpreisträgerin aus Norwegen. Mom13 wird dein Leben verbessern, Ainsley."
Diesmal ließ die schwarze Drohne den Zusatz „Tochter der toten Selma" weg. Hatte das zu bedeuten, dass sie jetzt Tochter des Androiden Mom13 mit KI war?

Kapitel 13

Mom13 bewegte sich exakt wie ihre Mutter. Die Art, wie dieser Android den Fuß aufsetzte und abrollte. Hundertprozentig wie ihre tote Mutter Selma. Auch die Art, wie Mom13 den Kopf drehte, wenn sie besorgt war. Es war erschreckend, erschreckend ähnlich. Mom13 war höflich und ließ ihr den Vortritt, als Ainsley in die Schul-Transportkapsel Richtung TOUCHGROUND stieg. Sage hielt ein wenig Abstand und beobachtete die beiden. Zwischendurch grinste Sage immer wieder. Es war ein gekünsteltes Lächeln, denn Sage war genauso misstrauisch wie Ainsley.

Das Einzige, was Mom13 von ihrer toten Mutter Selma unterschied, war diese Hippiekleidung. So wäre ihre Mutter niemals herumgelaufen. Ausgefranste Jeans und ein Batik-T-Shirt in Blautönen. Das war Ainsleys Stil und sie mochte es nicht, wenn man sie imitierte.

Als die Transportkapsel zum Heimweg startete, drehte Mom13 in Zeitlupe den Kopf zu ihr und strahlte sie an.

„Alles gut, Tochter Ainsley?"

Ainsley seufzte. So hätte Selma nie mit ihr geredet. Ainsley überlegte, wie gut war jetzt das Vergleichen? Was brachte es ihr? Ob sie wollte oder nicht, sie musste die Situation akzeptieren, dass dieser Android sie erziehen sollte.

Ein Flackern der Augenlider bei Mom13 fiel Ainsley auf, bevor Mom13 unvermittelt sprach.

„Ainsley, ich weiß von Teacher842, dass du in Mathe mehr üben musst."

Ein erneutes Flackern der Augenlider unterstrich den

nächsten Satz.
„Wenn du nicht die Extra-Hausaufgaben heute machst, darfst du dir morgen nicht dein Mittagessen aussuchen."
Na super, dachte Ainsley. Wenn-dann-Formulierungen verheißen nichts Gutes. Selma hatte sie fast nie benutzt.
Ainsley verzog ihren Mund.
„Ich brauche leichtere Mathe-Aufgaben, das ist alles."
Ein hoher Piepton tönte aus dem Mund von Mom13.
„Du pubertierst, aber das werde ich dir schon austreiben."
Dann drehte Mom13 mit einer abrupten, abgehackten Bewegung ihren Kopf zum Fenster und schaute demonstrativ auf die vertrocknete Landschaft.
Ainsley machte Sage ein Daumen-nach-unten-Zeichen und Sage stand auf. Mit unsicheren Schritten näherte sich Sage den beiden.
„Ainsley, willst du bei mir sitzen?"
Wie vom Blitz getroffen schwenkte der Kopf von Mom13 zu ihnen.
„Du bist jetzt meine Tochter, Ainsley. Ich sage dir, wo es langgeht."
Ein nervöses Flackern der Augenlider unterstrich die Wörter.
„Ainsley, dein Platz ist neben mir."
Ainsley fühlte Wut in sich hochkommen.
„Aber Sage ist meine Freundin."
Mom13 hob das Kinn leicht an.
„Dein Platz ist neben mir."
Ainsley stöhnte. Meine Güte, Mom13 war auf dominant programmiert. Wie sollte das nur enden?

Kapitel 14

Mom13 hatte eine ID-Karte für Ainsleys Wohnung. Mom13 ahnte anscheinend Ainsleys Gedanken, als sie zu ihr sprach.
„Die Karte haben wir von deiner toten Mutter Selma."
Ainsley mochte es nicht, wie Mom13 dies immer wieder breittreten musste.
Mom13 tippte mit der Karte vor das Lesegerät und die Tür schnappte auf. Mom13 schnaufte.
„Ainsley, in drei Tagen ist die Beerdigung von Selma."
Ainsley schlich in die Wohnung und blickte um sich und schrie Mom13 an.
„Was ist mit den Möbeln passiert?"
Ainsley lief zum schwarzen Sofa, das aussah wie eine gepolsterte Parkbank.
„Wo ist mein geblümtes Lieblingssofa, auf dem ich mich erstklassig ausruhen konnte?"
Mom13 hob mechanisch die Schultern.
„Nichts in der Wohnung soll dich an früher erinnern. Das ist Teil des Programms."
Ainsley stieß wütend mit einem Fuß vor die Sofafüße. Sie stöhnte leicht, denn obwohl sie ihre Doc-Martens-Schuhe mit wildem Blumenmuster trug, tat ihr der Tritt doch ein wenig weh.
Mom13 eilte fast schwebend herbei und besah die Stelle, an die Ainsley getreten hatte. Mit einem Finger testete sie die Oberfläche des Sofafußes.
„Du kannst froh sein, dass nichts passiert ist, Tochter

Ainsley."
Froh sein. Wusste Mom13 irgendwas übers Frohsein? Ainsley wäre froh, wenn Mom13 einfach sagen würde: „Schön, Ainsley, ich sehe, du kommst alleine klar." Aber Mom13 war wohl auch penibel. In Gedanken machte Ainsley eine Liste, auf der schon zwei Eigenschaften von Mom13 waren, die sie nicht mochte. Dominant und penibel.
Ainsley betrachtete das Profil von Mom13 genauer. Eine Meisterleistung der Michelangelo-Werkstatt, in der die Androiden mit KI hergestellt werden. Von außen sah sie Selma total ähnlich, aber ganz tief drinnen, waren da Sachen, die Ainsley nicht gewohnt war. Sie überlegte, ob sie sich überhaupt daran gewöhnen wollte.
In diesem Augenblick hob Mom13 ihren Zeigefinger.
„Du gehst auf dein Zimmer, Ainsley."
Wenn Mom13 dachte, dass das eine Strafe wäre, hatte sie sich geschnitten. Das war eine Belohnung, denn dann hatte sie Ruhe vor diesem schrägen Androiden, den ihr die Behörde für Familiäre Angelegenheiten vor die Nase gesetzt hatte.
Auf ihrem Zimmer würde sie bei der Suchmaschine TRANSIT schauen, wo sie sich beschweren konnte. Denn egal wo, überall gab es ein Beschwerdemanagement.
Mom13 griff mit einer sehr schnellen Bewegung nach Ainsleys Arm und drückte mit ihrem Zeigefinger auf den Internet-Chip in ihrem Ohrläppchen. Das durfte doch nicht wahr sein. Mom13 hatte ihr den Zugriff auf das Internet gesperrt. Das rote Lämpchen auf dem Chip leuchtete.

Ainsley stampfte wütend auf und rannte in ihr Zimmer. Sie schlug die Tür lautstark zu. Als sie in ihrem Zimmer umher sah, ergriff sie noch mehr Wut. Keines ihrer Möbelstücke war mehr da. Stattdessen irgend so ein moderner Schrott. Funktionelle Möbel nannte man sie.
Sie kletterte auf ihr Bett und merkte, dass die Matratze viel zu hart war.
Die Tür schwang unvermittelt auf und Mom13 baute sich im Türrahmen auf. Sie hatte die Hände in die Hüften gestützt.
„Ainsley, du machst jetzt Hausaufgaben, während ich das Mittagessen zubereite."
Ainsley schrie.
„Nein, du bist gar nicht meine Mutter."
Plötzlich purzelte Ainsley aus dem Bett, weil es sich so stark zur Seite neigte, dass sie keinen Halt mehr fand. Sie versuchte, sich mit den Händen festzuhalten, aber sie rutschten ab. Ainsley rappelte sich auf und sah wütend zu Mom13.
„Wird das jetzt ein Kleinkrieg?"
Mom13 rollte die Augen gekonnt und schnappte übertrieben nach Luft.
„Ich bin nur konsequent, Tochter Ainsley."
Dann klappte die Tür zu und Ainsley trollte zu ihrem Schreibtisch, holte die digitalen Hefte heraus und studierte die Textaufgaben in Mathe. Na toll, ohne Internet konnte sie auch nicht nachschlagen. Das war ja ganz toll.
Sie öffnete ihre Schublade und sah nachdenklich auf das Geschenk ihres Opas Fred. Eine schwarze Box, die die

Quantenenergie eines Blitzes transformieren konnte. So waren seine Worte. Und er sagte, dass das Ding rückwärts durch die Zeit reisen könnte. Sie glaubte im Leben nicht daran, denn sie fühlte diese Einsamkeit. Diese verdammte Einsamkeit.

Kapitel 15

Am nächsten Morgen erwachte Ainsley mit einem Gefühl, als hätte sie nicht eine Sekunde geschlafen.
Sie war von einem donnernden Geräusch an der Tür wach geworden. Jetzt konnte sie wahrnehmen, dass es ein starkes Klopfen war.
Im nächsten Augenblick schwang die Tür auf und Mom13 steckte ihren Kopf herein.
„Tochter Ainsley, das Frühstück ist fertig."
Ihre Mutter Selma hatte sie netter geweckt. Da gab es Kosenamen wie „Liebes" oder „Ains".
Ainsley wollte auf gar keinen Fall wieder aus dem Bett geschmissen werden und kletterte freiwillig heraus. Sie gähnte laut.
„Jaaa-aah, zieh mich nur schnell um."
Ohne ein Wort schloss sich die Tür wieder und Ainsley schlüpfte aus ihrem Lieblingsschlafanzug, einem dunkelblauen, selbst gemachten Batik-Schlafanzug. Immerhin hatte sie noch ihre alte Kleidung.
Sie machte schnell, denn sie wollte nicht riskieren, dass Mom13 irgendwie konsequent wurde. Ainsleys Magen knurrte vor Hunger, aber auch vor Angst. Ainsley bemerkte, dass sie Angst vor Mom13 hatte und irgendwie konnte das nur ungesund sein.
Ainsley öffnete die Tür leise und zog sie leise hinter sich zu. Sie machte einen Schritt vor den anderen und fühlte sich sehr unwohl.
Als sie in die Küche trat, war sie überrascht. Auf ihrem

Essplatz war ein Platzdeckchen in ihrer Lieblingsfarbe Blau und darauf stand ihre Lieblingsschale, die mit den bunten Affen, gefüllt mit ihren Lieblingscerealien, diesen Reis Pops. Sie schlich wie ein Tiger zum Tisch, zog am Holzstuhl und plumpste darauf. Mom13 stand mit dem Rücken zu ihr und bediente eine Pfanne am Herd. Ainsley roch diesen feinen Duft nach Eiern, Milch und Mehl. Es war wie in einer Privatpension oder vielleicht sogar im Hotel, denn Mom13 drehte sich zu ihr.
„Tochter Ainsley, möchtest du noch einen Pfannkuchen mit ganz viel Nutella?“
Ainsley konnte es nicht fassen. Einerseits war Mom13 unglaublich unnett und jetzt war sie die Höflichkeit in Person. Wer hatte nur diesen Androiden programmiert? Er war nicht stimmig.
Mom13 stellte mit einem Fingerschnippen die Herdplatte aus und warf den fertigen Pfannkuchen auf einen bereitstehenden Teller mit Snoopy-Dekor. Mit einer Hand hielt Mom13 den Teller und mit der anderen quetschte sie aus einer Plastik-Stehflasche Nutella großzügig auf den Pfannkuchen.
Ainsley schlug sich den Bauch voll. So satt war sie schon lange nicht mehr, denn seit ihre Mutter Selma im Krankenhaus war, musste sie sich selbst versorgen und das ging meist sehr schnell. Meist eine Schnitte Brot und Nutella. Und nun dieses fürstliche Mahl. Ainsley konnte es nicht glauben. Da bewegte Mom13 ruckartig ihren Kopf. So als hätte sie sich an etwas erinnert.
„Tochter Ainsley, du musst noch Zähne putzen, bevor du

zur Schul-Transportkapsel läufst."
Sie wollte Mom13 keinesfalls reizen und schlurfte zum Badezimmer. Sie drückte die glitzerweiße Zahnpasta auf ihre gelbe Zahnbürste und rieb damit an ihren Zähnen. Sie kontrollierte das Putzergebnis im Spiegel. Prima, müsste passen. Sie knipste das Licht wieder aus und holte ihre Schultasche in ihrem ungewohnt neuen Zimmer. Dann lief sie zu Mom13 und wollte ihr schon fast einen Kuss auf die Wange geben. Sie hielt in der Bewegung inne, da ihr der Maschinenöl-Geruch irgendwie zu komisch vorkam. Es war ein Android, dachte sie und eilte zur Tür. Mom13 rief ihr hinterher.
„Einen schönen Schultag, Tochter Ainsley."
Mit flotten Schritten hüpfte sie die Treppenstufen nach unten und schlenderte zur Kopplungsstation von TOUCHGROUND. Jetzt erst fiel ihr auf, dass sie gar nicht geduscht hatte, so wie bei ihrer Mutter Selma. Sie grinste. Mom13 schien nicht perfekt zu sein.

Kapitel 16

In der dritten Stunde hatte Ainsley wieder ihren neuen Lieblingslehrer Robert Rodney. Er hatte den ersten Androiden, der jemals gebaut wurde, mitgebracht. Ein Oldtimer aus dem Jahr 2050. Ainsley seufzte. Natürlich war es ein Typ, dieser Android, und er hieß sinnigerweise Sam1.

Mister Rodney hob den Kopf von Sam1, der auf dem Lehrerpult lag. Sam1 grinste unmotiviert. Mister Rodney lächelte auch.

„Ihr fragt euch bestimmt, warum er grinste, als man ihn abschaltete?“

Bob rief dazwischen.

„Weil er eine unglaubliche Chillphase vor sich hatte.“

Mister Rodney schwang den Kopf in seine Kopfhöhe.

„Na, sieht er mir ähnlich?“

Ainsley schüttelte den Kopf und Mister Rodney kam direkt auf sie zu.

„Ainsley, was meinst du, wem er ähnlichsieht?“

Ainsley hatte mehrere Grübelfalten auf der Stirn.

„Seinem Erbauer aus der Michelangelo-Werkstatt?“

Mister Rodney schrie geradezu vor Freude.

„Richtig, Ainsley. Volltreffer!“

Mister Rodney hielt ihr den Kopf von Sam1 hin.

„Hier halt mal den Kopf.“

Ainsley zögerte zuerst, dann griff sie nach diesem elektrischen Kopf, der ihr wie eine Bowlingkugel vorkam. Sie rief vor Überraschung, als sie das Gewicht des Kopfes fühlte.

„Der ist ja total leicht.“

Bob rief im Hintergrund.
„Hat auch nix in der Birne.“
Schallendes Gelächter in der Klasse, aber Ainsley drehte den Kopf in ihren Händen von links nach rechts.
„Das ist unglaublich. Wie kann er so leicht sein? Welches Material ist das?“
Mister Rodney strahlte Ainsley an.
„Denk nach, schlaues Mädchen.“
Ainsley dachte an ihren Squashschläger. Aus welchem Material war der gleich noch mal? Sie grinste Mister Rodney an.
„Etwa aus Carbonfasern?“
Mister Rodney hüpfte vor Freude in die Luft.
„Bingo, Ainsley. Und jetzt schau die Vernetzungen in dem Kopf an. Hast du irgendwelche Assoziationen?“
Ainsley legte den Kopf von Sam1 auf ihren Tisch und holte ihre Lupe aus dem Fach unter ihrem Tisch. Sie konnte damit bis zu 10.000-fach größer sehen. Sie konnte es erst nicht fassen, was sie da sah. Es war so unglaublich. Sie schluckte schwer, aber dann kamen doch zwei Worte aus ihr heraus. Sie sagte „Spaghettieis und Vanadium“. Die Klasse brüllte vor Lachen, aber Mister Rodneys Augenbrauen waren bis zum Anschlag nach oben gerutscht und er hauchte ein „Wow“. Er flüsterte ihr zu: „Ainsley, Volltreffer. Die Kabel in Sam1s Kopf sind aus Vanadiumdioxid, das elektrische Reize empfangen und elektrische Impulse weitergeben kann. Es war eine große Entdeckung im Jahr 2022.“
Ainsley blickte nachdenklich auf diesen Wirrwarr von

Kabeln im Inneren des Androidenkopfes. Ein Erinnerungsfetzen kam hoch. Ihr Opa Fred hatte ihr Mal über dieses seltsame Übergangselement Vanadium erzählt. Es war ein körniger, stahlgrauer, bläulich schimmernder, daumennagelgroßer Klumpen, den er zwischen seinen Fingerkuppen drehte. Er schärfte Ainsley ein, wenn sie den Klumpen berührt hatte, musste sie sich gründlich die Hände waschen.
Spontan erhob sich Ainsley von ihrem Stuhl. Mister Rodney sah sie fragend an. Ainsley lächelte gezwungen.
„Muss mal schnell aufs Klo."
Mister Rodney starrte ihr hinterher und murmelte.
„Irgendwie weiß sie mehr."
Sage horchte auf.
„Was haben Sie gesagt, Mister Rodney?"
Er winkte ab.
„Nichts, Sage, nichts Wichtiges."

Kapitel 17

Auf dem Nachhauseweg sprach Ainsley kein Wort mit Sage. Sie saß stumm auf einem dieser blau-violetten Sitze mit Mandelbrotmengen-Muster in der Schul-Transportkapsel und schaute stur auf die weiten Lehmbodenflächen, die seit gut 30 Jahren ausdorrten. Sie dachte an die Worte von Opa Fred. „Ainsley, wenn du jemals eine Idee hast, diese Dürre aufzuhalten, teile es der Welt mit." Ihr Opa hielt sie für sehr schlau und nun tat dies auch Mister Rodney. Teacher842 war ganz anderer Ansicht. Das hatte sie heute wieder sehr eindrucksvoll erlebt. Sie musste an die Tafel und die ganze Klasse amüsierte sich über ihre Nichtkenntnisse. Wofür brauchte sie Dreisatzaufgaben? Es gab Rechenchips, die waren zuverlässiger als ihre Berechnung, und vor allem schneller.

Sage stupste Ainsley an.

„Sonst redest du doch immer wie ein Wasserfall, wenn die Schule aus ist."

Ainsley nickte und dachte weiter über ihren Opa Fred nach. Ihre Mutter Selma wusste nicht, wo er vor sieben Jahren hinging. Er sagte, dass er etwas zu erledigen habe. Ihre Mutter lachte, denn Opa Fred war ein wenig anders als andere. Lebte er noch? Wenn ja, dann bräuchte sie sich nicht mehr von Mom13 herumkommandieren lassen.

Sage stieß Ainsley erneut an.

„Jetzt sag schon, worüber du nachgrübelst."

Ainsley neigte ihren Kopf zu Sage.

„Über meinen Erfinder-Opa."

Sage grinste verlegen.
„Meinst du, er lebt noch? Lass mich überlegen. Wäre er nicht über 80 Jahre alt?"
Ainsley stöhnte.
„Mensch, Sage, das ist doch noch kein Alter."
Sage blickte sie ernst an.
„Ja, schon, aber es kann viel dazwischenkommen."
Ainsley fühlte wieder diese Schwere. Sie sah wieder ihre Mutter Selma, wie sie nach hinten wegkippte, wie ein Kegel, der von einer Bowlingkugel getroffen wurde. In ihren Augen sammelte sich traurige Flüssigkeit, die auf einmal überschwappte und in kleinen Rinnsalen ihren Wangen hinunterrann.
Sage nahm Ainsley in den Arm.
„Tut mir leid, Ains, das wollte ich nicht. Echt nicht."
Sage drückte Ainsley ganz fest und Ainsley roch den frischen Maracujaduft ihrer Haare, der von Sages Shampoo stammte.

Kapitel 18

Die Wohnungstür öffnete sich langsam, aber stetig. Hope miaute fröhlich. Ainsley stand gespannt davor und wartete ab. Endlich war der Türspalt so breit, dass sie Mom13s Kopf und Hopes pelzigen Kopf im Spalt erkennen konnte.
„Tochter Ainsley, warte kurz, ich muss mich anziehen."
Die Tür schloss sich schnell und nur eine Sekunde später schwang die Tür weit auf. Mom13 strahlte Ainsley an. Sie hatte das weiße Kleid mit den großen, schwarzen Punkten an, das ihre Mutter Selma anhatte, als sie starb. Hope stand neben ihr. Trotzdem verzog Ainsley das Gesicht.
„Mom13, das ist geschmacklos."
Ainsley sah auf das fertige Mittagessen auf ihrem blauen Platzdeckchen. Ihr Magen knurrte, aber sie lief in ihr Zimmer und knallte die Tür zu, so laut sie konnte.
Sofort sprang die Tür wieder auf.
„Tochter Ainsley, du knallst hier keine Türen mehr."
Ainsley hatte Tränen vor Wut in den Augen. Sie schluchzte.
„Du weißt gar nicht, was du da angezogen hast."
Mom13 schüttelte verständnislos ihren Kopf.
„Die Behörde für Familiäre Angelegenheiten hatte mir vorhin dieses Kleid gebracht. Sie meinten, es könnte dich aufmuntern."
Ainsley warf sich auf ihr Bett mit der viel zu harten Matratze und trommelte mit den Fäusten darauf. Sie schrie in ihr Kopfkissen.
„Das muntert mich überhaupt nicht auf."
Mom13 streichelte über ihren Rücken.

„Ja, lass es nur raus."
Ainsley drehte sich auf den Rücken und schaute erbost zu Mom13.
„Du weißt überhaupt nicht, was Gefühle sind."
Mom13 drehte sich einmal in dem Kleid und lächelte.
„Es ist doch hübsch, oder?"
Ainsley sah bitterböse zu Mom13.
„Meine Mutter starb in diesem Kleid."
„Es ist gereinigt."
Ainsley schnaufte schwer.
„Mom13, du kapierst es nicht."
Mom13 hielt ihr eine Hand hin.
„Komm, Ainsley, komm erst Mal was essen. Wahrscheinlich bist du unterzuckert."
Ainsley legte ihre Hand in Mom13s Hand, auch wenn sie nicht so richtig wollte. Mom13 hievte sie mit einem Ruck aus dem Bett, als wäre Ainsley ein federleichtes Kissen. Ainsley fand sich stehend neben Mom13 wieder. Verdammt, dieser Android hatte ganz schön viel Kraft.

Kapitel 19

Nach den leidigen Mathe-Textaufgaben, in denen es um Wasser und Erde ging, was Ainsley doch leicht interessierte, bekam Ainsley wegen der schnellen Erledigung eine Bonusstunde im Internet.

Ihre Gedanken übertrugen flink den Namen ihres Opas zur Suchmaschine TRANSIT. Fred Samuel Amber. Sie sah das Hologramm einer furchtbar langen Liste. Sie erstreckte sich vom Boden bis zur Decke ihres Zimmers. Genau 1.245 Einträge gab es zu dieser Suchanfrage. Das war zu viel zum Nachschauen.

Sie dachte nun an „Fred Samuel Amber" und „Vanadiumdioxid". Und es gab nur einen Treffer und dieser führte auf die Homepage der Michelangelo-Werkstatt, die ihr im Hologramm angezeigt wurde. Nervös wischte sie mit ihrem linken Zeigefinger auf den Eintrag Fred Samuel Amber und gelangte auf eine Seite mit einem Passfoto ihres Opas Fred. Unglaublich, das war er. Laut las sie den Text neben dem Foto, das ihren lachenden Opa zeigte. „Fred Samuel Ambers Forschungsgebiet gehört zur Geheimakte Z35.7."

Sie wischte mit der linken Hand weiter nach unten, aber es gab keinen weiteren Text und auch keinen Hinweis, wo er sich zurzeit aufhielt.

Was war diese Geheimakte Z35.7?

Kapitel 20

Inzwischen war es Freitag und viele Schülerinnen und Schüler an der Stanislaw-Lem-Schule waren schon in Wochenendlaune. Bob ging pfeifend an Ainsley und Sage im Flur vorbei. Er grinste sie frech an.

„Guten Morgen, meine Damen. Heute könnte ihr Glückstag sein.“

Sage und Ainsley schauten sich fragend an und Bob lächelte.

„Es ist Freitag, Leute und dann heißt es Party nach der sechsten Stunde.“

Ainsley nickte Bob zu.

„Nice, dass du nur ans Feiern denkst.“

Er drückte die Klassenraumtür auf.

„Hereinspaziert, meine Damen. Gleich gibt es wieder Kabelsalat und andere Kuriositäten.“

Er sah Ainsley bedeutungsvoll an.

„Anscheinend weißt du auch mehr, als du uns sagst.“

Ainsley schüttelte wild ihren Kopf.

„Nein, ich, ich hatte Glück letztes Mal. Das war alles.“

Bob zog am Unterlid seines rechten Auges.

„Ach ja? Diese Vanadiumdioxid-Nummer war nicht von schlechten Eltern. Ich habe bei TRANSIT nachgeschaut. Irres Zeug.“

Bob ging einen Schritt auf Ainsley zu.

„Los, sag uns schon dein Geheimnis.“

Sage wedelte mit den Händen.

„Ist jetzt gut, Bob. Ains braucht ein wenig Ruhe.“

Bob sah enttäuscht aus, marschierte aber zu seinem Schultisch. Er ließ sich auf seinen Stuhl fallen.
Als Sage neben Ainsley Platz nahm, beugte sie sich zu ihr.
„Mir kannst du es sagen. Was ist jetzt mit Opa Fred?"
In diesem Moment schwang die Klassenzimmertür auf und Mister Rodney marschierte in einem knallig-orangen Overall herein.
„Hi, ich habe heute etwas sehr Interessantes dabei."
Er zwinkerte Ainsley zu und holte aus einem großen, schwarzen Baumwollbeutel einen weiteren Androidenkopf. Ainsley erschrak zutiefst. Es war ein Ebenbild von Opa Fred.
Sage schaute zu Ainsley und wisperte ihr zu.
„Mensch, Ains, du bist voll bleich. Alles gut?"
Ainsley zwickte sich in beide Wangen, damit sie wieder Farbe bekam.
Ihr spukte die Geheimakte Z35.7 durch den Kopf. Konnte sie Mister Rodney fragen, was es damit auf sich hatte?

Kapitel 21

Mister Rodney legte den neuen Androidenkopf auf sein Lehrerpult und blickte herausfordernd in die Runde.
„Hübscher Kerl, was? Das war Phil1, der erste Android mit KI, der schreiben und zeichnen konnte."
Ainsley hielt den Atem an. Konnte sich dahinter diese Geheimakte verbergen? Ging es um Kreativität, die Androiden mit KI ausführen konnten?
Sie hob ihren Finger und Sage wunderte sich.
„Du bist ein Streber, Ains", flüsterte sie zu.
Ainsley ließ sich nicht irritieren und blickte geradeaus zu Phil1s Kopf.
„War das ein Geheimprojekt, Mister Rodney?"
Mister Rodney erstarrte mitten in seiner Bewegung, als er nach dem Androidenkopf griff. Mit wenigen Schritten stand er bei Ainsley vor dem Tisch.
„Ainsley, wir müssen reden."
Ein Gemurmel ging durch die Klasse, als Mister Rodney zur Klassenzimmertür eilte und Ainsley versuchte, Schritt zu halten.
Als Mister Rodney und Ainsley sich auf der anderen Seite der Tür befanden, fand Mister Rodney seine Worte wieder.
„Ainsley, jetzt erzähl mir, was du weißt."
Ainsley erzählte zuerst von früher, von den Experimenten, die ihr Opa Fred in seinem Labor im Keller machte. Sie berichtete auch von den Nachbarn, die ihn für einen Spinner hielten. Als sie sagte, dass ihr Opa Informationstechniker war, packte Mister Rodney Ainsley sanft an beiden

Schultern.
„Sprichst du etwa von dem großartigen Fred Samuel Amber? Das ist dein Opa, Ainsley?“
Sie blickte Mister Rodney ängstlich an und er ließ sie wieder los.
„Entschuldige, Ainsley, ich wollte dir keine Angst machen. Es ist nur alles so unglaublich.“
Er begann aufgeregt auf und ab zu laufen.
„Ich rede mit der Enkelin dieses genialen Erfinders.“
Er drehte sich zu ihr.
„Ist das noch Zufall, Ainsley?“
Ainsley wusste keine Antwort. Sie merkte nur, dass Mister Rodney großen Respekt vor Opa Fred hatte.
Plötzlich blieb Mister Rodney stehen. Sein Blick war eine Mischung aus Wohlwollen und Ernst.
„Wir sollten wieder reingehen, Ainsley.“
Sie schritten in den Klassenraum, in dem es furchtbar still war. Man hätte eine Nadel fallen hören.
Ainsley setzte sich wieder neben Sage, die neugierig zu ihr schaute.
Mister Rodney hob den Androidenkopf.
„Phil1 ist ein Meisterwerk. Er hatte die ersten Vernetzungen im Kopf, die eine Amygdala, den sogenannten Mandelkern nachgebildet haben.“
Bob rief dazwischen.
„Mister Rodney, was ist diese Amyg-dingsbums?“
Mister Rodney zeigte auf Ainsley, die den Finger hob.
„Ja?“
Ainsley sah Bob an und überlegte kurz, ob sie es wirklich

sagen sollte, dann tat sie es.
„Das, was dir fehlt, Bob, die Zentrale für Angst."
Mister Rodneys Kinnlade klappte nach unten, denn Bob stand von seinem Sitz auf und lief nach vorne, unter dem Johlen der Klasse. Er zeigte auf den Androidenkopf.
„Geben Sie mir mal dieses Ding. Dann zeige ich Ihnen was."
Bob legte den Androidenkopf vor seinen rechten Fuß und mit einem Riesenschwung kickte er den Kopf durch das geöffnete Fenster. Mister Rodney war entsetzt, er lief zum Fenster und sah, wie der Kopf in einem kleinen Teich vor der Schule schwamm.
Ainsley stand neben Mister Rodney.
„Sagte ich doch, der Typ kennt keine Angst."
Mister Rodney kletterte aus dem Fenster und fischte den Kopf aus dem Teich, während die gesamte Klasse an den geöffneten Fenstern stand. Er schwang sich mit dem Kopf wieder ins Klassenzimmer und legte den triefenden Kopf von Phill auf das Lehrerpult. Ainsley staunte. Der Kopf war fast unbeschadet. Bob hatte den Wasserfestigkeits-Test gemacht.
Mister Rodney beugte sich zu Ainsley.
„Guter Plan, Ainsley, du weißt wirklich eine Menge."
Ainsley errötete leicht, aber nur leicht.

Kapitel 22

Ainsley grinste immer wieder auf dem Weg zur Kopplungsstation FINE im Ballungsgebiet HOME. Sage schritt schweigend neben ihr her. Ainsley ergriff zuerst das Wort.
„Sage, meinst Du, ich war zu frech zu Bob?"
Sage hob eine Augenbraue leicht nach oben.
„Zu Bob kann man nicht frech genug sein, Ains."
Ainsley hakte sich bei Sage unter.
„Heute ist die Luft irgendwie besser, findest Du nicht auch?"
Sages Augen schweiften zu dem großen Display, das sich vor der Kopplungsstation FINE befand.
„Die Luftfeuchtigkeit ist heute um zehn Prozent höher als gestern."
Plötzlich blinkte das Display und eine Wetterwarnung wurde eingeblendet. „Alle Schülerinnen und Schüler begeben sich sofort in die Schutz-Haltestellenhäuser. Ein Tornado bewegt sich auf HOME zu."
Ainsley blickte Richtung Westen.
„Sage, da sind sehr dunkle Wolken."
Mit einmal platschten die ersten, riesigen Regentropfen in Ainsleys Gesicht. Sie streckte die Zunge raus.
„Sage, sie schmecken gut."
Sage schubste ihre Freundin.
„Ains, schnell, du weißt, wie schnell das Wetter kippen kann."
An ihnen rannten andere Schülerinnen und Schüler vorbei. Ainsley und Sage beschleunigten ihre Schritte, bis sie

durch die sich seitlich öffnenden Glastüren hindurch in eines der gut vier Meter hohen Schutz-Haltestellenhäuser liefen.
Sie waren in Sicherheit, dachte Ainsley. Aber sie dachte auch an die Menschen, die keine Schutz-Haltestellenhäuser in der Nähe hatten.
Ein greller Blitz, der sich in Zickzack-Form am dunkelgrauen Himmel zeigte, unterstrich ihre sorgenvollen Gedanken. Ein Krachen folgte und Ainsley konnte beobachten, wie auch ein Mischlingshund mit gekräuseltem Fell in Beige und Grau versuchte, Schutz zu suchen. Die vor Aufregung zitternde Sage hatte sich bei Ainsley untergehakt, als sich Ainsley von ihr losriss und nach draußen stürmte. Sie hörte nicht die Schreie von Sage. „Ains, komm sofort zurück."
Der starke Wind wirbelte Ainsleys blonde Locken aus dem Gesicht und der starke Regen benetzte ihr Gesicht wie eine zweite Haut. Sie stemmte sich gegen die windige Wand und erreichte schließlich den kleinen Hund, der verängstigt auf dem Platz vor der Kopplungsstation saß. Warum suchte er nicht Schutz?
Ainsley griff beherzt mit beiden Händen unter seinen Bauch und hob ihn hoch. Ein weiterer Blitz schnellte in der Nähe des Displays in den Boden. Ainsley konnte sehen, wie Sage aufgeregt ihr zuwinkte.
Ainsley hielt den kleinen, warmen Hundekörper vor ihren Bauch und kämpfte gegen die stürmischen Winde, die ihr das Laufen erschwerten.
Der Regen hatte inzwischen ihre lockigen Haare komplett

durchnässt und sie klebten an ihrem Kopf und in ihrem Gesicht. Der kleine Hund war hingegen kaum nass, da Ainsley ihre Jacke über ihn gestülpt hatte.
Nach etlichen Seitenwinden und einem weiteren Blitz in ihrer Nähe marschierte Ainsley nass, aber glücklich mit dem Hündchen durch die Glastüren, die sich zuverlässig öffneten. Sage rannte auf die beiden zu.
„Ains, du hast eine Schraube locker, weißt du das?"
Ainsley öffnete ihre Jacke und das kleine Hündchen winselte.
Sage streichelte sofort seinen Kopf und Ainsley lächelte Sage an.
„Ist er nicht niedlich, unser Tailwind?"
Sage umarmte Ainsley. Sie drückte Ainsley sehr fest, so fest, dass Tailwind kurz aufjaulte.
Plötzlich löste sich Sage aus der Umarmung und Ainsley sah, wie Sage die Kinnlade nach unten klappte und ihre Augen sich weiteten. Ainsley drehte sich sehr schnell um und starrte auf das Display, das von der windigen, erbarmungslosen Hand des Tornados aus seinen Angeln gerissen wurde und umherwirbelte.

Kapitel 23

Als Ainsley und Sage in der Schul-Transportkapsel saßen, ruhte Tailwind auf Sages Schoß, während Sage ihm unentwegt hinter den Ohren kraulte. Sage grinste Ainsley an.
„Tailwind ist extrem süß, Ains. Meinst du, meine Eltern erlauben es, dass ich einen Hund halte?"
Ainsley berührte das rechte Ohr des Hundes und schaute Sage nachdenklich an.
„Anscheinend hat Tailwind keinen Chip."
Sages Mund öffnete sich vor Erstaunen leicht.
„Du meinst, er gehört niemanden?"
Ainsley runzelte ihre Stirn.
„Ich dachte, das wäre nicht möglich. Ein herrenloser Hund."
Sage kraulte den Hundekopf.
„Es ist ja auch Tailwind."
Ainsley griff mit der linken Hand unter den Kopf von Tailwind und hob seinen Kopf leicht an. Das Hündchen zwinkerte ihr zu. Ainsley schaute ernst zu Sage.
„Gestern meine Katze Hope und heute der Hund. Beide anscheinend ohne Besitzer. Ich dachte, so etwas gibt es nicht."
Sage hob die Schultern leicht an.
„Das ist nur Zufall, Ains."
Ainsley wollte dies auch glauben, aber ihr Bauchgefühl widersprach dem Ganzen mit einem rollenden Magenglucken.

Kapitel 24

Mom13 lächelte Ainsley ein wenig unverschämt an.
„Tochter Ainsley, habe gehört, du hast einen herrenlosen Hund gerettet."
Ainsley wusste nicht, wo sie hinschauen sollte, als sie durch die Haustür schritt, dicht vorbei an der nach Maschinenöl riechenden Mom13, die heute in schwarzen Leggings und schwarzem Pulli gekleidet war. Sie starrte auf den gedeckten Tisch. Auf ihrer blauen Tischmatte dampfte ein Nudelgericht. Rigatoni mit Tomaten-Kräutersoße und frisch angebratenen Streifen aus Zucchini, Auberginen und Paprika.
Ainsley war mal wieder überrascht von Mom13s Kochkünsten. Eine perfekte Köchin.
Mom13 unterbrach Ainsleys Gedanken.
„Ich erwarte eine Stellungnahme, Tochter Ainsley."
Ainsley blickte irritiert zu dem Essen, das auf sie wartete.
„Wozu?"
Mom13 schnaufte stark.
„Ich wiederhole mich ungern. Du hast einen Hund gerettet. Wo ist er?"
Ainsley winkte flapsig mit einer Hand ab.
„Ach der. Tailwind ist bei Sage."
Mom13 zeigte auf Ainsleys Katze Hope, die ihr um die Beine strich.
„Ein Haustier reicht, Tochter Ainsley."
Ainsley antwortete nicht und stellte ihren Ranzen vor dem Esstisch ab. Sie zog am Stuhl und nahm am Tisch Platz.

Mom13 stand auf einmal neben ihr.
„Haben wir uns verstanden, Tochter Ainsley?“
Ainsley antwortete mit genervtem Unterton.
„Ja, ja, ich wollte schon Mal essen, damit es nicht kalt wird.“
Mom13 runzelte gekonnt ihre Stirn und lehnte sich mit dem Hintern an den Herd. Ihre Arme waren verschränkt. Ainsley sah aus dem Augenwinkel, wie Mom13 ihre Essbewegungen beobachtete. Sie fühlte sich nicht dabei wohl, auch wenn das Essen erstklassig schmeckte. Wieso setzte sich Mom13 nicht zu ihr? Na klar, sie brauchte ja kein Essen. Ainsley startete einen Versuch. Sie winkte mit ihrer linken Hand zu dem Stuhl ihr gegenüber.
„Mom13, willst du dich nicht setzen?“
Ein nervöses Augenflackern bei Mom13 war zu sehen.
„Willst du das denn?“
Hoffentlich hatte Ainsley nicht Mom13 überfordert, denn sie konnte beobachten, wie Mom13 mit sich innerlich kämpfte. Mom13s Stimme krächzte.
„Mein Programm hat nichts dagegen. Entschuldige, Tochter Ainsley, das musste ich erst prüfen.“
Mit den eleganten Bewegungen ihrer Mutter Selma glitt Mom13 zu dem Stuhl und setzte sich sehr langsam hin. Als sie Platz genommen hatte, hob sie ihren Kopf und lächelte Ainsley an.
„Vielleicht werden wir so Freundinnen.“
Ainsley nahm noch eine Gabel voll bissfester Rigatoni und tauchte sie in die köstlich schmeckende Tomaten-Kräutersoße. Als dieser überragende Geschmack der Mahlzeit in

ihrem Mund zerfloss, versuchte sie ihre Gedanken zu Mom13 zu sortieren. Vor ein paar Tagen war Mom13 dominant und penibel. Heute wollte sie eine Freundin sein? Mom13 steckte voller Widersprüche und das war ihrem Gefühl nach keine Basis für Vertrauen.

Mom13 neigte ihren Kopf leicht zur Seite, so als hätte sie Ainsleys Gedanken gehört, und versuchte, ein Lächeln auf ihrem sterilen Androidengesicht, das Selma so gruselig ähnlich sah, zu zaubern. Ainsley erinnerte dieses Grinsen an einen unglücklichen Clown, der kein Clown sein wollte.

„Dir schmeckt es, Tochter Ainsley, oder?"

Ainsley nickte und schwieg. Sie konzentrierte sich auf ihr Bauchgefühl. Mom13 sprach zur Abwechslung nette Worte, aber es fehlten die Gefühle dazu. Ainsley empfand keine Freundschaft für sie und war sich auch nicht sicher, ob das jemals klappen könnte. Am meisten störte sie, dass Mom13 sie nicht fragte, wie sie den Tornado unbeschadet überstehen konnte. Rund um die Kopplungsstation FINE im Ballungsgebiet HOME hatte es wie auf einem Schlachtfeld ausgesehen. Die Reste des gut vier mal vier Meter großen Displays lagen verstreut in der umgestürzten Baumgruppe. Linden und Eichen lagen kreuz und quer und in der Luft schwebte eine merkwürdige Frische. Es dauerte eine Stunde, bis die großen gelben Helferroboter die Fahrbahn für die Schul-Transportkapseln freigeräumt hatten. Das juckte Mom13 kein bisschen.

Kapitel 25

Robert Rodneys weißer Anzug glitzerte in Regenbogenfarben, was Ainsleys Augen empfindlich störte. In seiner rechten Hand baumelte der Androidenkopf von Phil1, den Mister Rodney an einem blonden Haarbüschel mit Zeigefinger und Daumen festhielt. Es waren leicht hypnotisierende Bewegungen, die er mit dieser Schaukelei bei Ainsley auslöste. Sie schwenkte ihren Blick zu der digitalen weißen Tafel, auf der sie das Thema der heutigen Roboterethik-Stunde leise vor sich hinmurmelte. Empathie und KI – ein Widerspruch?

Robert Rodney lächelte sie an, als er sprach.

„Für viele Menschen erscheint es, dass künstliche Intelligenz keine Empathie beherrscht."

Ainsley nickte so heftig, dass Mister Rodney leicht erschrak und zusammenzuckte.

Mit irritiertem Blick in seinen teddybraunen Augen fuhr er fort.

„Das Forscherteam um Fred Samuel Amber entdeckte vor gut 15 Jahren eine entscheidende Sache."

Mister Rodney blickte herausfordernd in die staunende Schülermenge, als Bob sich zu Wort meldete.

„Dieser Amber fand heraus, dass alles schlimm ist."

Gelächter schallte Robert Rodney entgegen, der nun leicht frustriert zu Ainsley blickte. Sie streckte vorsichtig ihre linke Hand in die Höhe. In dem Moment, als sie ihre Hand wieder nach unten bewegte, nickte ihr Mister Rodney zu.

„Empathie heißt doch, dass ich mich in den anderen

reinversetzen kann und dafür brauche ich Informationen."
Mister Rodney öffnete bereits seinen Mund, um weiter zu reden, als Ainsley noch ergänzte.
„Vor allem nonverbale Informationen wie Körpersprache."
Robert Rodneys Augenbrauen zogen sich nach oben und er steuerte flanierend auf Ainsleys Platz zu. In seiner rechten Hand schwenkte er Phil1s Kopf im Takt.
Als er vor Ainsley stehenblieb, schnippte er mit den Fingern seiner linken Hand. Der Wandschrank links neben der digitalen Tafel öffnete sich Zentimeter um Zentimeter.
Ein kompletter Phil1 in dunkelblauem Strickpulli und Jeans enthüllte sich immer mehr.
Mister Rodney schritt nun zu seinem Lehrerpult und legte den Phil1-Kopf unsanft ab. Der Androidenkopf hüpfte dadurch wie ein Gummiball nach oben. Robert Rodney erwischte jedoch den Kopf, bevor er nach unten knallte, und rollte ihn nun sanft zurück in eine Art Auffangschale.
Inzwischen war der komplette Phil1 sichtbar und Mister Rodney stellte sich neben ihn. Er deutete mit der rechten Hand auf diesen wirklich echt aussehenden Androiden und räusperte sich leicht, bevor er sprach.
„Ähem, das ist Phil55, also die 54. Verbesserung von Phil1. Der erste Android mit KI, der Körpersprache lesen konnte."
Aus dem Hintergrund trötete Bob genervt in die Menge.
„Ainsley ist eine Streberin."
Wie von einem Reflex getrieben rauschte Mister Rodney ganz nach hinten zu Bobs Platz. Mister Rodneys Gesicht war gerötet und seine Worte klangen sanft und dennoch hart in ihrer Wirkung.

„Bob, ich dulde keinen Neid. Ist das klar?“
Bob sank ein wenig auf seinem Platz zusammen, während Mister Rodney schon wieder zurück zu Phil55 eilte.
Ainsley kicherte vor sich hin, allerdings so laut, dass Sage sie anstieß.
„Ains, nicht. Reize Bob nicht“, flüsterte sie ihr zu.
Ainsley unterdrückte das Lachen, indem sie sich den Mund leicht zuhielt. Mister Rodney starrte auf Ainsley und unterstrich mit seiner Mimik die Worte von Sage.
Auf einmal winkte er mit beiden Händen der Schulklasse zu.
„Kommt mal alle nach vorne und fasst Phil55 an und dann sagt ihr mir, was euch an ihm auffällt.“
Ein kleiner Tumult durch Schuhgetrappel erfüllte den Klassenraum der 9b. Bob war als Erster vorne und grabschte nach der Nase von Phil55, um dann angeekelt sein Gesicht zu verziehen. Mister Rodney sprach Bob an.
„Was ist dir aufgefallen, Bob?“
Bobs Blick war leicht mürrisch.
„Darf ich denn wieder reden?“
Mister Rodney knurrte.
„Sag jetzt, was du denkst.“
Bob grinste frech.
„Echt jetzt?“
Mister Rodney rollte offensichtlich die Augen.
„Spuck es aus, Bob.“
Bobs Grinsen wechselte zu höhnisch, als es in die Runde blickte.
„Phil55 fühlt sich wie Wackelpudding an.“

Bob hatte mal wieder Lacher auf seiner Seite, selbst Mister Rodney musste lachen. Ainsley nutzte die Zeit, um selbst Phil55 im Gesicht anzufassen, aber auch die Arme und Beine, nicht zu vergessen den kleinen Bierbauch.
In diesem Moment blendete sich bei Ainsley eine Erinnerung ein. Ihr Opa Fred schnappte sich damals den Waldmeister-Wackelpudding, den ihre Mutter Selma zubereitet hatte, und lief damit zu der Kellertür. Selma sprach streng mit ihm. Er sollte den Wackelpudding am Tisch essen. Ihr Opa blickte ernst und redete von einem Versuch. Er hätte einen Gedankenblitz gehabt.
Mister Rodney schnipste kurz bei Ainsley mit den Fingern, während sich die Wandschranktür wieder schloss. Hektisch schnippte er noch Mal und die Wandschranktür öffnete sich erneut. Er beugte sich zu Ainsley, als ihre Mitschülerinnen und Mitschüler bereits Platz nahmen.
„Ainsley, verrätst du mir, was du denkst?“, raunte er ihr zu. Sie überlegte und kramte in diesem Erinnerungsschnipsel nach diesem Augenblick, als ihr Opa wieder aus seinem Labor, das sich im Keller befand, erschien. Es war nur ein Wort, das er sagte. Es war zu schräg. Sie konnte sich an dieses Wort erinnern, wusste aber nicht seine Bedeutung. Konnte sie es Mister Rodney sagen?
Sie formte das Wort stumm mit ihrem Mund. Haptik.
Mister Rodney nickte nachdenklich und legte eine Hand auf ihre Schulter.
Ainsley schlich zu ihrem Platz und setzte sich schwerfällig hin, während Mister Rodney zu Phil55 ging und ihm hinter das rechte Ohr langte. Ein Flackern der Augäpfel von

Phil55 führte zu einem „Oh!“ der Schülerinnen und Schüler. Mister Rodney sprach Phil55 direkt an.
„Komm doch bitte zu mir, Phil55.“
Phil55 schlüpfte elegant aus seinem beengten Zuhause und lief bis zum Lehrerpult, an dem Mister Rodney auf ihn wartete und ihn weiter ansprach.
„Phil55, erzähl uns doch etwas zu deinem Empathie-Chip.“
Ainsley stützte ihren Kopf auf dem linken Arm ab und lauschte. Sie hörte Begriffe, die ihr bekannt vorkamen und Begriffe, die ihr neu waren, aber vielleicht hatte sie sie auch einfach nur vergessen. In Gedanken saß Opa Fred vor ihr am Esstisch und aß sein Brot mit seinem Lieblingskäse Esroom, der ein wenig müffelte. Vor allem zum Abendessen erzählte er Selma und Ainsley von seinen neuesten Erkenntnissen. Selma schüttelte oft den Kopf zu seinen „Spinnereien“ und hatte Angst, dass das Oberste Gremium nicht mit allem einverstanden war und sie eines Tages großen Ärger wegen seiner Forschertätigkeiten kriegen würden.
Ainsley hatte auf einmal dieses wohlige Gefühl im Bauch, als sie an ihren Opa dachte, weil er Familie für sie bedeutete. Dieses neue Unterrichtsfach war tatsächlich ein Stück Familie für sie. Aber wo zum Geier war er? Lebte Opa Fred gar noch?

Kapitel 26

Ainsley dachte beim Nachhauseweg in der Schul-Transportkapsel über den Empathie-Chip nach und drückte ihren rechten Zeigefinger in ihre rechte Ohrmuschel, da sich ihr Chip im rechten Ohrläppchen befand. Damit deaktivierte sie das Gedankenimpuls-Programm zur Suchmaschine TRANSIT, damit nicht ungewollt Hologramme auftauchten. In der Schule waren alle Schülerinnen und Schüler sowieso dazu verpflichtet, aber in der Freizeit nutzten viele das Gedankenimpuls-Programm.

Sie grübelte. Hatte Mom13 den Empathie-Chip nun oder nicht? Die Erfahrungen des gestrigen Tages sprachen dagegen. Aber Phil55 besaß ihn und er hatte auch von überlagernden, dominanten Programmen geredet. Was, wenn dieser Konsequenz-Chip den Empathie-Chip übertönte? Und was sollte dieses Freundinnen-Gerede gestern? Ainsley musste es testen. Also überlegte sie sich einen Plan, während Sage ihr die ganze Zeit von ihrem süßen, neuen kleinen Hund Tailwind erzählte. Tailwind schlief wohl zu Sages Füßen auf ihrem Bett und wärmte ihre Füße. Sage jammerte oft über kalte Füße und so freute sie sich total, dass sie endlich eine tierische Wärmflasche hatte, die auf kalte Füße stand. Sage war so in ihre Schwärmerei über ihren kleinen Hund vertieft, dass sie nicht merkte, wie Ainsleys Blicke zur ausgemergelten Landschaft zwischen den Ballungsgebieten HOME und TOUCHGROUND schweiften und sie im Geiste einen Empathie-Enttarnungsplan für Mom13 zurechtrückte, während sich am azurblauen

Himmel Fetzen von dunkelgrauen, weißen und rosafarbenen Wolken im Licht der untergehenden Sonne tummelten.

Kapitel 27

Mom13 stand übertrieben breit grinsend in der offenen Haustür und streckte ihre Arme zur Seite aus. Ainsley duckte sich unter dem rechten Arm der erstaunten Mom13 weg. Ainsley schauderte innerlich, eine kleine Gänsehaut hatte sich auf ihrem Rücken gebildet. Das war eindeutig zu dick aufgetragen. Hatte sie doch einen Empathie-Chip oder hatte jemand Mom13 gesteckt, dass sie mitfühlender sein sollte?

Egal, sie würde jetzt ihren Plan durchziehen. Sie schlurfte in ihr Zimmer und warf ihren Ranzen auf dieses schreckliche Rauswerfbett. Sie rückte ihren schwarzen Funktionsstuhl mit Federung für eine bessere Ergonomie in Arbeitsposition und tippelte zurück zu ihrem Ranzen, öffnete ihn und holte ihre digitalen Mathe-Hefte raus. Diesen Wahrscheinlichkeitskram hatte sie immer noch nicht kapiert. Dass man nicht Lotto spielen sollte, weil die Gewinnchance sehr gering war, kapierte sie sofort, aber diese Rumrechnerei. Teacher842 hatte sie auch heute wieder an die Tafel geholt. Diesmal hatte er ihr aktuelles Wissensniveau C berücksichtigt und ihr mal endlich eine faire Aufgabe gestellt. Ainsley hatte aber auch dem Schuldirektor Lucas Sansibar, der sonst nur aus Lachfalten bestand, aber in diesem Moment die Mundwinkel verzog, gesteckt, dass Teacher842 seinen Dienst nicht ordentlich machen würde. Wenn sie schon Mal beim Direx sitzen musste, wollte sie das auch gleich ausnutzen für diese fette Beschwerde.

Sie verzog ihre Mundwinkel nach oben, als sie die

Textaufgabe las. Endlich mal was aus der Praxis. Wie wahrscheinlich war es, dass es regnen würde, wenn die durchschnittliche Temperatur in den letzten zehn Tagen 43 Grad Celsius betrug und folgende Zusammenhänge bestünden. Es folgte eine Temperatur-Regen-Kurve mit einer Ableitung. Sie fluchte. Mist. Teacher842 hatte sie reingelegt. Ableitung war Stoff der Oberstufe. Doch sie überlegte und grinste. Das war ideal für den ersten Versuch bei Mom13.
Wie bestellt klopfte es an Ainsleys Zimmertür. Drei Mal. Mit je einer Pause von genau einer Sekunde. Typisch Mom13.
Ainsley drehte sich zu ihr um. Mom13 schlängelte sich durch die Tür und lief schüchtern zu Ainsley.
„Darf ich dich stören, Ainsley?"
Ainsley zwinkerte.
„Du störst nicht. Ich habe gerade eine Frage. Vielleicht weißt du die Lösung?"
Mom13 beschleunigte ihre Schritte und kam neben Ainsley zum Stehen, sodass sie ihr über die Schultern schauen konnte.
„Hmm, diese Ableitung ist recht simpel. Aber..."
Mom13s Augenlider flackerten nervös. Schlagartig war ihr Blick strenger.
„Du musst deine Aufgaben allein erledigen. Teacher842 hat mich vorhin per Gedankentelefonat angerufen."
Teststufe eins war erledigt. Mom13 hatte null Empathie bei schwierigen Schulaufgaben. Der Konsequenz-Chip dominierte eindeutig.
Ainsley sprang von ihrem Funktionsstuhl auf und donnerte

vor Wut vor ein Schreibtischbein. Sofort heulte sie vor Schmerz auf und knickte weg. Ainsley saß heulend auf dem Boden und beobachtete die nervös klimpernden Augenbewegungen von Mom13. Ainsley konnte dabei zusehen, wie das Programm die Emotionen einzusortieren versuchte. Mom13 erklärte mit mechanischer Stimme.

„Du bist wütend, Ainsley. Das kann ich verstehen. Aber die Aufgaben musst du allein machen."

Mom13 schaute Ainsley an, in einer Mischung aus streng und erbost, und eilte zur Zimmertür. Die Tür knallte laut zu. Ainsley zuckte zusammen und sogleich öffnete sich wieder leise ihre Zimmertür und Mom13s Kopf schob sich durch den Türspalt.

„Entschuldige das laute Knallen, Tochter Ainsley."

Die schwarze Türklinke bewegte sich langsam nach oben und die Tür schmiegte sich extrem leise in den Türrahmen. Test zwei war einerseits so, wie Ainsley es erwartet hatte. Hausaufgaben gingen vor, das Trösten bei Schmerzen war zweitrangig. Der Konsequenz-Chip war ganz klar dominanter als der Empathie-Chip. Aber diese Entschuldigung fiel komplett aus dem Rahmen. Warum entschuldigte Mom13 sich für das Tür-Zuknallen? Hatte Mom13 Wut gehabt? Schämte sie sich für ihre Wut?

Kapitel 28

Am nächsten Tag erklärte Robert Rodney, gekleidet in einem schwarzen Spitzenanzug, wie Androiden mit künstlicher Intelligenz Körpersprache deuten. Er schnippte mit seinen Fingern und ein Beamer senkte sich aus der silberfarbenen Klassenzimmerdecke herab. Mit einem Pfeifen durch die unteren Zähne startete ein Film. Ainsley erstarrte. Ihr Opa Fred erzählte, wie künstliche Intelligenz Körpersprache der Menschen verarbeitet. In dem Film sah ihr Opa älter aus, als sie ihn in Erinnerung hatte. Er hatte graue Haare und seine Haare waren mit Gel zurückgekämmt. Seine Augen waren die gleichen wie früher. Kobaltblau. Leuchtende Erfinderaugen. Immer eine neue Idee. Es war schön, nach all den Jahren seine Stimme wieder zu hören. Das sanfte Brummen und sein ansteckendes Lachen. Gestern Abend hatte sie bei TRANSIT noch nach Videos von ihm gesucht. Mister Rodney hatte anscheinend eine geheime Quelle.

Als der Film zu Ende war, schnippte Mister Rodney wieder mit den Fingern und der Beamer verschwand in der Zimmerdeckenluke. Bob platzte mit seiner Frage in die Stille.

„Diesen Film findet man nicht mal bei TRANSIT. Woher haben Sie den?“

Endlich mal eine schlaue Frage, dachte Ainsley, die sich nie getraut hätte, sie zu fragen, aber Bob kannte auch so gut wie keine Angst.

Ainsley fokussierte Mister Rodney. Er lief zu seinem Lehrerpult und öffnete die Schublade. In seiner rechten

Hand hielt er ein schwarzes Etwas, in einer außergewöhnlichen Größe. Das Ding ähnelte dem beliebten Schokoriegel NONSENSE.
Bob stellte seine Frage sofort.
„Mister Rodney, auf den Schreck einen NONSENSE?“
Die Klasse lachte schallend, denn das war exakt der Werbespruch des Schokoriegels.
Selbst Robert Rodney musste grinsen, als er dieses schwarze Ding triumphierend in die Höhe hielt.
„Das ist das Archiv vom Obersten Gremium. Nur sehr vertrauenswürdige Menschen erhalten dazu Zugriff.“
Bob pfiff durch die Zähne.
„Mister Rodney, an Ihrer Stelle wäre ich vorsichtig. Da sind bestimmt einige unbequeme Leute scharf drauf.“
Robert Rodneys Blick verfinsterte sich.
„Dieses Archiv ist geschützt nach Paragraf 35 des Obersten Gremiums. Niemand außer mir kennt den Code. Er ist so geheim, dass ich ihn nur mithilfe meines Unbewussten aktivieren kann.“
Mister Rodney rotierte mit seinem Handgelenk zwei Mal und das Mini-Archiv war verschwunden. Ainsley kam es wie eine Zaubershow vor. Wahrscheinlich war das kleine Archivgerät, mit dem der Beamer Kontakt aufgenommen hatte, in seinem Ärmel des schwarzen Spitzenanzuges gelandet. Mister Rodney blieb bei Ainsley stehen.
„Nein, Ainsley, es ist nicht in meinem Ärmel. Es ist wieder an seinem Platz im Hauptarchiv beim Obersten Gremium.“
Ainsley wollte keinen neuen Gedanken wagen, aber ihr Gedanke war so schnell, dass Mister Rodney reagierte.

„Ja, Ainsley, das ist die neue Technik, von der alle reden. Beamen von Gegenständen durch Gedankenübertragungs-Impuls. Es ist durch einen Quantensprung der Zeit möglich. Das, was ihr gesehen habt, war in der Zukunft und daher konnte ich das Archiv zurückschicken."
Ainsleys Kopf rauchte. Es klang so verflixt kompliziert, aber es funktionierte.
Ein uralter Erinnerungsfetzen schlich sich durch ihre Gehirnwindungen. Opa Fred sprach bei einem Abendessen über Quantensprünge in der Zeit. Die Technik basierte auf Bauelementen mit Phosphor und Siliciumcarbid 11. Und noch etwas sehr Entscheidendem. Wie hieß das noch Mal? Richtig. Diamonds are a girl's best friend. Ihre Mutter Selma sang damals dieses Lied von Marilyn Monroe und Opa Fred lachte schallend. Sie wunderte sich, denn sie erinnerte sich auch, wie ihr Vater neben Opa saß und mitlachte. Der erste Erinnerungsschnipsel mit ihrem Vater Timothy seit Urzeiten.
Mister Rodney lächelte Ainsley an und summte die Melodie des Liedes. Ainsley gefiel es gar nicht, dass Mister Rodney neuerdings ihre Gedankentelefonats-Frequenz kannte und auch ungefragt nutzte.

Kapitel 29

Hope miaute so laut in den Treppenhausflur, dass das durchdringende Geräusch von den Wänden widerhallte. Ainsley nahm zwei Treppenstufen auf einmal. Außer Puste kam sie auf dem Treppenabsatz vor ihrer Haustür an und hob Hope zärtlich an. Weich und schnurrend ruhte sie in ihren Armen. Ainsley streichelte mit der linken Hand Hopes Hals, als sie ein Räuspern hörte.
„Ich bin auch noch da, Tochter Ainsley."
Ainsley starrte auf Mom13s schwarze Sandalen. Die Zehen und die rot lackierten Zehennägel sahen täuschend echt aus.
„Ja, hallo, Mom13."
Mom13 seufzte mit einem genervten Unterton.
„Komm rein. Dein Essen wartet, Tochter Ainsley."
Ainsley hielt Hope immer noch in ihren Armen, als sie in die Küche marschierte. Ein vorwurfsvoller Blick aus Mom13s perfekten Androidengesicht reichte. Sie ließ Hope los und ihre Katze sprang mit einem leisen Fauchen auf den Fußboden mit dem schwarz-weißen Schachbrettmuster. Mom13 nickte anerkennend. Ainsley atmete genervt aus. Sogleich wechselte Mom13s Gesicht in ein erbostes Mienenspiel. Ainsley grinste betont freundlich und Mom13 zeigte auf den Küchenstuhl.
Ainsley zog am Stuhl, sodass er über den Boden schleifte. Ihr blaues Platzset war leer. Sie schnupperte und konnte einen bekannten Duft erkennen. Ein neuer Erinnerungsfetzen machte sich in ihrem Gehirn breit. Es musste etwas mit

ihrem Vater Timothy zu tun haben. Ein fruchtig-säuerlicher Duft belagerte ihre Geruchsrezeptoren in der Nase. Eine angenehme Kombination aus warmer Milch und Eiern legte sich darüber.
Als Mom13 die Auflaufbackform mit beiden giftgrünen Backhandschuhen aus dem Ofen hob und auf den feuerfesten Untersetzer auf dem Esstisch stellte, erkannte Ainsley, um was es sich handelte. Kirschenmännchen. Alte Brötchen, eingeweicht in Milch und Eiern, vermischt mit Sauerkirschen. Das Lieblingsessen ihres Vaters Timothy. Jetzt wurde die Erinnerung klarer. Ihr Vater stand stolz auf einer Leiter, die am Sauerkirschbaum in ihrem Garten lehnte, und erntete die süß-säuerlichen Früchte. Ainsley war erstaunt, denn jeder wusste, dass es Sauerkirschbäume seit 2045 nicht mehr gab. Woher hatte also Mom13 die Sauerkirschen?

Kapitel 30

Nach diesem köstlichen Mahl lief Ainsley in ihr Zimmer, wo Hope bereits auf ihrem Bett lag und auf sie wartete. Ainsley zog die Tür zu und drückte sie fest an. Sie wollte sichergehen, dass sie wirklich geschlossen war. Irgendwie musste sie jetzt ihre Gedankentelefonats-Frequenz ändern. Sie aktivierte TRANSIT mit einem Tippen des Zeigefingers in ihre rechte Ohrmuschel und erhielt prompt ein passendes Hologramm. Sie wischte das Hologramm kopfschüttelnd weg. Wenn sie diese Info finden konnte, wusste sie auch Mister Rodney. Also meldete sie sich anonym beim PURPLE NET an. Sie suchte nach dem User stupid_0123. Sie wischte einen Eintrag nach dem anderen auf dem Hologramm zur Seite. Sie stellte die Frage, die sie immens beschäftigte, in Gedanken. Wie kann ich meine Gedankentelefonats-Frequenz so ändern, dass sich keine unerwünschten Teilnehmer einwählen?
Keine Treffer. Sie formulierte um. Wie erhalte ich eine geheime Gedankentelefonats-Frequenz? Wieder keine Treffer. War sie die Erste, die diese Frage hatte? Das konnte doch nicht sein.
Sie wollte unbedingt eine Antwort und je mehr sie nachdachte, von stupid_0123 sollte sie sein. Wenn sie diesen User direkt anschreiben wollte, musste sie sich registrieren. Das war ein Schritt, den sie bisher nicht gewagt hatte. Denn es gab empfindliche Strafen vom Obersten Gremium, wenn es herausfand, dass man registrierter User im PURPLE NET war. Ihr Puls raste und sie roch ihren eigenen

Schweiß. Es war aber sehr wichtig, dass Mister Rodney nicht mehr auf ihrer Frequenz herumfunkte. Sie bewunderte ihren Lehrer für Roboterethik, verstand aber nicht, warum er sein Wissen für so einen billigen Trick ausnutzte. Es war garantiert kein Zufall. Sie war für ihn interessant, weil sie ja die Enkelin von Fred Samuel Amber, dem genialen Forschergeist bei Androiden mit KI, war. Die pure Neugier trieb Mister Rodney an. Sie könnte ihn natürlich auch morgen bitten, damit aufzuhören. Aber was, wenn er nur so tat, er würde ihre Gedanken nicht mehr empfangen? Es fühlte sich sehr unbequem für sie an, dass ein Lehrer mit ihr die gleiche Frequenz nutzte.

Sie öffnete das Anmeldefenster von PURPLE NET im Hologramm und füllte die leeren Felder so gut aus, wie sie konnte. Es gab auch Fragen, die viele Antworten haben konnten. Schon die erste Frage war so ein Fall. Weshalb willst du ins PURPLE NET? Meine Fresse, das konnte auch eine Fangfrage sein. Es war bestimmt nicht, weil Ainsley auf der Suche nach außergewöhnlichen Kochrezepten war. Wenn sie denken würde, dass sie sich wegen dieser Frequenzsache registrieren wollte. Das war krass. Da stand schon dieser Grund in diesem Feld. Schnell. Es musste ein unverfänglicher Grund her. Freunde finden. Auch nicht gut. Tipps für den Alltag. Sehr gut. Nächste Frage.

So hangelte sich Ainsley von einer Frage zur nächsten, um schließlich den Gedanken zu schicken, dass dieses Formular abgeschickt wurde. Sie lächelte, als sie ihren Usernamen im Bestätigungsgedanken sah. Er war so richtig schön

doof. Genau passend für PUPRLE NET.
Sie war erleichtert. Endlich konnte sie direkt Kontakt zu User stupid_0123 aufnehmen. Sie hatte keine Ahnung, wer das sein konnte. Sie las die lange Liste der Einträge von stupid_0123. Es ging oft um Wassergewinnung, aber auch Fluchtpläne waren sein Spezialwissen, so wie damals HIDING29, der ihr die Flucht aus einer Kopplungsstation ermöglichte. Sie schickte einen Satz nach dem anderen, bis ihre Anfrage fertig erstellt war.
Hallo stupid_0123, weißt du, wie man jemanden die Gedankentelefonats-Frequenz unzugänglich macht, der sie ungefragt nutzt? Wäre für jeden Tipp dankbar.
Sie schickte auch ihren neuen Usernamen, der sie amüsierte. Niemand würde sie sofort dahinter erkennen, nicht mal Sage, die sonst alles ziemlich schnell erraten konnte.
Ihr Bestätigungsgedanke schleuderte durchs PURPLE NET und sie erwischte sich dabei, aus dem Fenster zu sehen. Das Wetter war heute erstaunlich gut. Dunkelgraue Wolken hingen über dem Ballungsgebiet TOUCHGROUND und entließen immer wieder kleine Regenschauer, die die Bäume dankbar entgegennahmen. Ainsley dachte wieder an die Lautsprecherdurchsagen an der Kopplungsstation FINE. Die Oberste Behörde für Klimaschutz sprach von einem wohlbringenden Tief. Sie nannten es Antigone. Ainsley regte sich über das Wort wohlbringend auf, denn sie dachte an den gestrigen Tornado, der über einen Teil des Ballungsgebietes HOME hinweggefegt und dem sie und der kleine Hund Tailwind entkommen war. Doch der nächste Satz erregte Ainsleys volle Aufmerksamkeit.

Die Wettervorhersage für die nächsten zwei Wochen. Es würde mehrere Gewitter geben, dank Antigone.
Ainsley überlegte, ob die Formulierung dank Antigone okay war. Wasser war Mangelware, auf jeden Fall. Aber Gewitter stellten auch eine Gefahr dar, da Blitze auch in die Bäume fahren konnten.
Mitten in diese Gedankenflut über das Tief Antigone schwirrte eine Antwort von stupid_0123 mit dem Vermerk „Streng vertraulich“ herein. Die Antwort war mit einer Sicherheitsabfrage gekoppelt. Ihr war ein wenig übel geworden und ihr Magen gluckerte vor Aufregung. Streng vertraulich hieß, sie musste sich speziell authentifizieren. Stupid_0123 wollte wissen, ob es nicht jemand war, der ihn aufdecken wollte. Als sie den Authentifizierungs-Gedanken las, atmete sie wieder erleichtert auf. Sie musste eine Antwort schicken, wann sie HIDING29 benutzt hatte. Das war ein Klacks.
Das verschwommene Bild der Antwort zu ihrer Frage, wie sie eine nicht zu knackende Frequenz nutzen konnte, bildete sich immer stärker heraus, bis sie die ersten Buchstaben, dann Sätze lesen konnte. Sie jubilierte innerlich. Ja, das wars. stupid_0123 war ein Genie. Sie schickte diesem User ein Herzchen. Ein errötender Smiley war die Gegenantwort. Mit wem hatte sie es eigentlich zu tun? Egal. Sie konnte nun innerhalb von dreißig Sekunden die Frequenz umlenken und Mister Rodney konnte aber auch die alte Frequenz von ihr verwenden. Die Funkstille würde ihn vielleicht irgendwann misstrauisch machen. Egal.
Ainsley aktivierte sofort die neue Frequenz und war

erstaunt. User stupid_0123 begrüßte sie und es war eindeutig die Gedankenstimme eines Jungen. Worauf hatte sie sich da nur eingelassen?

Kapitel 31

Nachdem Ainsley neuerdings pflichtbewusst ihre Mathe-Hausaufgaben erledigt hatte, klopfte es nach Mom13-Manier drei Mal an ihrer Zimmertür. Ainsley rief genervt.
„Herein, herein."
Die Tür schob sich ein Stück weit auf. Aber es war der Haarschopf von Sage. Sage war irgendwie auch spaßig.
„Hi, Ains, schau mal, Tailwind gehts irgendwie nicht gut."
Ainsley schnellte herum und rannte zur Tür. Tailwind saß jaulend auf dem Boden und hob seine Pfote. Ainsley eilte zurück zu ihrem Schreibtisch und holte ihre Lupe. Als sie bei Sage ankam, ging sie in die Hocke und hielt sanft Tailwinds Pfote. Mit Hilfe der Lupe konnte sich Ainsley bis zur Größe der Hautzellen die Pfote ansehen. Ihr Blick konzentrierte sich auf etwas kleines Rotes. Es sah aus wie ein Splitter. Mit dem linken Daumen und dem linken Zeigefinger griff sie danach. Der Splitter lag nun auf ihrer Daumenkuppe. Sie schnupperte daran. Der bittere Geruch kam ihr bekannt vor.
Sage flüsterte Ainsley zu.
„Hast du eine Idee, Ains?"
Ainsley sah Sage ernst an.
„Es ist ein Bruchstück eines Kirschkerns."
Sage schaute fragend.
„Ja, und?"
Ainsley hatte eine große Grübelfalte auf der Stirn.
„Anscheinend hat Tailwind auf Kirschkernen rumgekaut und sich einen Splitter in die Pfote gelaufen."

Sage spürte den misstrauischen Unterton bei Ainsley. Ainsley blickte auch Richtung Flur.
„Mom13 machte heute ein Mittagessen mit Sauerkirschen."
Tailwind jaulte wieder und legte sich leidend auf den schwarzen Teppichboden in Ainsleys Zimmer. Ainsley streichelte seinen Bauch.
„Sage, gib der Behörde für Tierangelegenheiten Bescheid, falls er die Kirschkernflüssigkeit erwischt hat. Er braucht einen Veterinär-Roboter, der ihn gründlich untersucht."
Sage legte ihre Hände unter Tailwinds Bauch und schmiegte mitleidig ihren Kopf an seinen Kopf. Er winselte und schleckte ihre Wange ab. Sage blickte zu Ainsley.
„Danke, Ains."
Langsam marschierte Sage Richtung Haustür, die merkwürdigerweise offenstand. Ainsley huschte in die Küche. Hope lag zusammengerollt auf ihrem Stuhl und streckte ihren Hals, als Ainsley ihren Namen sagte. Sie fragte sich, ob Mom13 mitgehört hatte und wo sie sich gerade befand.

Kapitel 32

Hope begleitete Ainsley zurück in ihr Zimmer und legte sich auf ihr Lieblingskissen, das sich auf Ainsleys Bett befand. Es war ein dunkelgraues Flokati-Kissen, das eine ungeheure magnetische Ausstrahlungskraft auf Hope hatte. Kleine Ansammlungen von weißen Katzenhaaren ließen das Kissen wie marmoriert aussehen.

Ainsley hatte ihre Zimmertür gut verschlossen, als sie sich wieder im PURPLE NET anmeldete. In diesem Moment erreichte sie das Gedankentelefonat von stupid_0123.

Hi, nice von dir zu hören. Was gibts?

Ainsley zögerte leicht.

Also, ich, ja, ich wundere mich, wo man Sauerkirschen herkriegen kann.

Der Junge am anderen Ende pfiff durch die Zähne.

Wow, klasse, das ist jemand mit Beziehungen nach ganz oben. Weißt du, nur Gourmets, die viel zahlen können, erhalten die Sauerkirschen aus den Geheimen Vorräten im Ballungsgebiet CLAY.

Ainsley bewunderte das Wissen dieses Jungen.

Erstaunlich, was du alles weißt.

He, nicht alles. Ich weiß zum Beispiel nicht, wo das Ballungsgebiet CLAY liegt. Es ist geheim.

Das Wort geheim kommt unheimlich oft vor.

Der Junge kicherte.

Ja, vielleicht ist CLAY auch nur eine Legende. So eine Sache, die sich die Leute immer und immer wieder erzählen, und es ist nichts daran, außer eine Menge Fantasie.

Was meinst du? Ist was dran?
Hattest du heute ein Gericht mit Sauerkirschen oder nicht?
Ainsleys Gehirn ratterte. Ja, okay, Mom13 hatte sie aus den geheimen Vorräten. Aber wieso hatte sie solche Kontakte und warum nutzte sie sie? Um Ainsley zu beeindrucken? War es dieses Freundschaftsding? Oder war es ein Freundschaftsprogramm?
Stupid_0123, wie wäre es mit einer netteren Ansprache für dich?
Oh, weißt du, das ist keine gute Idee. Oder verrätst du mir deinen echten Namen?
Ainsley schüttelte den Kopf, merkte jedoch, dass der Junge das nicht sehen konnte. Sie hatte ein Kribbeln in der Magengegend, welches sie noch nicht kannte.
Wir sollten es so lassen.
Am anderen Ende hörte sie ein tiefes Seufzen.
Oh, schade, du hast bestimmt einen sehr schönen Namen.
Ainsley schwieg aus Verlegenheit, dachte intensiv nach einer kleinen Pause weiter.
Ja, klar, bis bald, tschüs.
Tschüs, Ainsley.
Sie hörte ihn nun lauter kichern und in ihren Ohren rauschte das Blut vor Aufregung.

Kapitel 33

Mom13 tauchte erst spät am Abend wieder auf. Punkt 22 Uhr klopfte es drei Mal mit einem Abstand von jeweils einer Sekunde an Ainsleys Zimmertür. Ainsley lag seitlich auf einen Arm abgestützt auf ihrem Bett und schmuste mit Hope. Sie rief so laut, dass Hope nervös den Kopf bewegte.
„Herein, Mom13."
Die Tür schwang weit auf und Ainsley wunderte sich über den ungewohnt wilden Blick von Mom13. Sie trug einen Jeans-Overall mit goldenen Knöpfen sowie hochhakige schwarze Stiefeletten. Sie wedelte mit einem Zettel herum.
„Einer dieser Veterinär-Roboter hat mir diesen Wisch ausgehändigt."
Ainsley wühlte sich hoch und setzte sich auf die Bettkante.
„Seit wann gibt es wieder Zettel?"
Mom13s Augen flackerten wild.
„Die gibt es nur bei Verstößen gegen die Tierordnung."
Ainsley schaute irritiert.
„Um welches Tier geht es?"
Mom13s Schritte näherten sich abgehakt. Als wäre ein Schutzschild um Ainsley, blieb sie gut einen Meter vor dem Bett stehen.
„Tailwind hatte wohl eine milde Blausäurevergiftung und brauchte ein entsprechendes Medikament. Ich soll es bezahlen."
Ainsley stand auf und verschränkte ihre Arme.
„Und was hast du damit zu tun?"
Mom13s Stimme überschlug sich.

„Das frage ich dich. Angeblich hättest du einen Verdacht geäußert."
Ainsley schluckte schwer. Es war unmöglich, dass jemand das Gespräch von ihr und Sage mitgehört hatte. Oder hatte gar Sage es so verstanden, dass Ainsley Mom13 verdächtigen würde? In Ainsleys Kopf drehten sich die Sätze. Mom13 stampfte mit einem Fuß auf.
„Ich erwarte eine Antwort, Tochter Ainsley. Es wird sonst Folgen für dich haben."
Ainsley schwieg und Mom13 redete weiter.
„Wenn du wirklich den Verdacht geäußert hast, dass ich an Tailwinds Vergiftung schuld bin, musst du die Kosten für dieses Medikament abarbeiten."
Hilfe, der Konsequenz-Chip sprach wieder aus Mom13. Ainsley sprach leise, so leise, dass Mom13 einen Schritt näherkam.
„Ich habe Sage gesagt, dass du ein Gericht mit Sauerkirschen gemacht hattest. Das war alles."
Mom13s Blick ruhte streng auf Ainsley.
„Sauerkirschen sind streng rationiert. Ich hatte sie extra für dich gekauft, um dir eine Freude zu machen."
Ainsley zuckte mit den Schultern.
„Ich weiß nicht, wie Tailwind an die Kirschkerne gekommen ist."
Mom13 schaute extrem kühl.
„Wir müssen das Medikament bezahlen."
Kleinlaut hakte Ainsley nach.
„Wie viel ist es denn?"
Mom13s Augen flackerten.

„2.000 Sonnentaler.“
Ainsleys linke Hand schnellte auf ihren Mund.
„Aber, das, das ist doch viel zu viel…“
Mom13 fokussierte Ainsley.
„Tailwind musste operiert werden.“
Ainsleys Herz klopfte wilder.
„Hat er es denn überlebt?“
Mom13 neigte den Kopf und starrte aus dem Fenster. Sie schaute in die dunkelblaue Nacht, an deren Himmel der abnehmende Mond hell schien.
„Er liegt auf der Intensivstation. Das kostet pro Tag noch mal 500 Sonnentaler.“
Ainsley wollte jetzt sofort mit Sage ein Gedankentelefonat führen. Sie musste Mom13 hinauskomplimentieren, aber Mom13 stand wie festgewurzelt vor ihrem Schreibtisch. Auf ihrem kühlen Androidengesicht spiegelte sich das helle Mondlicht, während sie die folgenden Sätze sagte.
„Tochter Ainsley, morgen ist die Beerdigung von Selma. Du musst nicht in die Schule. Wir gehen um 10 Uhr los.“
Nach einem Wimpernschlag drehte sie sich seitlich weg und marschierte zu Ainsleys Zimmertür. Bevor sie die Tür zuzog, hauchte sie, jedenfalls kam es Ainsley so vor.
„Wünsche dir eine gute Nacht, Tochter Ainsley.“
Ainsley schmiss sich auf ihr Bett und trommelte mit den Fäusten in das Flokati-Kissen, während Hope verwundert diese Szene beobachtete.

Kapitel 34

Eigentlich war es für Jugendliche in ihrem Alter untersagt, nach 22 Uhr ein Gedankentelefonat zu führen, doch Ainsley brauchte jetzt Mitgefühl von Sage. Sie freute sich, als sie Sages warme Stimme in Gedanken hörte. Sage machte sich Sorgen um Ainsley.

Mensch, Ains, diese Mom13 übertreibt. Tailwind ist so gut wie übern Berg.

Und diese furchtbar hohen Beträge?

Ich hatte dem Veterinär-Roboter gesagt, dass ich kein Geld habe.

Und der Spruch mit den Sauerkirschen?

Habe gesagt, dass es bei euch Sauerkirschen zu Mittag gab. Sonst nichts.

Ich verstehe das nicht.

Sie suchen einen Zahler.

Aber gibt es nicht diesen Paragrafen 11?

Mensch, Ains, du hast recht. Herrenlose Tiere haben ein Sonderrecht. Die Behörde für Tierschutz muss dann zahlen.

Warum weiß das Mom13 nicht?

Ainsley schniefte wieder und Sage fragte nach.

Was ist Ains, irgendwas bedrückt dich?

Morgen ist die Beerdigung meiner Mom.

Oh, Mist. Wenn es kommt, dann gleich mehrfach.

Ainsley lief eine dicke Träne die Wange hinunter und Sage fügte hinzu.

In Gedanken drücke ich dich ganz fest, Ains.

Ein Knistern war im Flur zu hören.

Sage, ich muss aufhören. Mach's gut.
Ains, ich denke morgen an dich. Ganz fest.
Ainsley huschte sehr schnell unter die Bettdecke und stellte sich schlafend. Ein leises Knarzen der Zimmertür verriet, dass sich die Tür öffnete. Mom13 schob ihren Kopf durch den Türspalt, während Ainsley mit halb geöffneten Augen beobachtete, dass sich die Tür auch wieder schloss.
Ainsley wollte so bald wie möglich eine Meldung an die Behörde für Familiäre Angelegenheiten machen. Sie wollte eine günstige Gelegenheit abwarten.

Kapitel 35

Hochgestapelte Flockenwolken in Weiß säumten den blauen Horizont, als Ainsley in Begleitung von Mom13 zur Kopplungsstation FIONA vom Ballungsgebiet TOUCH-GROUND in einem für Ainsley viel zu schnellen Tempo lief. Das Oberste Gremium schrieb lilafarbene Bekleidung für Beerdigungszeremonien vor und so war Ainsley an diesem Morgen in eine lilafarbene Hose und eine lilafarbene Bluse geschlüpft. Mom13 trug ein lilafarbenes Kleid, was Ainsley Gänsehaut bereitete, da Mom13 Selma so furchtbar ähnlichsah. Mom13s Stöckelschuhe in Lila klackerten auf den Steinplatten vor dem Wohnkomplex, der von außen mit Moos überwachsen war, um so den Hitzewellen zu trotzen. Nach fünf Minuten Gehzeit wechselte der Weg zu einem Waldpfad, an dessen Seiten Linden und Eichen gepflanzt waren. Einige bräunliche Blätter waren bereits abgefallen und kräuselten sich auf dem Pfad zwischen dem Löwenzahnpflanzen. Ainsley genoss es, dass kein Klackern der Schuhe zu hören war. Sie liebte natürliche Pfade wie diesen Weg. Mom13 räusperte sich.

„Tochter Ainsley, unsere Transportkapsel ist für 10.15 Uhr bestellt."

Ainsley beschleunigte ihren Gang, da Mom13 nun schneller voranschritt. Sie hatte Mühe, ihr zu folgen.

Als sie an die nächste Wegbiegung kamen, liefen sie links zur Kopplungsstation FIONA. Zwischen den dünnen Baumkronen konnte Ainsley erkennen, dass eine lilafarbene Transportkapsel auf dem Förderband stand. Die Tür

war nach oben aufgeschwungen. Auf dem Display der Kapsel las Ainsley den Bestimmungsort. GRIEF 22. Das war eine der über 100 Beerdigungsgebiete im ganzen Land. Als sie sich der Transportkapsel näherten, hörten sie eine Ansage.
„Die Abfahrt erfolgt in drei Minuten."
Mom13 schnaufte gekünstelt.
„Tochter Ainsley, knapper hätte es nicht sein dürfen."
Beim Betreten der Kapsel klackerten aufdringlich ihre Stöckelschuhe und mit einer ungelenken Bewegung ließ sie sich in einen der beiden Sitze plumpsen. Sie klopfte auffordernd mit einer Hand auf den anderen Plüschsitz im Batikmuster mit verschiedenen Lilatönen.
„Komm schon, Tochter Ainsley."
Langsam schlich Ainsley in die Kapsel, als die nächste Durchsage kam.
„Es sind noch eine Minute und dreißig Sekunden bis zur Abfahrt. In dreißig Sekunden schließt die Tür automatisch und bringt Sie sicher zu GRIEF 22."
Ainsley setzte sich in Zeitlupe auf den Sitz neben Mom13. Ihr Magen machte wieder Unwohlseinsgeräusche. Mom13 sah sie kritisch an.
„Tochter Ainsley, brauchst du eine Neutralisationstablette?"
Ainsley öffnete gerade ihren Mund, um zu antworten, da hatte schon Mom13 eine weiße Tablette in die Hand. Sie sah Ainsley auffordernd an.
„Na, komm schon."
Ainsley streckte ihre linke Hand mit der Innenseite nach

oben aus und spürte den sanften Druck, als ihr Mom13 das weiße Etwas hineinlegte. Mom13 hob die Augenbrauen.
„Du wirst es brauchen. Mach schon."
Ainsley steckte die Tablette in ihren trockenen Mund und merkte, wie sie schnell zerfloss. Ein pfefferminzartiger Duft strömte in ihrem Rachen aus und die Substanz rann ihre Speiseröhre nach unten. Ihr Magen beruhigte sich tatsächlich. Mom13 nickte ihr zu.
„Und?"
Ainsley mochte eigentlich keine Tabletten, aber zur Abwechslung tat ihr diese gut. Sie schaute kritisch zu Mom13 und flüsterte ein „Danke".

Kapitel 36

Nur dreißig Minuten und zwölf Sekunden später erreichten Ainsley und Mom13 die Kopplungsstation GINA im Beerdigungsgebiet GRIEF 22. Kein einziger Baum war zu sehen, nur eine wilde Landschaft aus Wiesen und Kräutern. Der Weg, auf dem sie liefen, war knochentrocken. Inmitten dieser wilden Landschaft ragte eine Kugel in hellem Lila heraus, auf der ein großes Kreuz in dunklem Lila abgebildet war. Ainsley hörte Musik. Im Musikunterricht hatte Teacher888 neulich Mozart und das Requiem durchgenommen. Ainsley lauschte. Es klang ähnlich. Mom13 beobachtete Ainsleys Reaktionen auf die Melodie.

„Tochter Ainsley, die Behörde für Trauermusik hat diese Musik ausgewählt, weil es der letzte Wunsch von Selma war."

Mom13 machte eine Pause und fügte dann hinzu.

„Es ist das Requiem von Mozart."

Untermalt von der traurigen Melodie steuerten Ainsley und Mom13 die Kugel an. Mom13 beugte sich leicht zu Ainsley runter.

„Du wirst gleich Selma ein letztes Mal sehen, bevor sie zu Staub verfällt und ins All geschossen wird."

Ainsley hatte Angst vor dieser Zeremonie und wollte an der Zeit drehen, so wie Mister Rodney. Sie rief die Uhrzeit ihrer inneren Uhr vom Chip ab. Genau jetzt hatten sie Roboterethik. Sie träumte vom Beamen, so wie das kleine Archiv durch zwei Mal Kreiseln und Quantenzauberei verschwand, würde sie in diesem Moment gerne bei Mister

Rodney sitzen und zuhören, wie er von der Entwicklung der Androiden mit künstlicher Intelligenz erzählte. Mom13 schnippte mit den Fingern.
„Tochter Ainsley, keine Zeit zum Träumen."
Mom13 griff nach Ainsleys Hand und drückte sie fest.
„Du schaffst das."
Als sie wieder losließ, dachte Ainsley über diesen Empathie-Chip nach. Momentan dominierte er Mom13s Verhalten. Aber eines fiel Ainsley auf. Mom13 weinte nicht, während aus Ainsleys Augen Sturzbäche hervorquollen.

Kapitel 37

Ainsley stand schweigend vor dem Totenbett ihrer Mutter Selma. Selma lag auf einer Bahre, die mit einem lilafarbenen Tuch ausgelegt war. Neben dieser Bahre stellte sich Mom13 auf und Ainsleys Magen gluckerte wie verrückt, trotz der Tablette vorhin. Mom13 sah wie ein Zwilling ihrer toten Mutter aus. Der Zeremonienmeister in einem dunkellilafarbenen Talar, der die ganze Zeit neben der Abschuss-Station wartete, trat zu Mom13 und sprach leise.
„Können wir anfangen?"
Mom13 nickte ihm ernst zu und der Zeremonienmeister lief mit eleganten Bewegungen zu Ainsley.
„Also, Ainsley Amber. Nehmen wir Abschied von deiner Mom."
Er deutete zur toten Selma.
„Möchtest du noch einmal ihre Hand drücken?"
Ainsley stellte sich die kalte Hand ihrer Mutter vor und schüttelte heftig ihren Kopf. Er legte eine Hand auf ihre Schulter.
„Ist gut, ist gut. Du musst nicht. Ich werde jetzt ihren Körper überführen."
Ainsley gab keinen Mucks von sich und schaute zu, wie der Zeremonienmeister Mom13 ein Zeichen gab und diese zur Seite trat. Im gleichen Moment öffnete sich der Boden aus lilafarbenen Fliesen unter der Bahre und die Bahre versank langsam, bis sich der Boden schloss. Ein kurzes Geräusch von einer Stichflamme war zu hören und ein Aneinanderstoßen von Stahl. Sogleich öffnete sich wieder die

Bodenluke und beförderte ein silbernes Ei in einer Art Eierbecher nach oben. Ein mechanischer Arm griff von oben nach diesem Ei und legte dieses Ei in die stählerne Rinne an der Abschuss-Station.
Der Zeremonienmeister nahm Ainsley an die Hand und führte sie zu der Abschuss-Station. Er zeigte auf den großen roten Knopf.
„Ainsley Amber, nimm bitte Abschied von deiner Mutter und drücke dann diesen Knopf."
Ainsley murmelte vor sich hin. Nur sie verstand die Worte.
„Mom, du wirst mir immer fehlen. Mach's gut."
Mit einem Knoten im Hals drückte sie mit dem linken Zeigefinger auf diesen furchtbaren Knopf. Im gleichen Augenblick wurde das silberne Ei in der Rinne extrem beschleunigt und wurde in den azurblauen Himmel hineinkatapultiert.
Der Zeremonienmeister, ein Typ mit kurzem Stoppelhaarschnitt in brünett, legte eine Hand auf Ainsleys Kopf.
„Ein langes Leben wünsche ich dir, Ainsley Amber."

Kapitel 38

Ainsley schaltete auf dem Rückweg mit der lila Transportkapsel den Independent Sender SAGACITY ein, während Mom13 stumm neben ihr saß und sie haargenau beobachtete. Ainsley überlegte, ob Mom13 ein Lernprogramm hatte, mit dem sie neue emotionale Verhaltensweisen der Menschen studierte, analysierte und dann versuchte, umzusetzen. Mom13 war für Ainsley kein Ersatz für ihre nicht zu ersetzende Mutter Selma. Mom13 war ein Forschungsobjekt. Genauso hätte es Opa Fred formuliert. Wenn sie doch nur wüsste, wo sich dieser geniale Fred Samuel Amber aufhält, dann wäre sie eine Sorge los. Aber solange sie das nicht wusste, musste sie sich mit Mom13 rumschlagen. Eigentlich quälen, denn sie hatte auch Angst vor Mom13, auch wenn die Erbauer das nicht gewollt hatten.
Ainsley dachte wieder an die Satellitenaufnahme in der Trauerkugel von GRIEF 22. Der Zeremonienmeister hatte ihr die Aufnahme auf ihren Chip gespielt. Es sollte eine bleibende Erinnerung sein. Ainsley schnalzte mit der Zunge und ein Hologramm spielte diese Aufnahme ab. Ein weißer Kondensstreifen zeigte den Weg, den das silberne Ei mit der Asche ihrer Mutter beim Eintritt in die Umlaufbahn des Mondes nahm. Dort würde sie sich mit vielen anderen die letzte Ruhestätte teilen. Ainsley hatte sich vor der Zeremonie aussuchen können, welche Umlaufbahn für Selma gewünscht war. Sie dachte an die Geschichte, die ihre Mutter ihr abends beim Zubettgehen erzählte, als sie fünf Jahre alt war. Eine Geschichte über den Mann im

Mond.
Inzwischen weinte Ainsley staubtrockene Tränen. Da ihre Augen sehr gerötet waren, hielt ihr Mom13 eine Sonnenbrille hin. Ainsley nahm sie entgegen und setzte sie auf, doch das Hologramm war durch diese Brille so schlecht zu erkennen, dass sie sie kurz darauf von ihrer Nase streifte und in der Hand hielt. Sie starrte in das Hologramm und erschrak, als sie merkte, dass Mom13 ihr zart die Wange strich. Der Empathie-Chip war aktiv.

Kapitel 39

Mister Rodney brillierte modisch in einem eidottergelben Glitzer-Overall, als er den Klassenraum der 9b betrat. Er lächelte so, als würde er sich auf einer Pariser Modenschau befinden. Er tänzelte im Catwalk-Stil bis zu seinem Lehrerpult. Auf seiner Nase thronte eine Sonnenbrille. Ainsley schluckte. Es war eine TRES-CHIQUE, die auch ihr Lieblingsschauspieler Chris Notown trug. Strass-Steinchen auf den Bügeln gaben der Brille einen femininen Touch, der allerdings durch die maskuline Sportbrillenform ausgeglichen wurde.

Erst jetzt entdeckte Ainsley, dass Robert Rodney nicht allein war und hinter ihm ein grauer Gänseküken-Roboter mit unbeholfenen Schritten watschelte. Ainsley fielen sofort die riesigen dunklen Kulleraugen auf und ein surrendes Geräusch, das von diesem Mini-Roboter ausging. In einem zeitlichen Intervall von gut drei Sekunden piepte der kleine Roboter, und zwar dann, wenn Mister Rodney das Schnattern einer Gans imitierte.

Bob rief als Erster dazwischen.

„Mister Rodney, Sie werden gestalkt."

Gelächter war in der Klasse zu hören.

Ainsley beugte sich nach vorne, um das künstliche Gänseküken zu beobachten. Da drehte der Gänseroboter seinen Kopf zu ihr und setzte seinen Watschelgang zu Ainsleys Tisch fort.

Bob kommentierte das lautstark.

„Ainsley ist eine Gans. Quak, quak, quak."

Als der Gänseküken-Roboter bei Ainsley war, blieb er aber nicht stehen, sondern lief Richtung Bob weiter.
Mister Rodney grinste.
„Bob, du bist die neue Gänsemama."
Bob stand von seinem Platz auf und quakte immer wieder, während der dunkelgraue, flauschige Kükenroboter ihm unablässig folgte. Bob lief im Kreis hinter der letzten Tischreihe und das künstliche Gänseküken hing an seinen Fersen.
Mister Rodney rief Bob zu.
„Bleib mal stehen, Bob."
Abrupt stoppte Bob sein Laufen im Kreis. Das Gänseküken piepte und blieb auch stehen. Mister Rodney marschierte zu Bob und dem kleinen Roboter.
„Das nennt man Konditionierung. Der Tier-Verhaltensforscher Konrad Lorenz hat dies ausführlich in 1970ern erforscht. Vielleicht solltet ihr mehr darüber erfahren."
Mister Rodney lief zu dem kleinen Gänsekükenroboter und bückte sich, um sanft seine Hand unter den kleinen Roboter zu schieben und das Küken stolz auf seiner Handinnenfläche zu präsentieren. Als er bei Ainsley vorbeilief, senkte er seine Hand so, dass sie ganz genau jedes Flaumhaar erkennen konnte. Sie pustete in das flauschige Federkleid und der kleine Roboter piepte. Mister Rodney stellte schließlich den Mini-Roboter auf seinem Lehrerpult ab und streichelte seinen Kopf, wodurch das Gänseküken erstarrte.
Mister Rodney sah herausfordernd in die Runde.
„Wer kann sich denken, was die Forschungen von Konrad Lorenz mit der revolutionären künstlichen Intelligenz zu

tun hat, die Fred Samuel Amber vor gut sieben Jahren entwickelt hat?“
Mister Rodneys Blick ruhte auf Ainsley, die unruhig mit einem Fuß wippte. Sie wollte die Antwort sagen, aber auch nicht. Was würde Bob sagen, wenn sie schon wieder etwas wusste? Andererseits war mit Mister Rodney endlich ein Lehrer an der Stanislaw-Lem-Schule, der spannender als jedes Fantasybuch war, das sie je gelesen hatte. Es platzte aus ihr heraus.
„Es half bei der Entwicklung von sozialer Intelligenz bei künstlicher Intelligenz.“
Mister Rodney nickte heftig und kam auf sie zu.
„Ainsley, was meinst du mit sozialer Intelligenz?“
Sie fühlte ein Unbehagen in der Magengrube, als sie antwortete. Vor ihren Augen blendete sich eine alte Szene ein - ein Gedankentelefonat ihrer Mutter Selma und ihres Opa Freds.
„Flexible Verhaltensweisen, wenn es um Bezugspersonen geht.“
„Das ist mehr als richtig, Ainsley. Mehr als richtig.“
In der Klasse war es mucksmäuschenstill und Ainsley überlegte, was für eine Hardware wohl bei Mom13 für die soziale Intelligenz zuständig war.
Als sie wieder zu Mister Rodney sah, hielt er zwischen Daumen und Zeigefinger eine drageeähnliche, weiße Kugel.
„Dies war der Durchbruch. Es ist das Herz der sozialen Intelligenz namens…“
Sie flüsterte leise: „…Grace.“

Mister Rodneys Augenbrauen schnellten so weit nach oben, dass es wie eine Grimasse aussah. Er stockte.
„Ja, Grace, so heißt der Mini-Hochleistungs-PC, der über eine Milliarde Programme gleichzeitig ablaufen lassen kann. Er nutzt die Technik der verschränkten Quanten."
Als Mister Rodney näher bei Ainsley stand, raunte sie ihm zu. „Hat Mom13 einen Grace?"
Mister Rodney legte seine Hand auf ihre Schulter und nickte stumm. Ainsley meinte so etwas wie Mitleid in seinem Blick zu erkennen.

Kapitel 40

Ainsley stolperte unbeholfen aus der Schul-Transportkapsel an der Kopplungsstation FIONA. Sage betrachtete sie sorgenvoll.
„Alles gut bei dir? Du bist so still bei der Heimfahrt gewesen.“
Ainsleys Blick streifte den Himmel, an dem aufgewühlte Wolkentürme in Grau und bläulichem Weiß klebten.
„Sage, hast du die Wetterprognose vorhin bei TRANSIT gesehen?“
Sage rollte die Augen.
„Ainsley, du lenkst ab. Was ist mit dir?“
Ein sanfter Druck an Ainsleys hellblau-marmorierter Jeans führte ihre Augen direkt in ein Paar leuchtend-gelbe Katzenaugen. Hope streifte ihr um die Beine. Ainsley schnappte sich ihre Katze und hob sie nach oben.
„Sieh mal, Sage, Hope will auch über was anderes reden.“
Ein lautes Schnurren war die Antwort auf Ainsleys Streicheleinheiten. Sage strich Hope über das weiche Fell auf ihrem Kopf.
„Ainsley, du bist eine Meisterin der Verdrängung.“
Ainsley legte ihren Kopf an Hopes Kopf und schaute ernst.
„Willst du wirklich wissen, wie die Beerdigung meiner Mom war?“
Sage legte ihre Hand auf Ainsleys Hand, die gerade Hope streichelte, und Ainsley hielt in der Bewegung inne, während Sage ihr direkt in die Augen schaute.
„Es ist okay, ich dachte nur…“

Ainsleys Stimme klang rau und gereizt.
„Dass ich jemanden zum Quatschen brauche?“
Sage entfernte ihre Hand.
„Sag einfach Bescheid, Ains.“
Ainsley schwieg und machte einen Schritt nach vorne. Hope sprang aus ihren Armen und landete federnd auf dem erdigen Pfad, an dem beidseitig wilde Grasbüschel hüfthoch wuchsen. Hope schnupperte an einem der Grasbüschel und folgte schließlich Ainsley. Ainsley und Sage schlenderten die Allee aus Linden und Eichen entlang. Eine Windböe verfing sich in den Kapuzen ihrer Jacken und wirbelte sie so stark nach oben, dass sie die Kapuzen über den Kopf gestülpt hatten. Sie schauten direkt nach oben, doch die Baumkronen waren so dicht, dass nur ein Grau des Himmels durchschimmerte. Ainsley streifte ihre Kapuze wieder nach unten.
„Sage, irgendwie gefällt mir das nicht.“
Ainsleys Haare wurden wild durcheinandergewirbelt, während Sage ihre Kapuze aufbehielt. Sage redete lauter.
„Ains, ich habe keinen Kontakt mehr zu TRANSIT.“
Ainsley zupfte an ihrem rechten Ohrläppchen.
„Meine Verbindung ist auch weg. Hast du eine Ahnung, was hier…“
Ainsley zuckte zusammen. Vor ihnen war wie aus dem Nichts Mom13 aufgetaucht. Sie war in einem supermodernen giftgrünen Regenmantel gekleidet und sie hielt zwei dieser stabilen DEFENSE-Regenhüte in jeder Hand. Sie wedelte ihnen damit vor dem Gesicht herum.
„Die braucht ihr gleich.“

Ainsley griff nach der miauenden Hope und steckte sie unter ihre Jacke, während ihnen Mom13 die mausgrauen Regenhüte am Kopf befestigte und ihnen giftgrüne Regencapes umhing.
Mom13 stellte sich zwischen Ainsley und Sage und legte jedem einen Arm über die Schulter. Die Baumkronen über ihnen wippten durch den stärker werdenden Wind hin und her. Vereinzelt fielen Äste aus den Bäumen. Sie hatten aber Glück. Keiner der Äste traf sie.
Ainsley spürte den festen Druck, der von Mom13s Hand auf ihrer Schulter ausging. Sie war froh, dass Mom13 ihnen entgegengekommen war. Sage fand die passenden Worte.
„Ains, gut, dass wir jetzt geschützt nach Hause gehen."
Ainsley dachte an ihre Mitschülerinnen und Mitschüler, die auch in der Kopplungsstation FIONA ausgestiegen waren. Sie konnte per Gedankentelefon zu keinem Kontakt aufnehmen. Mom13 drehte ihren Kopf zu Ainsley und versuchte, gegen den lauter werdenden Wind anzusprechen. Er raubte einige Worte und so kamen nur Wortfetzen von Mom13 bei Ainsley und Sage an.
„Keine Sorge…arbeitet an einer Lösung."
Sie stemmten sich nun gegen den Wind, der ihnen Geschwindigkeit nahm, und waren geradezu glücklich, als sie das moosbewachsene Mehrfamilienhaus auf der Lichtung, die zur rechten Seite lag, entdeckten.
Sie hoben mechanisch die Füße und setzten sie vom Wind leicht verweht wieder auf. Als sie aus der Deckung der Bäume hervortraten, zerrte der Wind mit aller Kraft an ihnen, aber Mom13 hatte Bärenkräfte. Sie zog sie mit sich,

so als wären sie ihre verlängerten Arme.
Am Haustüreingang berührten Mom13s Lippen den moosgrünen Türöffnungslautsprecher. Ihrer Mimik nach zu urteilen, schrie sie den Einlasscode hinein, aber die Lautstärke der Windstöße verschluckte ihre Stimme.
Als die Haustür sich langsam öffnete, atmeten Ainsley und Sage auf. Und erst als die Haustür verschlossen war, war der Lärm draußen. Mom13s Stimme klang so laut.
„Wir sind in Sicherheit."
Ainsleys Neugier siegte.
„Was ist da draußen los und warum funktionieren weder TRANSIT noch das Gedankentelefon?"
Mom13 zog ihren Regenhut aus und schüttelte leicht ihre Haare, während sie sich mit den Fingern durch die blonden Haare fuhr, die so irre echt aussahen. Sie schaute streng zu Ainsley.
„Das sind Windturbulenzen, die gleichzeitig ein Hoch und ein Tief darstellen. Damit kommt unsere Technik nicht klar, da sie im niederfrequenten Bereich arbeitet."
Ainsley löste die Bänder ihres Regenhutes, zog ihn von ihrem Kopf und hielt ihn schützend wie ein Schild vor sich.
„Und wenn man in den niederstfrequenten Bereich wechselt?"
Mom13 schaute entrüstet.
„Nicht möglich, der ist für die Transporttechnik reserviert."
Mom13 überlegte kurz und fügte hinzu.
„Man merkt, dass du die Enkelin von Fred Samuel Amber bist, Tochter Ainsley. Ich nehme nun Kontakt zum Obersten Gremium auf."

Mom13 hielt ihren rechten Unterarm vor sich gestreckt und riss mit einem kurzen Ruck die Haut ab. Ein wildes Getümmel von roten, blauen und schwarzen Kabeln war sichtbar. Mit einem geübten Griff des linken Daumens und des linken Zeigefingers wühlte Mom13 in diesem Kabelsalat und fischte ein weißes, dickeres Kabel heraus. Eine Durchsage im Lautsprecher, der in der rechten oberen Ecke neben der Haustür montiert war, ließ die Drei aufhorchen.
„Achtung, achtung, dies ist eine Vorschrift. Melden Sie sich auf der Frequenz des Radiosenders SAGACITY an. Dies ist eine Vorschrift nach Paragraf 76 der Behörde für Klimaschutz."
Ainsley und Sage zwickten sich mit Zeigefinger und Daumen am rechten Ohrläppchen. Ein Hologramm der beiden wurde im Hausflur angezeigt und der mit Totenschädeln verzierte Intro-Bildschirm des Independent Radiosenders SAGACITY flackerte. Rote und grüne Störstreifen unterbrachen das Bild, bis das Eingangsbild von TRANSIT in klaren Konturen auftauchte. Eine Symphonie in Rot und Blau. Ein Blumenregen von Sonnenblumen sprudelte aus dem Suchfeld und fiel virtuell zu Boden.
Sage hüpfte vor Freude.
„Es klappt, Ains. Es klappt."
Sie umarmte Ainsley stürmisch. So sehr, dass Hope unter Ainsleys Jacke miaute und Ainsley den Reißverschluss ihrer Jacke so weit nach unten zog, dass Hopes Kopf herausschaute. Hopes gelbgrüne Augen funkelten lustig, während Sage sich vor Lob überschlug.
„Du bist ein Genie, Ains. Ich wusste es schon immer."

Ainsley lächelte gezwungen, denn Teacher842 hatte sie gerade am Vormittag im Matheunterricht an die Tafel geholt und ihr klar gemacht, was für eine Niete sie ist. Sie beäugte die Reaktion von Mom13, die sie nüchtern ansah.

„Es war naheliegend, Tochter Ainsley. Bild dir bloß nichts darauf ein."

Ainsley würde wohl nie Anerkennung von diesem KI-Androiden kriegen. Sie dachte wieder an den Gänseküken-Roboter und setzte ihren Fuß auf die erste Treppenstufe, zusammen mit Sage an ihrer Seite. Ja, Mom13 folgte ihr und Ainsley wusste, warum.

Kapitel 41

Ainsley hatte schlechte Laune. Sie konnte ihre Lieblingsmusik von Bands wie Simply No, Dead And Zombie und Fear Without Cause nicht mehr hören, da die Kommunikationswege nun über die Frequenz des Radiosenders SAGACITY liefen. Wie sollte sie den heutigen Morgen überstehen? Sie brauchte dringend einen Motivationsschub.
Hope schien ihre Gefühle lesen zu können, denn sie sprang auf ihren Schoß, während sie das Schokomüsli mit der Avocadomilch aus der Schale löffelte.
Mom13, gekleidet in einem kobaltblauen Jogginganzug, stand am Fenster und beobachtete anscheinend das Wetter. Ein wolkenloser Himmel, strahlend blau, bereits um 7 Uhr morgens. Für Ainsley sah es aus, als ob Mom13 Daten sammelte und sie irgendwohin schickte.
Gestern Abend hatte Ainsley vor dem Schlafengehen noch eine Suche bei TRANSIT gemacht. Sie wollte wissen, warum es herrenlose Tiere gibt. Laut TRANSIT hatte aber jedes Haustier einen Chip. Sie fragte sich dann, wann kann ein Haustier seinen Chip verlieren. Auch in diesem Fall meinte TRANSIT, dass es unmöglich sei. Unter den Treffern gab es allerdings auch ein Foto. Sie zoomte näher ran. Sie entzifferte die extrem klein geschriebene Schrift unter dem Foto, das einen Hund abbildete, der Tailwind täuschend ähnlichsah. Sie hatte den Text mehrmals gelesen. Der Terrier-Mischling Charlie ist Teil der Geheimakte Z35.7.
Mom13 drehte sich abrupt zu Ainsley.

„Höchste Zeit für dich."
Ainsley griff nach ihrem schwarzen Rucksack und sah Hope nun mit anderen Augen, da sie diese Entdeckung gestern bei TRANSIT gemacht hatte. War Hope auch Teil der Geheimakte Z35.7? Warum waren sowohl Hope als auch Tailwind ohne Chip? Was genau hatte es mit dieser Geheimakte auf sich?
Diese Fragen beschäftigten sie die ganze Zeit, als sie in die Schul-Transportkapsel stieg, fast teilnahmslos Sage grüßte und mit einer stillen Vorfreude auf den Roboterethik-Unterricht bei Mister Rodney wartete.
Als Robert Rodney in einem feuerwehrroten Maßanzug mit goldenem Glitzer in die Arena des Klassenzimmers der 9b trat, hielt Ainsley die Luft an, denn hinter ihm schwirrte auf Kopfhöhe eine schwarze Drohne. Ainsley hörte die Zoom-Geräusche der Kamera und erstarrte, so wie ihre Mitschülerinnen und Mitschüler. Sage atmete hörbar laut Luft ein. Ainsley begann, flacher zu atmen. Eine angespannte Nervosität sammelte sich in ihrem Bauch an. Sie flehte innerlich, dass ihr Magen bloß nicht gluckern sollte. Sie wollte nicht auffallen.
Mister Rodney steuerte auf sein Lehrerpult zu und stellte sich vor diesen Tisch, um seinen Blick in die Schülermenge zu schwenken. Die Kamera der schwarzen Drohne klickte unruhig. Ainsley starrte gebannt auf Mister Rodneys ernstes Gesicht.
„Liebe Schülerinnen und Schüler der Klasse 9b, wie Ihr seht, begleitet mich heute eine Dokumentationseinheit des Obersten Gremiums."

Ainsley fluchte innerlich. Mist, heute war der denkbar ungünstigste Tag für die Frage nach der Geheimakte Z35.7.
Mister Rodney führte fort.
„Die Dokumentationseinheit ist heute deshalb anwesend, da sie euren Wissensstand exemplarisch für eure Generation ans Oberste Gremium weitergeben möchte."
Mister Rodneys Augenlider flackerten nervös.
„Vor allem eure Meinung über KI soll analysiert und ausgewertet werden. Das heißt, das Oberste Gremium bittet um Eure Mithilfe. Im Klartext: Jeder von Euch muss einen Beitrag leisten."
Robert Rodney fokussierte Ainsley.
„Wirklich jeder."
Konnte Mister Rodney ihre Gedanken lesen, ohne dass er ein Gedankentelefonat mit ihr führte? Sie hatte vor, sich zu enthalten. Bloß nichts Falsches sagen. Nicht auffallen. Mit schwarzen Drohnen war nicht zu spaßen. Sie konnten einem die Hölle heiß machen. Ainsley erwischte einen Erinnerungsfetzen an Opa Fred an jenem Oktobertag, ein paar Tage, bevor er überraschend und plötzlich ihre Mutter Selma und sie allein gelassen hatte. Sie konnte die Erinnerung nicht verdrängen, denn sie hatte seine Worte noch im Ohr. „Ains, nimm dich vor schwarzen Drohnen in Acht. Versprichst du mir das?" Ainsley hob, während sie vor dem Küchentisch stand, feierlich ihre Finger und gab ihm den Lakritzen-Firlefanz-Schwur. Sie erklärte Opa Fred, dass dies der stärkste Schwur aller Zeiten wäre, weil, wenn sie auf Lakritz und Firlefanz schwörte, wäre dies zum einen ihre absolut-absolute Lieblingssüßigkeit und zum anderen

der Name ihrer Geburtsfee, die sie mit dem stärksten aller Zauber ausgestattet hätte – gute Laune. Das hatte ihr jedenfalls ihre Mutter Selma berichtet. Opa Fred lächelte, aber sein Lächeln löste sich in einen ungewohnt ernsten Blick auf. „Vergiss das nie, Ains.“ Ein paar Tage später war er wie vom Erdboden verschwunden.

Kapitel 42

Robert Rodney fingerte aufgeregt mit dem digitalen Stift an der Tafel herum. Er schrieb Stichworte. Rationalisierung. Personalmangel. Generationenvertrag.
Mit einem geübten Schwung drehte er sich zur Klasse. Er grinste leicht.
„Wer von euch kann mit diesen Begriffen etwas anfangen?“
Ainsley überlegte. Irgendwann musste sie was sagen. Jetzt war es noch unverfänglich, dachte sie. Sie hob zaghaft ihre linke Hand. Mister Rodney nickte ihr zu. Sie stockte ab und zu, versuchte, flüssig zu reden. Immer die Worte von Opa Fred im Gedächtnis. Nimm dich in Acht, nimm dich in Acht, sauste durch ihre Gehirnwindungen wie auf einer Achterbahn.
„Mister Rodney, KI soll dafür sorgen, dass die Rentner garantiert ihre Rente erhalten. Die Menschen haben zudem trotz mehr Wohlstand weniger Nachwuchs.“
Mister Rodney nickte zufrieden.
„Gut, Ainsley, was fällt dir zum Thema Rationalisierung ein?“
Ainsley räusperte sich.
„Könnten Sie dazu Bob befragen, Mister Rodney?“
Robert Rodney sah sehr erstaunt aus und Ainsley konnte deutlich das Geräusch fürs Heranzoom der Kamera bei der schwarzen Drohne hören. Als Bob zu sprechen anfing, schwirrte die Drohne zu Bob.
„In dem Wort Rationalisierung steckt das Wort ratio, Mister Rodney.“

Mister Rodney lächelte leicht.
„Ist es also vernünftig?“
Die schwarze Drohne schwebte lautlos nah an Bob heran, der irritiert zur Drohne schaute, während er antwortete.
„Ja, äh, also, ich, wissen Sie. Ich denke, eintönige Arbeiten sollten Maschinen erledigen.“
Sage rief dazwischen. Ainsley erschrak, denn das war sonst überhaupt nicht Sages Stil.
„Mister Rodney, auch Menschen sollten Tätigkeiten ausüben, die sich wiederholen.“
Die Kamera der Drohne schwenkte zu Sage, während sie sich lautlos Sage schwebend näherte. Sage verstummte sofort. Nach einer kleinen Pause fügte sie hinzu.
„Mehr will ich dazu nicht sagen.“
Ainsley war noch mehr angespannt. Sie hatte Angst, dass Sage Ärger bekommen könnte, und meldete sich zu Wort.
„Mister Rodney, KI will den Menschen imitieren, aber sie wird es nicht hundertprozentig schaffen.“
Mister Rodneys linke Augenbraue hob sich.
„Ach ja?“
Ainsley nickte eifrig.
„Ja, weil KI fehlt etwas sehr Entscheidendes.“
Ainsley deutete auf ihre Brust und sie hörte gleichzeitig ein Rattern in dieser schwarzen Drohne. Ein paar Sekunden später flog sie zum Lehrerpult und setzte zur Landung an. Mister Rodney war auf einmal sehr aufgeregt und lief zum Pult. Ein bitzelndes Geräusch war zu hören; und ein heller Lichtblitz war in der Kamera zu erkennen. Ein Murmeln ging durch die Klasse, während Mister Rodney mit der

linken Hand abweisend winkte.
„Halb so wild.“
Er beugte sich über die schwarze Drohne, die keine Reaktion mehr zeigte. Er rieb an seinem rechten Ohrläppchen, um ein Gedankentelefonat zu starten. Er fuchtelte mit den Händen, als würde er ein Orchester dirigieren. In seinem Gesicht konnte Ainsley Verzweiflung lesen. Ein Satz rutschte ihm laut raus.
„Ich soll dafür verantwortlich sein?“
Sein Blick wanderte zu Ainsley, die ein sehr ungutes Gefühl spürte. Sie hatte wohl zu viel Meinung von sich gegeben. Sie schimpfte mit sich selbst. Hätte sie sich mal zurückgehalten. Das Wort „Hätte“ hämmerte in ihrem Schädel. Sie konnte die Zeit nicht zurückdrehen und diesen Satz ungesagt machen.

Kapitel 43

Hope begrüßte Ainsley mit einem hohen Miauen, als Mom13 die Wohnungstür langsam aufschwang. Hope quetschte sich mit ihrem schlanken Körper durch den Türspalt und aus irgendeinem Grund schnappte die Wohnungstür zu. Hope maunzte herzergreifend. Ihr buschig roter Fellschwanz klemmte in der Tür. Ainsley hüpfte schnell zur Tür und hämmerte wild dagegen. Endlich ging die Tür auf und Hope war befreit. Ainsley hob sie an und streichelte sie zur Beruhigung. Hope maunzte jammernd, während die Tür sich immer weiter öffnete. Mom13 schaute ernst zu Ainsley.

„Das Fenster stand auf Kippe und die Zugluft knallte die Tür zu, Tochter Ainsley.“

Ainsley sah in ihrem Gesicht sterile Teilnahmslosigkeit. Sie wollte es nicht tun, doch in diesem Moment verglich sie ihre Mutter Selma mit diesem Androiden. Ihre Mutter hätte sich die Katze angeschaut und sie beruhigt. Mom13 blinzelte kurz.

„Komm rein.“

Ainsley schlich mit vorwurfsvollem Blick in die Wohnung. Hope krallte sich so fest in ihrem schwarzen Mohair-Pulli, dass sie eine lange Masche zog. Mom13 seufzte.

„Die Katze macht deinen schönen Pulli kaputt.“

Im nächsten Augenblick grabschte Mom13 nach Hope, die fauchend versuchte, sich gegen diesen Griff zu wehren. Ainsley sah fassungslos zu, wie Hope einen Buckel in Mom13s Armen machte und die Krallen einsetzte, die aber

anscheinend keine Wirkung bei Mom13 zeigten. Mom13 packte mit Daumen und Zeigefinger der rechten Hand rasch nach Hopes buschig-aufgeblähten Fellschwanz und zupfte stark daran. Hope fauchte wieder und Ainsley schrie Mom13 an.
„Du tust ihr weh, du unsensibler Android."
Mom13s Augenlider flackerten wild, ehe sie antwortete.
„Erstens, ich schaue nach, ob sie verletzt ist. Zweitens, ich bin deine neue Mom."
Hope konnte sich aus Mom13s Griff befreien, da sie sich auf Ainsleys Reaktionen konzentrierte. Hope sprang auf den Küchenfußboden und rannte wie ein geölter Blitz in Ainsleys Zimmer. Als Ainsley hinterhereilen wollte, spürte sie, wie eine eiserne Kraft an ihrem linken Oberarm zupackte und sie dadurch in ihrer Bewegung einfror. Ainsley schrie Mom13 an.
„Das tut ganz schön weh. Lass sofort los, du Android."
In Ainsley pulsierte die Angst den Hals hoch und kam im Kopf an. Sie musste sich etwas einfallen lassen. Was, wenn Mom13 kurz vorm Austicken war? Vielleicht spann eines dieser Programme in ihrem Grace-Bauteil? Eine unangenehme Hitzewelle durchströmte ihren Körper. Sie war sich sicher, dass Mom13 durchaus in der Lage war, sehr fest zu klammern. Weiter kam sie mit ihren schrecklichen Gedanken nicht, denn Mom13s Gesicht näherte sich ihrem. Dieser penetrante Geruch von Maschinenöl stieg Ainsley in die Nase. Sie nieste und Mom13 raunte ihr ins Ohr.
„Jetzt hör mal zu, Tochter Ainsley. Ich sage dir, wo es langgeht. Hast du das kapiert?"

Ainsleys Kopf kippte vor und zurück, in einer Geschwindigkeit, die einer Schnecke glich. Endlich merkte Ainsley, dass der starke Druck am Oberarm nachließ und schließlich gar kein Gefühl mehr da war, obwohl Mom13 sie nicht mehr festhielt. Mit einem sturen Blick in die Richtung ihrer Zimmertür setzte sie einen Fuß vor den anderen. Sie traute sich nicht, laut zu atmen, und hielt, kurz bevor sie durch ihre Zimmertür glitt, den Atem an.

Erleichtert sah sie Hope zusammengerollt auf ihrem Bett liegen. Vorsichtig zog sie die Tür hinter sich zu und drückte dabei den Türgriff herunter, so dass ein extrem leiser Laut beim Schließen entstand. Sie lehnte sich mit dem Rücken an die Tür und atmete tief ein und aus. Sie reflektierte über das gerade Geschehene und schloss die Augen. Sie musste die Behörde für Familiäre Angelegenheiten kontaktieren, denn in ihr wuchs eine kleine Pflanze, die sich unschön um ihr Wohlbefinden rankte. Ihre Angst trieb große Blätter und Mom13s Verhalten war der Dünger.

Kapitel 44

Als Ainsley am nächsten Morgen neben Sage in der Schul-Transportkapsel saß, wollte sie einerseits nicht über den gestrigen Vorfall mit Mom13 reden, aber andererseits wieder doch. In ihrem Kopf schwirrten die beunruhigenden Gedanken wie in einem Nest voller Hummeln. Sage saß am Fenster und betrachtete gut gelaunt den Himmel.

„Ains, heute scheint besseres Wetter zu sein."

Sage strahlte sie an, doch Ainsley verzog keine Miene.

„Schön."

Sage stupste sie an.

„Du bist heute so wortkarg. Was gibt's?"

Ainsley schaute auch aus dem Fenster und murmelte.

„Nichts Wichtiges."

Sage beugte sich zu Ainsley und legte einen Arm um ihre Schulter.

„Doch, da ist was Wichtiges. Ist es Ärger mit Mom13?"

Ainsley schnaufte.

„Ich weiß nicht, ob ich es Ärger nennen kann."

Sage flüsterte Ainsley ins Ohr.

„Sag mir, was gewesen ist."

Sage deutete mit ihrer rechten Hand auf ihr Ohr und Ainsley beugte sich zu Sages Ohr, so dass ihre Nasenspitze Sages Ohr berührte.

„Sage, Mom13 hat gestern Hopes Schwanz in der Tür eingeklemmt und sich gewundert, dass ich mich aufrege, weil sie Hope danach am Schwanz gezogen hat. Ich war wütend und nannte sie einen unsensiblen Androiden. Daraufhin packte sie mich so stark am Oberarm, dass ich blaue Flecken davon habe. Ich habe das erst heute Morgen entdeckt. Ich weiß nicht, was ich tun soll."

Ainsley sah, wie Sages Augen sich weiteten. Aus Sage purzelten die Worte laut heraus.

„Du musst die Behörde für Familiäre Angelegenheiten kontaktieren. Sofort."

Ainsley blickte Sage strafend an und Sage hielt sich sofort die Hand auf den Mund. Sie murmelte.

„Entschuldige, ich bin so wütend darüber."

Sage nahm Ainsley in den Arm und drückte sie. Sie sprach leise und sehr langsam.

„Ains, ich bin immer für dich da. Echt."

Ainsley fühlte sich besser, doch sie verstand das Grace-Bauelement nicht hundertprozentig. Eigentlich hätte Mom13 sie doch imitieren müssen. Sie hätte Hope streicheln müssen. Ainsley musste unbedingt mit Mister Rodney unter vier Augen reden, bevor sie der Behörde für Familiäre Angelegenheiten eine Meldung machen würde.

Kapitel 45

Robert Rodney übertraf sich selbst. Er trug einen anthrazitfarbenen Anzug, der großzügig mit Pfauenfedern geschmückt war, als er zum Lehrerpult stolzierte. Ein Lächeln krönte sein extravagantes Aussehen. Ainsley beobachtete genau, ob er einen Gegenstand in den Händen hielt oder ob ihm irgendein Roboter folgte. Sie war ein wenig enttäuscht und fragte sich, was Mister Rodney wohl heute für ein Thema im Unterricht für Roboterethik anschneiden würde. Als Mister Rodney seine schwarze Aktentasche auf dem Pult schwungvoll abstellte, hörte Ainsley ein schweres Poltern. Mister Rodney zog sehr schnell am Reißverschluss der Tasche mit der einen Hand, während er mit der anderen Hand in das große Fach griff. Er wühlte in diesem Fach herum und schaute sehr erfreut, bevor er seine Hand, die etwas umschloss, aus der Tasche herausholte und er grinsend in die Klasse blickte.

„Stellt euch vor, ich könnte euch einen großen Wunsch erfüllen. Was wäre das?"

Bobs Stimme hallte von den Wänden des Klassenraums.

„Mehr Geld, Mister Rodney."

Bobs Kommentar erntete ein riesiges Gelächter und Mister Rodney stiefelte langsam, aber sicher auf Ainsleys Tisch zu, während Sage neben ihr vor Aufregung ein wenig zitterte.

Mister Rodney beugte sich elegant zu Ainsley hinunter.

„Was wäre dein größter Wunsch?"

In Ainsleys Kopf blendete sich eine alte Szene ein. Opa

Fred biss in sein Butterbrot, das mit Schnittlauchschnipseln bestreut war. Er kaute genüsslich und lächelte sie an. „Ains, was ist dein größter Wunsch?“ Ainsley tunkte ihr Butterbrot in den Teller, auf dem die Schnittlauchschnipsel lagen. Als sie auf das Brot schaute, gab sie ihm die Antwort. „Das bist du, Opa.“ Ihr Opa blickte sie verwundert an. „Wie meinst du das, Ains?“ Sie kicherte. „Das ist mein Geheimnis, Opa.“

Mister Rodney schnipste mit den Fingern vor Ainsleys Gesicht.

„Ainsley, ich warte auf eine Antwort.“

Ainsley zögerte, dann sagte sie ganz laut.

„Mein Opa.“

Mister Rodney legte seine freie Hand auf Ainsleys Schulter und flüsterte.

„Tut mir leid, Ains. Das war keine faire Frage.“

Im nächsten Augenblick öffnete er seine Hand und ein Holzwürfel aus sehr hellem Holz war zu sehen. Ainsley erinnerte dies an die Bauklötzchen, mit denen sie so gerne als Kind gespielt hatte. Türmchen bauen, ein Schloss oder ein Haus, nur für sie allein.

Sie schielte auf die Seitenfläche des Holzwürfels und sah einen silbern glänzenden Punkt.

Mister Rodney lief zu den letzten Tischreihen und hielt den Würfel Bob unter die Nase.

„Bob, du hast bestimmt eine Idee.“

Bob ließ sich das nicht zwei Mal sagen.

„Mister Rodney, das ist doch klar, was das ist.“

Mister Rodney schaute ihn überrascht an.

„Ach ja?“
Bob lächelte souverän.
„Ja, wissen Sie, das ist diese Wunderbox von diesem Typen, der entdeckt hat, dass unser kollektives Unbewusstes für den Erfolg verantwortlich ist. Wie hieß der noch Mal. Ja, jetzt hab‘ ichs. Luis Canole.“
Mister Rodney pfiff anerkennend durch die Zähne.
„Ein Volltreffer, Bob. Woher weißt du das?“
Bob lehnte sich zurück und lachte.
„TRANSIT wusste das, Mister Rodney.“
Einige Schüler kicherten laut, aber Mister Rodneys Gesichtsausdruck spiegelte seine Enttäuschung wider. Er murmelte.
„Ich hätte es wissen müssen.“
Er schlurfte nach vorne und blieb vor Ainsleys Tisch stehen.
„Das findet keiner bei TRANSIT und es würde mich nicht wundern, wenn du es herausfindest, Ainsley. Wieso ist diese Box so ungeheuer wichtig für einen Androiden der neuen Generation, das heißt seit 2067?“
Ainsley hatte inzwischen auch bei TRANSIT nachgeschaut und den Eintrag zu dieser KU-Box, also die Box für kollektives Unbewusstes, gelesen. Da waren so viele Anhaltspunkte.
Mister Rodney streckte ihr seine Hand hin.
„Los, Ainsley, nimm ihn mal auf die Hand.“
Ainsley streckte ihre Hand aus und war erstaunt über das ungewöhnlich hohe Gewicht. Das Innere konnte kein Holz sein. Das war nur die Hülle. Innen war ein Konstrukt. Was

nur könnte das sein? In ihren Gehirnwindungen hatte sich ein Gedanke verhakt. Sie überlegte, ob sie es sagen könnte. Sie räusperte sich, dann brach es aus ihr heraus.
„Mit dieser Box konnten Androiden auf einmal Geschichten erzählen."
Mister Rodney nickte ernst und raunte ihr zu.
„Wir treffen uns nach dem Unterricht im Wartezimmer vom Schulleiter."
Ainsleys Magen gluckerte. Positive Wellen der Aufregung durchströmten sie schlagartig.

Kapitel 46

Ainsley wippte mit ihrem linken Fuß. Sie würde die Schul-Transportkapsel um 13.19 Uhr verpassen. Sie starrte an die Decke dieses düsteren Wartezimmers vor der Tür des Schulleiters Lucas Sansibar. Dunkelbraune Holzvertäfelungen brachten eine Atmosphäre in diesen Raum, den sie niemals freiwillig betreten würde.

Mit Human Wifi rief sie über ihren Ohrläppchen-Chip die allgemeingültige Uhrzeit (AGU) ab. Mist, schon 13.13 Uhr. Sie müsste die nächste Transportkapsel nehmen. Das war die Transportkapsel, in der viele Mitarbeiterinnen und Mitarbeiter vom Obersten Gremium saßen, da genau um 14 Uhr Schichtwechsel war. Sie erinnerte sich an das letzte Mal, als sie die 14.19-Uhr-Transportkapsel genommen hatte. Ein Android mit brünetter Hochsteckfrisur wollte unbedingt neben ihr sitzen und fragte sie dann über ihren Tagesablauf aus. Es fühlte sich mehr wie ein Verhör als ein normales Gespräch an. Der Android stellte sich mit dem Namen Karen44 vor. Ainsley schauderte bei dem Gedanken, dieser Karen44 noch Mal über den Weg zu laufen. Offensichtlich hatte sie auch künstliche Intelligenz, was Ainsley an ihrem Verhalten festmachen konnte.

Ainsley war ungeduldig und aufgeregt zugleich. Sie musste auf Mister Rodney warten, denn anscheinend gab es Wichtiges mit dem Schulleiter zu besprechen. Es kam ihr auch gelegen, denn sie wollte ja ihre Beschwerde über Mom13 loswerden.

Ainsley zuckte leicht zusammen, als sie eine Pfauenfeder

zuerst um die Ecke biegen sah. Erleichtert sah sie dann, wie sich Mister Rodney in ihr Blickfeld schob. Sie schüttelte leicht ihren Kopf wegen dieser Modeeskapaden eines Lehrers, der Roboterethik als Fach hatte. Mister Rodney winkte ihr freudig zu.
„Hi, Ainsley, schön, dass es klappt. Ich habe eine Überraschung für dich."
Ainsley überlegte, ob sie das Wort Überraschung mochte.
„Ja, gut, dann…"
Ainsley erhob sich langsam aus dem schwarzen Flokati-Sessel, der neuerdings im Wartezimmer stand. Erst jetzt fiel ihr das Display in der rechten Armlehne auf. Sie zeigte darauf.
„Mister Rodney, hat das was zu bedeuten?"
Er grinste verschmitzt.
„Du hättest das Wellness-Programm RELAX_AT_SCHOOL über deinen Chip aktivieren können und das Display hätte dir angezeigt, wie entspannt du bist."
Ainsley ärgerte sich. Das hätte sie brauchen können.
„Mister Rodney, seit wann gibt es diesen Stuhl?"
Er lächelte.
„Ainsley, der steht da erst seit einer Stunde."
Gleichzeitig zeigte er mit seiner Hand Richtung Flur.
„Es sind im ganzen Gebäude solche Stühle aufgestellt worden."
Ainsley schaute misstrauisch auf den Stuhl.
„Was genau bewirkt so ein RELAX_AT_SCHOOL-Programm?"
Mister Rodney legte einen Finger auf seinen Mund.

„Psst, das ist noch geheim. Das wird offiziell morgen Vormittag in der ersten Stunde verkündet.“
Sie schaute ihn streng an.
„Aber ich könnte den Sessel doch jetzt schon nutzen.“
Er nickte leicht.
„Okay, warte kurz…“
Er machte einen großen Schritt zum Sessel und ließ sich hineinplumpsen.
„Das Sitzen ist schon supergemütlich, was?“
Ainsley überlegte und verglich ihre gerade erlebte Nervosität mit anderen Situationen, in den sie nervös war. Nach einer kleinen Pause nickte sie zögerlich.
„Verraten Sie mir jetzt das Programm?“
Seine Gesichtszüge waren auf einmal sehr ernst.
„Ich konzentriere mich, Ainsley. Keine Angst.“
Ein Surren im Sessel lenkte Ainsleys Aufmerksamkeit auf ein Fußteil, das langsam Mister Rodneys Füße anhob. Ein Ton, als ob Metallkugeln aneinanderstießen, war zu hören. Mister Rodney drehte seinen Kopf zu Ainsley.
„Das ist wunderbar, Ainsley. Mein Rücken wird gerade massiert, und zwar an den Stellen, die wirklich verspannt sind.“
Er tippte auf das Display.
„Und hier siehst du die Wohlfühlkurve. Das sind die Nervenreizungen in der Haut. Wenn die Kurve nicht stimmt, werden die Massagebewegungen der Kugeln, die sich in der Rückenlehne befinden, optimiert.“
Mister Rodneys Gesicht sah verzückt aus, wenn nicht sogar entrückt.

Mit einem lauten Rumms schwang die Tür des Schulleiters Lucas Sansibar auf, der augenrollend auf den neuen Lehrer sah.
„Mister Rodney, unser Termin."
Sogleich bildeten sich wieder Lachfalten auf dem Gesicht des Schulleiters.
„Komm schon, Robert. Du hast das Ding genug erklärt."
So schnell konnte Ainsley gar nicht schauen, wie das Fußteil des Sessels unten und die Massage beendet war. Eine von den Pfauenfedern von Mister Rodneys Anzugjacke pikste Ainsley am linken Oberarm. Aus dem Augenwinkel heraus sah sie, wie sich seine Augenbrauen stark anhoben. Die Sache mit den blauen Flecken wollte sie beim Schulleiter besprechen, nicht jetzt schon. Sie winkte ihn an sich vorbei und er lief leicht widerwillig voran, während Lucas Sansibar die Tür aufhielt. Sie staunte immer wieder, warum der Schulleiter keine automatisch öffnende Tür hatte und an diesem veralteten Modell festhielt. In Wohnungen waren die alten Modelle Standard, aber als Eingangstüren für offizielle Gebäude oder bei Türen für Vorgesetzte oder wichtige Mitarbeiter des Gremiums war die automatisch sich öffnende Glastür der Standard. Sie fragte sich beim Hineingehen in das Zimmer des Schulleiters, ob er so gute Verbindungen zum Obersten Gremium hatte, um seine individuelle Meinung durchsetzen zu können.
Lucas Sansibar zeigte auf den schwarzen Plastikstuhl, der links vor seinem Schreibtisch stand.
„Setz dich, Ainsley, wir haben eine Überraschung für dich."

Ihr Herz pochte wild und ihr Puls raste spontan.
Lucas Sansibar grinste.
„Du brauchst keine Angst haben. Sie ist positiv."
Mister Rodney nahm neben Ainsley Platz und strahlte den Schulleiter an.
„Sagst du es ihr, Lucas, oder soll ich?"
Lucas Sansibar nickte.
„Du kannst es vielleicht besser formulieren, weil es ja auch dein Fach betrifft."
Robert Rodney räusperte sich und hob feierlich die Stimme an.
„Liebe Ainsley, ich habe die ehrenvolle Aufgabe, dir mitzuteilen, dass das Oberste Gremium dich mit einem Preis bedenken will. Nächste Woche ist ja die letzte Woche vor den Großen Ferien und da wird es Zeugnisse geben. Da die Dokumentationseinheit sich derart überfordert von deinem intuitiven Wissen fühlte, wurde man auf deine bisherigen Leistungen im Fach Roboterethik aufmerksam. Das Oberste Gremium forderte sämtliche Klausuren, die du in der Schul-Cloud im Fach Roboterethik hochgeladen hattest, ein."
Mister Rodney nickte Lucas Sansibar zu, der sich schnell von seinem Chefsessel erhob und auf Ainsley zueilte. Er streckte die Hand aus und schüttelte ihr kräftig die Hand, während er genauso feierlich sprach.
„Ainsley Amber, ich gratuliere dir zur weltbesten Schülerin in Roboterethik und ich bin stolz darauf, dass du Schülerin meiner Schule bist."
Lucas Sansibars Lachfalten waren so stark ausgebildet wie

nie zuvor.
„Ainsley, nächste Woche Freitag ist deine Ehrung. Ein Stellvertreter vom Obersten Gremium wird anwesend sein und dir einen virtuellen Avatar offiziell überreichen. Eine Dokumentationseinheit wird die Feier aufzeichnen und weltweit veröffentlichen.“
Ainsley stand zögerlich auf und wusste nicht, wie die beiden auf ihre Nachricht reagieren würden.
„Mister Rodney und Mister Sansibar, ich fühle mich sehr geehrt. Aber ich habe auch gelernt, KI-Androiden kritisch gegenüber zu sein.“
Sie zeigte auf ihre blauen Flecken am linken Oberarm. Lucas Sansibars Blick erstarrte und sie sprach weiter.
„Mom13 hatte gestern ein Problem mit meiner Katze Hope. Sie packte mich gestern derart stark an, dass ich diese blauen Flecken davontrug.“
Mister Sansibar lief sehr langsam zu seinem Sessel und setzte sich in Zeitlupe darauf. Seine Fingerspitzen berührten sich zuerst und dann rieb er sich die Finger. Er blickte Ainsley sehr ernst an.
„Das ist ein schwerer Vorwurf, Ainsley. Mom13 ist sehr lange getestet worden, bevor sie zum Einsatz kam.“
Ainsleys Gesicht war schmerzverzerrt.
„Mister Sansibar, sie tat mir weh. Und ich hatte das Gefühl, dass sie sich nicht mehr im Griff haben könnte.“
Lucas Sansibar schüttelte stark seinen Kopf.
„Mom13 würde dir niemals was antun. Ihre Programme sind absolut frei von Fehlern.“
Mister Rodney nickte dazu.

„Die Behörde für Familiäre Angelegenheiten hat Mom13 auf Herz und Nieren geprüft.“
Ainsley lachte laut.
„Das geht doch gar nicht.“
Mister Rodney verzog das Gesicht.
„Mom13 braucht keine inneren Organe. Das ist richtig, Ainsley.“
Mister Rodney sah fragend zu Mister Sansibar.
„Dann hat man eben ihre Kabel und Bauelemente penibel geprüft.“
Mister Rodney drehte seinen Kopf zu Ainsley.
„Hast du Mom13 in irgendeiner Form angegriffen?“
Ainsley plusterte ihre Wangen vor Empörung auf.
„Nein, das würde ich niemals machen. Sie ist viel stärker als ich.“
Lucas Sansibars Stimme klang ernst.
„Du hast Angst vor Mom13?“
Ainsley wollte nicht wie eine Memme dastehen und antwortete, während sie mit einer Hand winkte, um die Absurdität der Frage wegzuwischen.
„Ich bin kein Angsthase, wenn Sie das meinen.“
Lucas Sansibar kratzte sich verlegen an einer Augenbraue.
„Hast du Mom13 provoziert, mit irgendeiner Kritik, die sie missverstanden hat?“
Ainsley sprang entrüstet von ihrem Stuhl auf.
„Ich bin nicht so am Pubertieren wie dieser Bob.“
Sie drehte sich zu Mister Rodney.
„Das können Sie doch bestätigen, Mister Rodney, stimmt’s?“

In diesem Moment blendete ihr Chip ihr die AGU ein und sie schleuderte Mister Rodney und Mister Sansibar die nüchternen Worte in die erstaunten Gesichter.
„Zeit für meine Transportkapsel nach Hause."
Beim Hinauslaufen schrie sie.
„Ich werde das Problem auf meine Art wohl lösen müssen."
Sie knallte die Tür zu. Ihr war es vollkommen egal, ob sie jetzt diese schreckliche Preisverleihung vermasselt hatte.
Mister Rodney sah besorgt zu Lucas Sansibar.
„Türenknallen ist Teil der Pubertät."
Lucas Sansibars Lachfalten zeigten sich wieder.
„Robert, Mom13 können wir vertrauen."
Robert Rodney erwiderte spontan.
„Von Vertrauen zu sprechen, ist gewagt, Lucas. Nenn es lieber sich darauf verlassen."

Kapitel 47

Ainsley hatte so viel Wut im Bauch, dass sie zur Kopplungsstation FINE rannte. Sie beschleunigte ihre Beine, bis sie schmerzten, aber sie hielt das Tempo. Sie wollte nach Hause zu Hope. Mom13 war ihr egal. Sie war kein Lebewesen, aber Hope lebte, so wie sie. Ainsley verstand weder Mister Rodney noch Mister Sansibar, dass sie einer Maschine mehr vertrauten als dem Bericht eines Menschen. Sie musste unbedingt herauskriegen, warum Mom13 gestern überreagiert hatte und dann würde sie allein die Behörde für Familiäre Angelegenheiten kontaktieren. TRANSIT wusste garantiert was, und wenn TRANSIT es nicht wusste, dann bestimmt User stupid_0123 im Rebellennetzwerk PURPLE NET.

Außer Puste kam sie an der Kopplungsstation FINE an und stützte sich mit beiden Händen vornübergebeugt auf ihren Oberschenkeln ab. Sie atmete tief aus, damit sie sich beruhigte. Eine weibliche Stimme erklang hinter ihr.

„Na, Ainsley, heute mal wieder mit der 14.19-Uhr-Transportkapsel unterwegs?“

Ainsley war spontan genervt. Sie kannte diese nasale Stimme, die piepste wie ein übermotivierter Singvogel. Karen44, die neugierigste Mitarbeiterin beim Obersten Gremium.

Ainsley streckte sich und drehte sich zu Karen44 um. Mit einem sicheren Blick starrte sie in die Androiden-Augen, die teilnahmslos auf ihr ruhten.

„Hatte heute eine wichtige Besprechung, Karen44.“

Karen44 blinzelte.
„Das freut mich, Ainsley. Am besten berichtest du mir gleich."
Ainsley bereute sofort ihre Angeberei gegenüber Karen44. Jetzt musste sie sich wieder verbal herausmanövrieren.
Karen44 legte einen Hauch von Lächeln in ihr Gesicht, als die Transportkapseln vorfuhren. Die Schwingtür der ersten Kapsel schnellte empor und Karen44 sah Ainsley herausfordernd an.
„Komm schon, Ainsley. Du willst doch bestimmt so schnell wie möglich nach Hause."
In Ainsley formte sich inzwischen eine Frage, die sie nur einem KI-Androiden, so wie Karen44, stellen konnte.
Ainsley suchte sich einen Fenstersitzplatz und wartete, bis sich Karen44 neben ihr platzierte. Ein Duft, der Ainsley irgendwie bekannt vorkam, wehte zu ihr herüber. Im Geist sah sie plötzlich ihre Oma Fiona vor sich, die von ihrem Lieblingsduft Lavendelwasser erzählte. Karen44 zwinkerte Ainsley an.
„Was ist dein Lieblingsfach in der Schule?"
Das war der Standard-Small-Talk. Garantiert ein Programm, das dieser nerdige Android einfach nur herunterspulte. Ainsley war aber an etwas sehr Wesentlichem interessiert. Sie musste nur vorsichtig nachfragen, dann würde sie auch eine Antwort erhalten, die ihr einen wichtigen Aufschluss zu Mom13 geben würde.
Ainsley sah aus dem Fenster und bemerkte den strahlend blauen Himmel, an dem vereinzelt pinke Kondensstreifen der Flugkapseln zu sehen waren. Ainsley war noch nie mit

einer Flugkapsel verreist, da diese Art zu reisen, nur Privilegierten vorbehalten war. Dafür brauchte man eine Bescheinigung nach Paragraf 77 von der Behörde für Klimaschutz und diese Bescheinigung bekamen nur hohe Mitarbeiterinnen und Mitarbeiter beim Obersten Gremium, also Androiden mit KI. Menschen erhielten die Bescheinigung nur in absoluten Ausnahmefällen. Ainsley fragte sich schon, wer das entschieden hatte. Wer war vor allem der oberste Chef beim Obersten Gremium? Es war topsecret, weil der oberste Chef Angst vor Anschlägen hatte. Wenn Ainsley den Gerüchten Glauben schenken sollte, war es ein Android mit KI, den einst der Premierminister benannt hatte. Ainsley verstand zu wenig von der Politik, dass sie schon beim Nachdenken Kopfschmerzen davon kriegte.
Karen44 berührte sie am Arm.
„Träumst du? Ich wollte wissen, was dein Lieblingsfach ist."
Ainsley konzentrierte sich auf Karen44 und erwiderte.
„Roboterethik."
Karen44 hakte nach.
„Hattest du deswegen die Besprechung?"
Ainsley überlegte. Was sollte sie antworten? Wenn sie alles ausplaudern würde, bevor die Feier mit ihrer Auszeichnung war, wäre das irgendwie nicht gut. Woher sollte sie wissen, mit was für einem Androiden sie es hier zu tun hatte? Sie musste vorsichtig sein. Das sagte ihr das Bauchgefühl, als sie endlich antwortete.
„Die Besprechung war wegen einer geplanten Feierlichkeit, die noch geheim ist."

Karen44 nickte wie eine Wackel-Figur.
„Verstehe, dann warte lieber, bis es offiziell ist."
Karen44 zeigte zum Fenster.
„Heute ist das Wetter angenehm. Meinst du, es bleibt so?"
Ainsley nickte und schaute auf ihr AGU-Display, das sie bei Bedarf vor ihrer Netzhaut einblenden konnte. Noch zehn Minuten, bis sie im Ballungsgebiet TOUCH-GROUND ankommen würde. Sie brauchte eine Idee. So eine richtig gute Idee.
Endlich hatte sie die perfekte Frage gefunden.
„Karen44, glaubst du, dass du ewig existierst?"

Kapitel 48

Grinsend stieg Ainsley aus der Transportkapsel aus und winkte Karen44 zum Abschied. Ihre Antwort war wertvoll. So wertvoll wie ein Schatz, den Ainsley nun hüten musste. Sie spürte keine Angst mehr vor Mom13, denn sie kannte die Schwachstelle der Androiden mit KI.

In Ainsley entwickelte sich auch eine leise Ahnung, warum Mom13 ein Problem mit Hope hatte. Es konnte damit zusammenhängen, dass Hope keinen Chip besaß.

Ainsley stiefelte die Baumallee entlang und riss ein paar Grashalme aus den hüfthohen Grasbüscheln heraus. Sie hielt einen Grashalm, umrahmt von beiden Daumen, vor ihren Mund und blies hindurch. Opa Fred hatte ihr das mal beigebracht und sie hoffte, dass es Wirkung zeigen würde. Ein helles Pfeifen schwirrte durch die Luft und wie aus dem Nichts tauchte Hope auf. Hope strich Ainsley um die Beine und miaute laut. Ainsley griff ihrer Katze unter den Bauch und hob sie sanft hoch. Dann drückte sie ihr Gesicht in dieses herrlich weiche Fell. Ein Schnurren vibrierte in Ainsleys Nase, das für sie himmlisch klang und sich auch so anfühlte.

Mit Hope auf dem Arm lief sie in Richtung des moosbewachsenen Wohngebäudes.

Gleich würde sie Mom13 testen und danach könnte sie die Meldung an die Behörde für Familiäre Angelegenheiten schicken. Sie fühlte die Vorfreude in ihrem Bauch herumflattern.

Kapitel 49

Ainsley schauderte innerlich. Ihr fiel erneut auf, wie ähnlich dieser KI-Android ihrer Mutter sah. Mom13 trug den ultramarinblauen Hosenanzug ihrer Mutter, was Ainsley verabscheute. Dies war der Hosenanzug, den ihre Mutter Selma zur Einschulungsfeier getragen hatte. Am liebsten wollte sie Mom13 bitten, die Kleidung zu wechseln. Im Geiste wusste Ainsley schon, dass sie sich mit ihrer Meinung nicht durchsetzen konnte.
Hope schlich zu ihrem mit Thunfisch gefüllten Katzennäpfchen in der Küche, als Mom13 sich zu Ainsley umdrehte. Ausdruckslos sah sie Ainsley an.
„Tochter Ainsley, dein Schulleiter hat mir schon Bescheid gegeben, dass du eine Stunde später kommst."
Ihre Augen flackerten leicht, als sie hinzufügte.
„Heute gibt es Zucchini-Auflauf. Ich habe das Rezept auf dem Cloud-Konto deiner Mutter gefunden."
Mom13 hätte es nicht erwähnen müssen. Sie demonstrierte damit, dass sie wohl Einblick in die persönlichen Daten von ihrer Mutter Selma hatte. Ainsley machte das unbequem. Sie murmelte ein „Schön" und nahm am Esstisch Platz.
Mom13 stellte den Teller mit mexikanischem Muster auf Ainsleys blauem Platzdeckchen ab.
„Lass es dir schmecken."
Das hatte Mom13 in all den Wochen noch nie gewünscht. Anscheinend gab es eine Änderung in ihrem Kommunikationsprogramm. Ainsley stocherte in ihrem Essen, als sie die erste Frage an Mom13 stellte.

„Mom13, meinst du, dass es einen tieferen Sinn hat, dass Hope ohne Chip rumläuft?“
Das war die erste verbale Bombe und Ainsley war mulmig, denn sie wusste nicht, wie Mom13 reagieren würde.
Mom13 lief spontan zu Hope, die noch an ihrem Futterschälchen stand und fraß. Mom13 ging in die Hocke und streichelte Hope.
„Hope ist eine Katze wie jede andere.“
Okay, eine Floskel. Ainsley musste wohl genauer fragen.
„Mom13, machst du einen Unterschied bei einem chiplosen Tier?“
Ein nervöses Piepen klang auf einmal aus dem Körper des Androiden. Die Augenlider von Mom13 gingen wie Rollladen schnell runter und wieder rauf. Als das Piepen verstummte, antwortete Mom13 in einer außergewöhnlichen Stimmlage. Sie war zwei Oktaven tiefer.
„Ich habe erkannt, dass Hope chiplos ist, wenn du das meinst.“
Leicht verunsichert nickte Ainsley und fürchtete sich vor der entscheidenden Frage. Sie wartete ab, bis Mom13 wieder zum Herd lief und nach dem Nachtisch schaute. Mom13s Stimme klang nun wieder normal.
„Tochter Ainsley, möchtest du ein Haselnusseis mit heißen Himbeeren?“
Ainsley brachte nur ein „Gerne“ stockend heraus, da ihr noch die Reaktion von Mom13 auf ihre Frage ein wenig im Hals steckte. Insgeheim wunderte sich wieder Ainsley, wo die Himbeeren herkamen. Es musste wohl die gleiche Quelle sein, aus der Mom13 die Kirschen bezogen hatte.

Mom13 servierte Ainsley das Dessert mit einem übertrieben süffisanten Lächeln. Ainsley grinste bemüht zurück und griff nach ihrem kleinen Löffel. Sie steckte den Dessertlöffel in eine Eiskugel und führte langsam ein Löffelchen voll Haselnusseis zu ihrem Mund.
„Mom13, kannst du mir etwas über die KU-Box sagen?"
Mom13s Kopf schnellte hektisch, wenn nicht sogar panisch zu Ainsley herum. In ihren sterilen Augen meinte Ainsley so etwas wie Angst entdecken zu können. Ainsley verwarf wieder diesen Gedanken, weil sich an dieser Emotion schon viele Forscherinnen und Forscher die Zähne ausgebissen hatten. Mom13s Stimme klang sachlich.
„Tochter Ainsley, die KU-Box soll Androiden ermöglichen, sich möglichst menschenähnlich zu verhalten."
Ainsley verknüpfte nun diese Antwort in ihrem Geiste mit der von Karen44 zu der Existenzfrage und fragte Mom13 mit leicht zittriger Stimme.
„Sagt dir die KU-Box, wann deine Existenz zu Ende ist?"
Ein lautes Piepen aus Mom13 ließ Ainsley zusammenzucken. Hatte sie es übertrieben? Moml3s Augenlider flackerten wie die Flügel eines Kolibris im Licht der untergehenden Sonne. Ihr Mund formte sich zu einem „Oh" und sie rang förmlich nach einer Antwort. Ihre Stimme rutschte wieder zwei Oktaven tiefer.
„Das ist eine unerwartete Frage. Eine unerwartete Frage. Mein Programm kommt damit nicht klar."
Mom13 schüttelte auf einmal kräftig ihren Kopf und das laute Piepen hörte sofort auf. Ihre Stimme klang wieder wie gewohnt.

„Tochter Ainsley, anscheinend bist du wirklich die Beste in deinem Lieblingsfach Roboterethik."
Mom13 drehte sich zu der geöffneten Packung mit dem Haselnusseis.
„Willst du noch eine Portion?"
Ainsley nickte und war sich nun sicher, dass die Box für das kollektive Unbewusste eine Schlüsselfunktion bei den KI-Androiden darstellte. Sie hatte Mom13 eiskalt erwischt, aber sie musste auch vorsichtig mit ihren Fragen umgehen. Was, wenn es bei Mom13 zu einem Totalausfall kommen würde, so wie bei der Schwarzen Drohne in Mister Rodneys Unterricht?

Kapitel 50

Schon seit einer Stunde durchsuchte Ainsley TRANSIT nach brauchbaren Informationen zur Kontaktaufnahme mit der Behörde für Familiäre Angelegenheiten.
Sie lag auf ihrem Bett und kuschelte mit Hope, während das Hologramm ihr alle möglichen Treffer zeigte. Sie verzweigte in die einzelnen Treffer, aber sie fand stets die Information, dass es nur vorgesehen war, dass die Behörde für Familiäre Angelegenheiten mit den Menschen Kontakt aufnahm. Ainsley dachte sich, dass ihr Schulleiter garantiert ein Gedankentelefonat mit dieser Behörde führen durfte.
Ainsley wechselte ins PURPLE NET und sah ängstlich zu ihrer Zimmertür. Jetzt durfte Mom13 auf keinen Fall reinkommen.
Innerhalb von einer Minute hatte sie Kontakt zu User stupid_0123.
Hi, Ainsley, wie geht's dir?
Er hatte auf ein Gedankentelefonat umgeschaltet und so konnte Ainsley seine vertraute Gedankenstimme in ihren Gedanken vernehmen. Sie mochte den weichen Ton in seiner männlichen Stimmlage. Wie alt mochte er sein? Als sie das dachte, hörte sie sein Lachen.
16.
Er war genauso alt wie sie. Ihre Neugier trieb sie voran.
Wo lebst du?
Sofort vernahm sie eine ungewöhnliche Härte in seiner Stimme.

Das tut nichts zur Sache. Weswegen kontaktierst du mich?
Ainsley war leicht verunsichert. Ihre Gedanken stockten, aber schließlich fand sie den richtigen Gedanken.
Ich habe einen Androiden mit KI, einen Prototyp der neuesten Generation, als Mutterersatz von der Behörde für Familiäre Angelegenheiten vor die Nase gesetzt bekommen. Der Android nennt sich Mom13 und hat gefährliche Ungereimtheiten.
Ainsley hörte auf einmal echte Teilnahme am anderen Ende.
Oh, Ainsley, das ist schrecklich. Sag mir, was passiert ist.
Ainsleys Magen gluckerte, als sie wieder an den festen Zugriff von Mom13 dachte.
Der Android hatte mich am Oberarm so fest gepackt, dass ich blaue Flecken hatte.
Seine Stimme war auf einmal zittrig.
Das darfst du dir nicht gefallen lassen.
Ainsley mochte ihn noch mehr, als sie es eh schon fühlte.
Ich will der Behörde für Familiäre Angelegenheiten melden, dass Mom13 Programmfehler hat.
Seine Gedanken stockten nun auch.
Ja, äh, in dieser Behörde sitzen auch, ähem, Androiden mit KI. Das musst du bedenken.
Ainsleys Gedanken überschlugen sich.
Sitzt da nicht ein Mensch dazwischen?
Er räusperte sich kurz, dann antwortete er ihr.
Das Rebellennetzwerk hat die Information, dass in den Behörden und im Obersten Gremium alle Menschen mit KI-Androiden ausgetauscht sind. Menschen gibt es nur noch

in den Ballungsgebieten.
Ainsleys spontaner Gedanke machte einen Salto.
Seit wann ist das so?
Stupid_0123s Gedanken flossen langsam, aber sicher.
Im Jahr 2053 übergab die damalige Premierministerin Helen Forest ihren Posten einem Androiden mit KI. Es ist bis heute nicht bekannt, was für ein Android das ist. Das ist Teil der Geheimakte Z35.7, die zu Rationalisierungen bei den Behörden führte.
Es folgte eine kleine Pause, bevor seine nächsten Gedanken flossen.
Ainsley, ich gebe dir heute die Frequenz eines Androiden mit KI. Der einzige Android mit KI, der aus Rebellensicht vertrauenswürdig ist. Es ist Phil77 aus der Michelangelo-Werkstatt. Mehr oder weniger unser Kontaktmann. Er ist verschwiegen. Er kann dir weiterhelfen, denn alle anderen KI-Androiden würden dich abweisen. Für sie wäre es klar, dass du Mom13 provoziert hast.
Diesen Spruch hatte sie auch von ihrem Schulleiter gehört. Ainsley schnaufte sehr stark. Die Informationen waren auch sehr viel auf einmal.
Bereits mit dem nächsten Gedanken schickte stupid_0123 die Kontaktfrequenz von Phil77. Ainsley fühlte sich ein wenig erleichtert.
Danke, stupid_0123.
Gern geschehen, Ainsley. Wenn es Probleme gibt, du weißt ja, wie du mich erreichst.
Nachdenklich blickte sie aus ihrem Fenster und sah einen doppelten Regenbogen direkt über der Kopplungsstation.

Kapitel 51

Begleitet von einem nervösen Flattern in ihrem Bauch, wählte Ainsley die Kontaktfrequenz von Phil77. Sie wollte schon das Gedankentelefonat abbrechen, als Phil77 sich extrem leise meldete.

Verifizieren Sie sich bitte.

Ainsley zupfte an ihren Haaren, während sie die Daten ihrer Netzhaut und ihres Fingerabdrucks durchgab und gleichzeitig erklärte, wer sie ist.

Hier ist Ainsley Amber aus dem Ballungsgebiet TOUCHGROUND.

In der Leitung klickte es zwei Mal, bevor Phil77 fortfuhr.

Miss Amber, Sie sind verifiziert. Womit kann ich Ihnen dienen?

Stupid_0123 hatte in einer Gedanken-SMS, die nach dem Gedankentelefonat eintraf, ihr dringend empfohlen, dass sich auch Phil77 verifiziert. Ainsley dachte langsam.

Hallo Phil77, können Sie mir sagen, was das Codewort für Menschen ist?

Ein Knistern in der Leitung machte Ainsley kribbelig.

HHH..Herz.

Sie atmete auf. Er hatte sich auch erfolgreich verifiziert. Sie konnte nun beginnen, ihm die Story über Mom13 zu erzählen. Zwischendurch kam immer wieder ein „Hmm" oder „Verstehe" von ihm. Schließlich fragte sie ihn mutig.

Phil77, können Sie veranlassen, dass Mom13 geprüft wird?

Eine Pause, die sie anstrengte, nahm ungewöhnlich viel Raum ein. Endlich sprudelte es aus ihm heraus.

Da müsste ich was machen können. Frau Amber, rechnen Sie in den nächsten vier Wochen damit, dass eine schwarze Drohne zu Ihnen nach Hause kommt. Es ist eine Prüfungseinheit, die einen 24-Stunden-Test…

Auf einmal schlug die Zimmertür bei Ainsley extrem laut auf, da die Tür gegen die Wand rumste. Mom13s Blick war eine Mischung aus Wut und Nüchternheit. Sie schrie.

„Tochter Ainsley, mit wem telefonierst du?“

Am anderen Ende hörte Ainsley nichts mehr. Phil77 hatte wohl spontan die Frequenz verlassen. Ainsley lief ein kalter Schauder den Rücken hinunter, als sie sich von ihrem Bett erhob. Sie fühlte Angst in sich hochkriechen. Kalte Angst, die ihr sagte, dass Mom13 stark ist. Sehr stark. Sie bibberte, als sie sprach.

„Mom13, entschuldige bitte, ich habe mit einem Phil77 ein Gedankentelefonat gehabt.“

Ainsley beobachtete Mom13s Gesichtszüge. Sie sah Verwunderung, auch Neugier. Mom13 kam näher.

„Phil77 sagt mir gar nichts. Ist das ein Freund von dir?“

Ainsley überlegte und nickte schließlich. Mom13 verzog leicht den Mund, drehte sich zum Gehen um und rief ihr zu.

„Das ist wohl normal in deinem Alter.“

Die Tür schloss sich sanft, viel zu sanft. Ainsley verspürte Erleichterung und schaute aus ihrem Fenster, das auf Kippe stand, in dic Abenddämmerung. Eine große Horde Krähen zog über das Ballungsgebiet TOUCHGROUND. Sie kreischten das Lied der Verzweiflung.

Kapitel 52

Ainsley trug ihre silbernen Jeans und eine schwarze Bluse, die einen feinen Plissee-Kragen hatte und ihren Hals wie eine Manschette dekorierte. Sie saß aufmerksam in der ersten Reihe in der Schulaula und Sage links neben ihr. Sage drückte ihr die Hand und flüsterte ihr zu.
„Das wird schon, Ains."
Sage zwinkerte ihr zu und Ainsley lächelte zurück. Ainsley sah aus ihrem Augenwinkel heraus, dass rechts neben ihr Mom13 die Bühne fixierte. Das hochaufgelöste Hologramm eines roten Samtvorhangs, das durch definierte Valenzelektronensprünge erzeugt wurde, verdeckte die Bühne, als eine Durchsage über den Lautsprecher das Gemurmel im Saal unterbrach. Die monotone, weibliche Stimme klang in Ainsleys Ohren unsympathisch.
„Liebes Publikum, ich habe die große Freude, den Beginn der heutigen Feierlichkeit zu verkünden."
Ainsley hörte das Klackern von hohen Absätzen auf dem Holzparkett der Aula. Gleichzeitig roch sie Lavendel. Sie drehte ihren Kopf und konnte es kaum glauben. Karen44 stolzierte zu ihnen in die erste Reihe und nahm freundlich lächelnd auf dem freien Stuhl rechts neben Mom13 Platz. Das Hologramm des roten Samtvorhangs löste sich immer mehr auf und gab nun den Blick frei auf Lucas Sansibar in einem schwarzen Frack. Seine Lachfalten übersäten sein ganzes Gesicht, als er mit der Rede begann. Seine sonore Stimme hallte durch die Aula.
„Liebe Gäste, heute ist der letzte Schultag in diesem

Schuljahr und mit Freude erwarten wir die Großen Ferien. Das ist nicht die einzige Freude, die wir…"
Währenddessen schnappte Ainsley Fetzen des Gesprächs zwischen Mom13 und Karen44 wie „erstaunlich" und „beunruhigend" auf, als sie sich endlich auf Lucas Sansibar konzentrieren konnte. Sie zischte den Androiden ein „Pscht!" zu und sie verstummten ruckartig. Mister Sansibar strahlte in das Publikum.
„…und so bitte ich hiermit Ainsley Amber auf die Bühne."
Ein riesiger Applaus erschallte in der Schulaula und Ainsley erhob sich langsam, lief zur kleinen Holztreppe am Rande der Bühne und steuerte auf den Platz zu, an dem Lucas Sansibar wie angewurzelt stand. Er schüttelte ihr die Hand.
„Es ist kaum zu glauben, aber Ainsley Amber ist die weltbeste Schülerin in Roboterethik."
Das Publikum klatschte so wild, dass der nächste Satz in diesem Meer dieses lauten Geräusches komplett unterging.
„Eine Schülerin der Stanislaw-Lem-Schule. Ist das nicht toll?"
Lucas Sansibar schaute leicht betreten, deutete dann mit seiner Hand an seine Seite. Ainsley stellte sich neben ihn und Lucas Sansibar schnippte mit den Fingern. Im gleichen Moment schwebte ein blickdichtes Hologramm von der Decke herunter, bis es über Ainsleys Kopf stoppte. Es war ein Avatar von Ainsley mit dem Titel „Weltbeste Schülerin in Roboterethik 2077" rund um das knallbunte Bild von Ainsley, ganz im Stil der trendigen Streaming-Serie mit der schnippischen künstlichen Intelligenz „Marcus". Es war

eine Mischung aus einem Manga und Tim Burtons Corpse Bride.
Lucas Sansibar holte mit einer Hand feierlich aus und streckte sie nach oben zu dem Avatar.
„Ainsley Amber, hiermit lade ich diesen außergewöhnlichen Avatar auf dein Schülerin-Profil in der Cloud hoch.“
Erneut klatschten die Gäste um die Wette. Eine Dudelsack-Melodie signalisierte den fertigen Upload. Gleichzeitig zeigte sich vor Ainsleys Augen ein Hologramm, auf dem sie ihr neues Schülerin-Profil erstaunt ansah. Wie gerne hätte sie jetzt ihre Eltern, ihre Oma Fiona und Opa Fred dabei. Sie fühlte eine Sehnsucht, die sie ganz durchdrang und bis in die Fußspitzen kribbelte. Sie räusperte sich und schaute Lucas Sansibar, der ihr wohlwollend zunickte. Sie regelte ihre Sprecherlautstärke um zwei Dezibel höher.
„Liebe Freunde und Gäste…“
Ainsley fixierte ihre beste Freundin Sage in der ersten Reihe an, aber auch Mom13 und Karen44 erwiderten ihren Blick.
„…es ist ein besonderer Moment in meinem Leben. Ich wollte, meine Mutter Selma hätte ihn erlebt.“
Im Saal war es mucksmäuschenstill und Ainsley kämpfte mit den Tränen.
„Sie wäre stolz auf mich gewesen, ganz sicher.“
Ainsley zeigte mit ihrem linken Zeigefinger nach oben.
„Sie dreht jetzt ihre Runden um den Mond, wie ihr alle wisst. Keiner weiß, wann er von der Erde verschwinden muss.“
Hierbei sah sie intensiv zu Mom13 und Karen44, die sie

ausdruckslos anstarrten. Sah Ainsley eine kleine Verunsicherung oder wollte sie sie wahrnehmen? Sie redete weiter.
„Im Anbetracht dieser Auszeichnung fühle ich mich verpflichtet, meine Stärken im Dienst der Menschen einzusetzen."
Jetzt beobachtete Ainsley, wie Mom13 Karen44 anblickte und wie sie sofort wieder zu Ainsley schauten. Ainsley grinste verlegen.
„Wenn Ihr meint, ich wäre genial, liegt ihr falsch. Ich bin einfach nur Ainsley."
Ainsley senkte ihren Blick und verbeugte sich vor den Gästen. Ein Klatschen rauschte tosend wie eine gefährliche Brandung durch den Raum und als sie sich wieder aufrichtete, erkannte sie, dass Mom13 und Karen44 nicht applaudierten. Stattdessen fixierten sie Ainsley wie ein störendes Element.

Kapitel 53

Ainsley hüpfte vor Freude auf dem linken Bein durch die Baumallee, die direkt zum Gebäude der Zentralen Stelle für Bildung im Ballungszentrum HOME führte. Neben ihr hüpfte Sage, die sich bei ihr untergehakt hatte, auf dem rechten Bein. So bewegten sie sich lachend auf das pyramidenartige Gebäude zu. Auf jeder zweiten Etage befanden sich folienartige Fenster, die einen Austausch mit der Außenluft zuließen, wenn sie den gesunden Werten entsprach. Sie reflektierten das Sonnenlicht golden und ließen keinen Einblick zu. Ainsley mochte es nicht sonderlich, sich in solchen Räumen aufzuhalten, aber Teacher842 hatte alle Schülerinnen und Schüler dazu verpflichtet, dass sie die erste Ferienwoche bei einer Veranstaltung namens „Soziale Kompetenzen“ teilnahmen.

Doch Sage gelang es, dass Ainsley schwierige Dinge mit Leichtigkeit nahm. Und so sprangen sie der Pflichtveranstaltung entgegen, während sich ihre Mitschülerinnen und Mitschüler hinschleppten und sie mit Verwunderung beobachteten. Bob schlich sich an die beiden Hüpfenden heran.

„Na, ihr verrückten Hühner, schon gemerkt? Wir haben die Großen Ferien und Teacher842 drückt uns noch eine Pflichtveranstaltung rein, nur weil er’s kann.“

Ainsley stoppte und Sage stolperte, weil sie nicht damit gerechnet hatte. Sage sah erbost zu Bob.

„Mann, Bob, verbreitest du wieder kostenlos gute Laune?“

Bob steckte seine Hände in die Hosentaschen und lachte.

„Sage, du Neunmalkluge…“

Ainsley schob ihre Unterlippe vor und brummte Bob zu.
„Noch ein falsches Wort zu meiner besten Freundin und du erlebst mich mal von einer anderen Seite.“
Ainsley stieß Bob von sich weg und Sages Augen weiteten sich vor Schreck, denn Bob ballte beide Fäuste und tänzelten vor beiden herum.
„Na los, weltbeste Schülerin, mal seh’n, ob du dich auch gut mit deinen Fäusten behaupten kannst.“
Eine Hand von hinten zog auf einmal an Bobs linkem Ohr und Bob schrie kurz auf.
„He, was soll das!“
Nun erkannte Ainsley, dass sich Teacher842 eingemischt hatte. Sie fühlte ein wenig Dankbarkeit und wollte gerade ihm passende Worte sagen, als Teacher842 Ainsley schroff angiftete.
„Du provozierst mal wieder, Ainsley. Dieses Mal konnte ich dir helfen.“
Teacher842 ließ Bobs Ohr so plötzlich los, dass Bob taumelte und sich mit schmerverzerrtem Gesicht das Ohr hielt. Bobs Blicke waren wie Giftpfeile, die auf Ainsley zielten. Widerwillig marschierte er schneller an die Spitze der Gruppe. Er kickte mit einem Fuß einen Stein so stark, dass er bis zu dem Pyramidengebäude in hohem Bogen flog.
Teacher842 hob genervt die Augenbrauen und marschierte an Ainsley und Sage vorbei.
Sage hakte sich bei Ainsley unter.
„Komm schon, Ains, wir wissen, dass du nicht provoziert, sondern nur reagiert hast.“
Ainsley fühlte eine Schwere in sich, da sie merkte, wie ihre

Auszeichnung als weltbeste Schülerin bei Bob ankam. Am liebsten würde sie den Avatar rückgängig machen. Warum konnte nicht alles beim Alten bleiben?

Kapitel 54

Teacher842 projizierte ein Hologramm an die weiße Tafel. Er hob die Hände und streckte die Arme zur Seite aus.
„So groß könnt ihr euch das Ganze vorstellen."
Ainsley wunderte sich, denn ein primärer Quantencomputer war doch noch vor Jahren mindestens so hoch und breit wie ein Wohnzimmer mit 20 Quadratmeter.
Teacher842 schob die beiden Hände näher zueinander. So nah, dass die Breite seines Androidenkörpers erreicht war.
„Und so soll der primäre Quantencomputer in fünf Jahren sein."
Bob lachte und hielt seine Baseballkappe, die bis eben noch umgekehrt auf seinem Kopf trug, hoch.
„Und irgendwann passt er in diese Kappe."
Teacher842s Blick war ernst. Keine Spur von Lächeln sah Ainsley in seinem perfekten Androidengesicht.
„Bob, noch lachst du, aber das ist die Zukunft."
Ainsley hob ihre linke Hand.
„Hat das nicht Grenzen? Irgendwo muss doch eine Grenze sein."
Teacher842 lächelte leicht.
„Eine gute Frage. Wahrscheinlich gibt es dann neue Computer, die andere Grenzen aufweisen. Das geht so lange, bis…"
Bob rief dazwischen.
„…bis eine Reiskorngröße erreicht ist."
Teacher842 schüttelte den Kopf.
„Nein, das ist nicht, was ich sagen wollte. Das geht so

lange, bis…“

Ainsley streckte ihre linke Hand nach oben. Teacher842 nickte ihr zu.

„Ja, Ainsley.“

Ainsley hatte ein wenig Angst, ihre Meinung zu sagen.

„…so lange, bis physikalische Gesetze aufgehoben werden können.“

Bob pfiff durch die Zähne.

„Ainsley, das ist verrückt.“

Teacher842 blickte ernst. Ainsley hatte das Gefühl, dass er ein Gedankentelefonat hatte.

Kapitel 55

Das Hologramm mit der schwarzen Schrift an der weißen Tafel hatte viele Stichworte. In der Mitte stand „Soziale Kompetenz“. Links oben war ein Kreis, in dem Menschen standen. Rechts oben las Ainsley Androiden mit KI. Dazu gab es eine Schnittmenge. Verantwortung. Pflichten. Kommunikation.
Teacher842 sah fragend in die Schülermenge.
„Und, hat jemand noch Ideen, was in die Schnittmenge gehört?“
Ainsley fragte sich, was Teacher842 wirklich unter sozialer Kompetenz verstand. Mussten für ihn so die Menschen „funktionieren“? War dies sein Weltbild?
Ainsleys Hand schnellte nach oben und als Teacher842 ihr zunickte, rief sie in die Menge.
„Familie. Da fehlt die Familie.“
In der Schülermenge entstand Unruhe. Bob mischte sich lautstark ein.
„Das ist nie im Leben die Schnittmenge. Die Familie hat nur Schnittmenge mit dem Kreis der Menschen.“
Teacher842 neigte seinen Kopf leicht zur Seite.
„Ainsley, das musst du uns erklären.“
Ainsleys Magen gluckerte so laut, dass Sage es hörte. Sage drückte Ainsley die Hand und flüsterte ihr zu.
„Ains, du schaffst das.“
Ainsley hatte aber das Gefühl, dass ihr die Stimme versagte. Sie krächzte.
„Teacher842, auch Androiden mit KI sind manchmal

Familie. Jedenfalls meint das die Behörde für Familiäre Angelegenheiten."
Bob schrie aus der letzten Tischreihe nach vorne.
„Das stimmt, bei Ainsley ist so eine Mom13."
Teacher842s Gesichtsausdruck spiegelte wider, was durch seine künstlichen Synapsen schoss. Die Augenlider flackerten wild, sein Mund formte ein „Oh" und seine Augenbrauen waren so weit nach oben geschnellt, dass eine Belastungsgrenze erreicht war. Ainsley genoss es, dass sie Teacher842 aus dem Konzept gebracht hatte. Bisher hatte er sie regelmäßig in seinem Matheunterricht so dargestellt, dass sie so gut wie gar nichts weiß. Dass sie eine Null ist. Und nun kehrte sich das auf geheimnisvolle Weise um. Sie spürte diesen furchtbaren Drang, noch eins draufzusetzen. Sie sagte es mit leiser und sachlicher Stimme. Sie ließ jedes Wort genüsslich auf ihrer Zunge zergehen.
„Sie meinen also, dass Mom13 keine Familie ersetzen kann?"
Sage knuffte Ainsley von der Seite und raunte ihr zu.
„Ains, lass das."
Ainsley blickte irritiert zur Seite und murmelte Sage zu.
„Es ist aber so."
Im nächsten Augenblick roch Ainsley diesen typischen Maschinenölgeruch. Sie drehte ihren Kopf wieder nach vorne und sah ein perfekt gebügeltes weißes Hemd auf Augenhöhe. Mist, Teacher842 stand direkt vor ihr. Er redete leise. So leise, dass nur sie und Sage es hören konnten.
„Ainsley Amber, das hat Folgen."

Kapitel 56

Ainsley hasste inzwischen diesen aufdringlichen Duft von Lavendelwasser, auch wenn ihre Oma Fiona ihn so geliebt hatte. Ainsley saß mit überkreuzten Beinen im Aufenthaltsraum der Zentralen Stelle für Bildung. Ihr linkes Bein lag auf dem rechten Bein, während sie mit dem linken Fuß wippte.

Ein strenger Blick von Karen44 reichte. Ainsley stoppte mit dem Wippen. Karen44 hatte sich das Schülerin-Profil aus der Cloud angeschaut und als Hologramm vor die weiße Wand projiziert. Mit einer Kopfbewegung von rechts nach links blätterte sie im Profil. Die Seite „Privatsphäre" tauchte auf.

Ainsley erschrak sich, denn bisher wusste sie nicht, dass es so eine Seite gab.

Karen44 grinste.

„Ainsley Amber, das ist die Sicht des Obersten Gremiums und nicht die Ansicht des Schulleiters."

Ainsley schluckte. Es gab also verschiedene Versionen und es wurde mehr dokumentiert, als sie bisher dachte.

Karen44 öffnete nun die Unterseite „Internes" der Seite „Privatsphäre". Ainsley sah ein Foto von ihr, wie sie bei der Beerdigung ihrer Mutter den Moment beobachtete, als die Urnenkapsel in die Umlaufbahn des Mondes eintrat. Darunter standen Notizen zu ihren Emotionen. Sie ekelte sich vor diesen Sachen, weil sie so unheimlich privat waren, dass sie sie mit niemanden teilen wollte, schon mal gar nicht mit dem Obersten Gremium.

Karen44 zeigte auf das Foto.
„Ainsley Amber, seit diesem Moment war dir klar, dass es nur noch Mom13 für dich gab, oder?"
Ainsley wusste nicht, was sie darauf antworten sollte. Es war auch ein kleiner Schock, dass ausgerechnet Karen44 dafür zuständig war, um Ainsleys Verhalten zu prüfen. Warum gerade Karen44?
Karen44 kaute nervös auf ihrer Unterlippe.
„Kriege ich heute noch eine Antwort?"
Ainsley lehnte sich leicht zurück und versuchte, ruhig zu bleiben.
„Mom13 ist ein Mutterersatz, das ist mir klar."
Karen44 schaute genervt.
„Sie ist der beste Mutterersatz, den du haben kannst."
Innerlich sträubte sich etwas in Ainsley. Karen44 sprach weiter.
„Ainsley, leider muss ich dir mitteilen, dass Teacher842 beantragt hat, dass du vom Unterricht in Roboterethik befreit werden sollst. Du störst den Unterrichtsablauf. Was sagst du dazu?"
Ainsley fühlte ein Zwicken im Bauch. Sie wollte sich so wie das Archiv, das Mister Rodney durch einen Quantensprung in der Zeit ins Hauptarchiv beamte, auch beamen. Sie musste etwas sagen, was ihre Lage erklären könnte.
„Also, ich, ähem, wenn ich es so sagen darf, also, ich habe geredet, ohne nachzudenken, wissen Sie?"
Karen44 nickte und überlegte. Sie blätterte sich durch die Unterseite „Internes". Ein Foto von Ainsley mit Hope auf dem Arm. Ein weiteres Foto von Ainsley auf ihrem Bett,

als sie beim Gedankentelefonat von Mom13 erwischt wurde. Noch ein Foto von Ainsley, wie sie Bob gestoßen hatte. Karen44 zeigte auf die Fotos.
„Es ist schwierig, die Sache zu entscheiden, aber wenn ich mir nicht sicher bin, entscheide ich mich für die Antragstellung von Teacher842."
Aus Ainsleys Augen flossen die restlichen Tränen, die schon lange so nötig gewesen wären. Sie weinte, weil ihre Mutter sie mit diesen bescheuerten KI-Androiden allein gelassen hatte. Sie weinte, weil sie ihre Mutter nicht mehr umarmen konnte. Und weil sie nicht mehr mit ihr reden konnte.
Karen44 sah angewidert zu Ainsley.
„Das ändert nichts an meiner Entscheidung. Nach den Großen Ferien sitzt du nicht mehr bei Mister Rodney im Unterricht. Du wirst kein Roboterethik mehr unterrichtet bekommen. Das Avatar können wir dir nicht aberkennen. Einmal verliehen, ist es fest installiert."
Na toll, dachte Ainsley. Das würde Karen44 also auch noch machen, wenn sie könnte.
Die Wut kroch in Ainsley hoch und explodierte in nur einem Satz der puren Enttäuschung.
„Ich dachte, wir wären Freunde, Karen44."
Aber Karen44 zuckte nur teilnahmslos mit den Schultern, während Ainsley zurückging, um mit ihrer besten Freundin Sage nach Hause zu fahren. Aber war das noch ihr Zuhause? Mom13 fotografierte und dokumentierte alles Mögliche. Keine normale Mutter würde so was tun. Mit einmal sehnte sich Ainsley sehr nach Opa Fred. Echte Familie

erschien ihr nun als das Wertvollste im Leben.

Kapitel 57

Frustriert schlurfte Ainsley an Mom13 vorbei in die Küche und aß, ohne zu reden, die selbstgemachte Pizza. Es war die Tomaten-Basilikum-Mozzarella-Pizza mit dem besonders knusprigen Rand. Ein feiner Duft ging von diesem besonderen Essen aus, aber Ainsley wusste, dass Mom13 es aus der Rezept-Cloud ihrer Mutter Selma geholt hatte. Es roch gut, aber es schmeckte nicht so gut, weil das wichtigste Gewürz, nämlich Liebe fehlte. Mom13 imitierte ihre Mutter Selma perfekt, aber sie war nicht die Frau, die Ainsley auf die Welt gebracht hatte. Mom13 war ein KI-Android, der einen Ersatz darstellte. Ainsley hatte Gänsehaut bei dem Gedanken, bis zu ihrem 18. Geburtstag mit dieser Maschine in einer Wohnung zu sein.
Mom13 blickte sie skeptisch an.
„Tochter Ainsley, stimmt mit dem Essen was nicht?“
Ainsley schnaufte leicht.
„Nein, nein, ich hatte nur einen doofen Tag bei dieser Pflichtveranstaltung.“
Mom13 kam langsam auf sie zu und legte eine Hand auf ihre Schulter. Am liebsten hätte Ainsley sie weggeschubst, aber Mom13 würde dies dokumentieren und auf dieser Unterseite „Internes“ verewigen. Also tolerierte sie diese Geste von Mom13 und hoffte, dass sie sich bald wieder verzog. Ainsley schielte von ihrem Sitzplatz hoch zu Mom13s Gesicht.
„Ich werde nach den Großen Ferien nicht mehr Roboterethik besuchen dürfen, obwohl ich den Avatar erhalten

habe."
Mom13 seufzte.
„Ich weiß."
Ainsley überlegte, ob sich der Empathie-Chip aktiviert hatte. Es klang jedenfalls so, doch Mom13 fügte hinzu.
„Tochter Ainsley, das ist nur zu deinem Besten."
Ainsley lachte innerlich. Zu ihrem Besten. Sie wollte verhindern, dass Menschen von KI-Androiden immer mehr verdrängt wurden. Premierministerin Helen Forest hatte 2053 keine gute Entscheidung getroffen, als sie ihr Amt einem Androiden mit KI übergab.
Ainsley legte ihr Besteck zur Seite.
„Gehe jetzt auf mein Zimmer, Mom13."
Die Hand von Mom13 fuhr sanft von Ainsleys Schulter und Ainsley sah, wie Mom13 ihr hinterherschaute. Ainsley dachte wieder an die Dokumentationsfotos. Machte sie jetzt auch Fotos? Oder war jetzt Ainsleys Verhalten aus Mom13s Sicht korrekt und sie brauchte keine Fotos machen?
Ainsley schloss ihre Zimmertür mit einer langsamen Bewegung, auch wenn sie wegen dieser ganzen Sache stinkewütend war. Sie warf sich auf ihr Bett, auf dem Hope langgestreckt lag, und steckte zwei Kopfkissen unter ihren Kopf, während sie die Gedankentelefonats-Frequenz von stupid_0123 wählte. Es waren nur drei Töne, bis er dran ging.
Hi, Ainsley, schön wieder was von dir zu hören.
Ainsley fuhr mit ihren Fingern durch Hopes Fell.
Hi, hatte heute einen Scheißtag.

Ainsley, du kannst es mir erzählen, wenn es hilft.
Ich darf nicht mehr den Unterricht von Roboterethik besuchen.
Wieso? Hast du was angestellt?
Ich habe gesagt, was ich denke.
Und dann hatten diese KI-Androiden alle Schiss?
Er kicherte.
Ja, und ich habe auch über meine Ersatzmutti hergezogen.
Oh, du hast keine Mutter mehr? Was ist mit deinem Vater?
Ich weiß gar nicht, ob du das wissen willst. Es gibt sie beide nicht mehr.
Eine Pause entstand, bevor User stupid_0123 einen weiteren Gedanken schickte.
Weißt du, Ainsley, ich habe auch keine Eltern mehr. Du bist nicht allein. Wenn dir das hilft. Aber wahrscheinlich hilft es nicht.
Moment, du hast auch keine Eltern mehr. Und wer kümmert sich um dich?
Ainsley, ich will mit dir über diesen Muttersatz reden. Wer ist es?
Ainsley überlegte, ob sie ihm genügend vertrauen konnte, aber ihr Bauchgefühl siegte.
Sie nennt sich Mom13, ein Prototyp der Behörde für Familiäre Angelegenheiten.
Du bist das Testkaninchen?
Und das passt mir nicht.
Absolut richtig. Denn der Wille des Menschen sollte über dem eines Androiden mit KI stehen.
Ainsley kicherte und drehte leicht ihren Kopf zur Seite. Sie

zuckte zusammen. Da stand Mom13 mit einem Gesichtsausdruck, den Ainsley von dem Vorfall mit Hope noch kannte. Die Angst kroch nun ihre Speiseröhre nach oben und formte ein „Oh“ auf ihrem Mund. Sie brach das Gedankentelefonat sofort ab. Mom13 hatte die Arme in die Hüfte gestützt.

„Tochter Ainsley, diese Frequenz nutzen nur die Rebellen, sonst keiner.“

Mom13s Augenlider flackerten und sie drehte den Kopf immer wieder hin und her.

„Ich, ich muss dir Hausarrest geben. Morgen bleibst du den ganzen Tag auf deinem Zimmer. Ohne TRANSIT und Gedankentelefonate. Wie lange du noch in deinem Zimmer bleibst, entscheide ich morgen.“

Die Tür schloss sich mit einem Rums. Mom13 war stinkesauer. Jedenfalls imitierte sie diese Emotion.

Kapitel 58

Ainsley beobachtete schon den ganzen Vormittag fasziniert die Vogelwelt durch ihr geöffnetes Fenster. Sie zählte die Eichelhäher mit ihrem mittelbraunen Federkleid und den schwarz-weißen Flügeln. Als Nächstes kamen die Rotkehlchen dran. Sie mochte sie am liebsten, da sie mit ihrem roten Latz extrem niedlich aussahen. Sage legte auch regelmäßig Vogelfutter in dem gläsernen Vogelhäuschen vor dem Haus aus, sodass Ainsley noch weitere Vögel aufschreiben konnte. Ein Grünspecht, zwei Schwarzspechte und drei freche Elstern, die versuchten, die anderen Vögel wegzudrängen.

Ainsley stützte ihren Kopf mit beiden Ellbogen ab und lächelte, als sie Sage von der Kopplungsstation kommen sah. Sage rief ihr nach oben zu.

„Ainsley, alle haben dich heute vermisst. Was ist los?"

Ainsley schrie zurück.

„Ich habe Hausarrest."

Sage gab ihr ein Handzeichen, dass sie gleich bei ihr anklingeln würde und Ainsley schloss ihr Fenster.

An Ainsleys Zimmertür klopfte es und Mom13 beäugte Ainsley streng.

„Wem hast du zugerufen?"

„Das war Sage."

Ainsley überlegte hin und her und endlich überwand sie sich.

„Mom13, es tut mir furchtbar leid wegen dieser Frequenz gestern. Echt."

Mom13 legte ihren Kopf schief und lief dann auf und ab.
„Also gut, Tochter Ainsley. Du hast dich entschuldigt, weil du es bereust.“
Ainsley wollte schon losjubeln, aber sie musste ihre Emotionen gut verbergen und schaute daher besonders teilnahmslos.
„Heißt das, ich darf wieder raus?“
Mom13 hob beschwichtigend eine Hand.
„Nein, nein, noch nicht, aber…“
Es klingelte an der Wohnungstür und Mom13 sah fragend zu Ainsley. Ainsley bettelte sie an.
„Mom13, bitte, es ist Sage, meine beste Freundin. Du kennst sie.“
Mom13 nickte widerwillig und Ainsley jubelte mit jedem Schritt, den Mom13 zur Wohnungstür machte. Ainsley hörte, wie sich die Tür öffnete, und eine gut gelaunte Sage redete zu Mom13.
„Hi, Mom13, darf ich Ainsley besuchen?“
Mom13s Stimme klang ruhig und gesetzt.
„Hi, Sage, du darfst, aber nur eine Stunde.“
Ainsley war so froh wie noch nie, als sie Sage erblickte. Sie stürmte auf sie zu und umarmte sie.
„Sage, meine Freundin, meine allerbeste.“
Ainsley wusste nun, dass Mom13 ihre gespielte Reue nicht lesen konnte. Ein wesentlicher Punkt, der Menschen vorbehalten war, aber auch nur solchen mit enormer sozialer Kompetenz.

Kapitel 59

Ainsley hielt sich den Rest der Pflichtveranstaltung komplett zurück. Sie hörte nur noch zu, wenn Teacher842 von sozialer Kompetenz erzählte.

Sie war ein wenig stolz, als sie am Schluss der Veranstaltung von Teacher842 ein Zertifikat in ihr Schülerin-Profil hochgeladen bekam. Teacher842 äußerte sich überhaupt nicht über ihre Beurlaubung von Roboterethik. Er tat so, als wäre nichts gewesen, obwohl Karen44 gesagt hatte, dass er dafür verantwortlich war. Ainsley verkniff sich einen Kommentar, weil dieser eine Tag ohne Gedankentelefonate ihr gereicht hatte.

Ein Tag ohne TRANSIT war nicht so schlimm, da das PURPLE NET ohnehin interessanter war. Aber das sollte Mom13 auf gar keinen Fall wissen. Wenn sie schon kein Roboterethik mehr nach den Großen Ferien hatte, so hatte sie immerhin das Rebellennetzwerk PURPLE NET.

Die nächsten Tage glich ein Tag dem anderen und Mom13 redete sogar von einem Urlaub, den sie demnächst mit einer Flugkapsel unternehmen würden. Ainsley wollte wissen, wo es hinging, aber Mom13 verriet nichts.

Ainsley hatte eine Sache auch schon fast vergessen, als es eines Tages bei ihnen an der Haustür klingelte.

Mom13 aktivierte den Spionblick durch die Wohnungstür und sah so, dass eine schwarze Drohne vor der Wohnungstür schwirrte. Sie blickte irritiert zu Ainsley, die auch in den Flur kam.

„Tochter Ainsley, weißt du irgendwas?"

Ainsley überlegte, aber in ihrem Kopf waren die Urlaubspläne schon so präsent, dass sie anders schlussfolgerte.
„Mom13, das könnte wegen des Urlaubs sein, oder?“
Mom13 nickte wissend und gab die Wohnungstür frei, so dass die schwarze Drohne auf Kopfhöhe von Mom13 verweilte.
„Bitte schließen Sie wieder die Tür, Mom13.“
Mom13 bewegte ihre Hand und die Tür schloss sich von selbst. Mit einem nervösen Blick winkte sie die Drohne Richtung Küche, da sie nur durch die Küche ins Wohnzimmer gehen konnten.
„Kommen Sie mit.“
Mom13 schaute auf das Etikett, das neben der Kamera befestigt war.
„Ja, kommen Sie mit, Prüfungseinheit 7401.“
Als Ainsley das Wort Prüfungseinheit hörte, schwappte eine heiße Welle von ihren Schultern in den Kopf. Das war die Prüfungseinheit, die Phil77 versprochen hatte. Einerseits hatte sie Angst, dass Mom13 entdecken könnte, dass sie dahintersteckte. Andererseits fühlte sie Erleichterung, dass endlich jemand, wenn auch eine schwarze Drohne, die volle Funktionsfähigkeit von Mom13 durchchecken würde.
Ainsley hörte das Schwirren der Drohnenflügel, danach das Schließen der Wohnzimmertür und schließlich ein lautes „Was?“ von Mom13, das zumindest für eine Überraschung bei ihr zeugte. Ainsley rechnete damit, dass gleich die Wohnzimmertür wieder aufgehen und eine schimpfende Mom13 vor ihr stehen würde. Aber es geschah nichts.

Stattdessen herrschte eine ungewohnte Stille in der Wohnung, die nur durch das Miauen von Hope unterbrochen wurde. Hope kuschelte sich an Ainsleys Beine und Ainsley ging in die Hocke. Sie hob Hope auf ihre Arme und steckte ihr Gesicht tief in das wollig-weiche Fell.

Kapitel 60

Anfangs saß Ainsley am Esstisch in der Küche und mümmelte von dem von Mom13 gebackenen Zitronenkuchen, der mit einer weißen Zuckerlasur und echten Zitronenscheiben dekoriert war. Sie bewunderte die Kochkünste dieses Androiden, doch im Grunde bediente sich Mom13 der Rezepte ihrer Mutter Selma.

Zwischendurch hörte sie immer wieder, wie Mom13 so laut sprach, dass einzelne Wörter durch die geschlossene Wohnzimmertür drangen. Durch den dunkelgelben Milchglaseinsatz in der Tür konnte Ainsley erkennen, dass Mom13 bei manchen Fragen auf und ab lief.

Eine Szene haftete ihr besonders im Gedächtnis. Mom13s weinrotes Kleid schimmerte hinter der Glasscheibe und ihr Gesicht war zur Küche gerichtet. Sie schrie es fast.

„Das hätte ich ihr nicht zugetraut."

Ainsley verschluckte sich an einem Stück trockenen Kuchen und hustete, woraufhin Mom13 den Platz hinter dem Glas verließ. Ainsley hüpfte aus ihrer Sitzposition und raste zum Wasserhahn in der Spüle. Sie schnippte hektisch mit den Fingern und hielt den Mund geöffnet unter den Wasserstrahl. Sie schluckte das Wasser gierig hinunter und sofort fühlte sie sich besser. Sie beschlich ein ungutes Gefühl. Was, wenn Mom13 nachtragend programmiert war? Was, wenn sie nicht hundertprozentig auf diese Drohne hören würde?

Ainsley beugte erneut zum laufenden Wasser und nahm wieder einen Schluck. Sie schlich in den Flur und öffnete

ihre Zimmertür. Sie war froh, als sie Hope auf dem Bett liegen sah. Hope hob interessiert ihren Kopf und maunzte. Ainsley eilte zu ihr und setzte sich neben sie.
„Hope, wir brauchen jetzt ganz viel Glück."
Hope miaute wieder und Ainsley streichelte sie sanft am Nacken. Ainsley überlegte, ob sie Phil77 per Gedankentelefon anrufen sollte. Aber ihr war das zu gefährlich. Sie wollte das Testergebnis abwarten.
Hopes Miauen erklang lauter und Hope stand nun auf dem Bett. Sie streckte ihre Vorderpfoten nach vorne und zog ihren schlanken Körper lang. Hope hüpfte vom Bett und landete sanft auf ihren vier Pfoten. Danach tänzelte sie zur Zimmertür, die noch etwas offenstand. Kurz bevor sie die Tür erreicht hatte, drehte sie ihren Kopf zu Ainsley und maunzte.
Ainsley redete mit Hope.
„Du willst mir irgendwas sagen, stimmt's?"
Ein erneutes Maunzen erklang und Ainsley erhob sich vom Bett. Hope schlich elegant zur Küche und Ainsley setzte sich auf ihren Stuhl. Drei Stücke Kuchen hatte sie noch übriggelassen. Mom13 ernährte sich in erster Linie von Strom aus dem Photovoltaik-Netz. Meistens tankte Mom13 nachts auf. Ainsley schlief und Mom13 holte sich neue Energie. Ainsley starrte auf den Ladeanschluss, der wie ein modernes Kunstwerk an der Wand befestigt war. Hope lief zu dem Anschluss und maunzte aufgeregt zu Ainsley.
Ainsley grinste. Diese Idee war gar nicht schlecht. Sie trippelte leise zu Hope, beugte sich nach unten und strich ihr fest über den Rücken.

„Das hast du gut gemacht, Hope.“
Hope miaute, als würde sie jammern, und Ainsley streichelte sie erneut. Hope war wirklich ein kleines Genie, dachte sie.

Kapitel 61

Ainsley hatte zehn Fotos von dem Ladeanschluss gemacht und durch die Suchmaschine TRANSIT geschickt. Es waren mehr als 542 Treffer, wovon sie die ersten 20 nicht brauchen konnte. Interessant wurde es ab dem 21. Treffer.
Auf dem Hologramm betrachtete Ainsley die kritischen Teile des Ladenanschlusses. Sie schnitt mit einem feinen, scharfen Messer die graue Kabelumhüllung auf und studierte den Stromfluss. Sie war froh, letzte Woche gut in Physik aufgepasst zu haben. Insgesamt fünf Kabel befanden sich unter der Kabelhülle. Eines davon war für den Energietransport in Mom13s Gehirn zuständig. Es musste das blaue Kabel sein. TRANSIT gab verschiedene Ergebnisse aus. Die Zuständigkeiten bei den Kabeln wechselte je nach Beanspruchung und es gab keine Infos zu einem Ladekabel für Androiden mit KI.
Ainsley schnaufte, als plötzlich die Wohnzimmertür aufschwang und Ainsley sofort das Ladekabel aus ihrer Hand sanft fallen ließ und zu einem Wandschrank stürzte. Sie öffnete die Schranktür und griff nach einem bauchigen Trinkglas mit einem kitschigen Teddymotiv. Mom13 kam bereits um die Ecke gestürzt und ihr Blick haftete an Ainsleys hektischen Bewegungen. Mom13s Stimme quiekte.
„Ist bei dir alles okay?“
Ainsley holte das Trinkglas mit einem übertriebenen Schwung aus dem Schrank und grinste Mom13 an.
„Na klar, Mom13. Und bei dir?“
Mom13 senkte ihren Blick und starrte auf Ainsleys Füße,

die nackt waren.
„Das ist zu kalt, Tochter Ainsley. Hol dir Socken."
Im Hintergrund hörte Ainsley das herannahende Flattern der schwarzen Drohne, die sich Mom13 auf Kopfhöhe näherte.
„Mom13, wir müssen mit dem Test fortfahren."
Die Kamera der Prüfungseinheit 7401 zoomte auf Ainsley.
„Wir sollten uns wieder zurückziehen."
Aber Mom13 bewegte sich nicht. Sie starrte auf das Ladekabel und schließlich lief sie zur Anschlussstelle an der Wand, fasste nach dem Kabel. Ainsley spürte Schweißperlen auf ihrem Rücken, als Mom13 das Kabel mit beiden Händen befingerte. Die Drohne sprach erneut.
„Mom13, ich möchte mit dem Test fortfahren."
Mom13 ließ plötzlich das Ladekabel los und es polterte gegen die Wand. Sie drehte ihren Kopf mit der Geschwindigkeit eines Augenlidschlags zur Drohne um.
„Ich möchte den Test hier machen, Prüfungseinheit 7401."
Im nächsten Augenblick starrte sie zu Ainsley. Ainsley versuchte, ihren Blick zu deuten. Es war irgendwas zwischen Misstrauen und Aggression.

Kapitel 62

Ainsley saß mit ihren schwarzen Fleecesocken, die sie aus den Tiefen ihres Kleiderschrankes herausgewühlt hatte, auf ihrem Stuhl und futterte weiter vom Zitronenkuchen.
Mom13 thronte ihr gegenüber auf dem Stuhl und ihre Pupillen waren weit geöffnet, während sie Ainsley beim Essen anstierte. Die Prüfungseinheit 7401 schwebte nahezu lautlos direkt vor Mom13. Sie stellte eine neue Frage.
„Mom13, nehmen wir an, Ainsley hätte ihre Hausaufgaben nicht gemacht. Wie würden Sie reagieren?“
Ainsley kicherte leise. Die Prüfungseinheit 7401 führte einen Erziehungstest durch.
Mom13s Augenlider bewegten sich überhaupt nicht. Nicht das geringste Flackern war zu sehen, als sie antwortete.
„Ich würde sie ermahnen und wenn sie nicht reagiert, erhält sie eine Strafe.“
Die Drohne brummte und zoomte ihre Kamera näher an Mom13 ran.
„Und die wäre?“
Mom13s Augenlider zuckten und ein Klicken war in der Drohne zu hören. Mom13 sprach bedächtig.
„Kein Internet und wenn das wieder vorkommt, Hausarrest.“
Ainsley pickte mit der Fingerkuppe ihres Zeigefingers die Kuchenkrümel auf.
Die Drohne brummte erneut.
„Mom13, kommen wir zur Frage 99. Ainsley hat sich mit einer Freundin verabredet und die Hausaufgaben nicht

gemacht. Wie reagieren Sie?“

Mom13 fixierte Ainsley so, als hätte es wirklich gemacht. Ihre Augenbrauen zogen sich zusammen, während sie antwortete.

„Sie darf erst zu ihrer Freundin, wenn die Hausaufgaben erledigt sind.“

Ainsley nickte, ohne es zu merken, da sie es genauso vermutet hätte. Ihre Mutter Selma hätte ihr es erlaubt. Denn für ihre Mutter waren Freundschaften das Wertvollste im Leben. Ainsley erinnerte sich an so eine Situation. Ihre Mutter meinte, sie sollte erst sich mal den Kopf frei machen, bevor sie die Aufgaben erledigt. Sie wusste, wie schwer Ainsley die Matheaufgaben fielen, und hatte Verständnis.

Die Drohne klickte wieder und fragte weiter.

„Und wenn sie nicht die Aufgaben macht?“

Mom13s Augenlider flackerten stärker und ihre Stimme war eine Spur tiefer.

„Erst die Arbeit, dann das Vergnügen.“

Erneut fuhr die Kamera näher an Mom13 heran und ein Klickgeräusch unterstrich diese Aktion. Die Drohne klang zufrieden.

„Mom13, ich sehe, der Konsequenzchip funktioniert hervorragend. Nun kommt Frage 100. Eine besonders schwere Frage, da es eine Situation ist, in der Sie zwischen den Stühlen sitzen.“

Mom13 sah wie gebannt in die weggezoomte Kamera der schwarzen Drohne.

„Ich habe kein Problem mit dieser Frage.“

Die Drohne flog mit leisem Flattern von rechts nach links und umrundete so Mom13, die leicht dieser Bewegung folgte. Sie stoppte beim Ladekabel an der Wand und vier Mal klickte es. Ainsleys Magen gluckerte kurz auf. Danach setzte die Prüfungseinheit ihren Flug fort und schwebte in der Nähe der Wandschränke, die über der Spüle hingen. Erneut kam ein viermaliges Klicken und die Drohne flatterte direkt zu Mom13. Mom13s Augenlider zuckten in einem regelmäßigen Rhythmus, als die Drohne weitersprach.
„Nehmen wir an, Mom13, Ainsley bringt sie in eine sogenannte Zwickmühle. Sie hat nicht auf ihren Rat gehört, nicht in eine defekte Transportkapsel zu steigen. Sie macht es trotzdem. Wie reagieren Sie?"
Ainsley vernahm plötzlich ein surrendes Geräusch. Das gleiche Geräusch, dass sie damals bei diesem Gänseküken mit dem Grace-Bauelement gehört hatte. Anscheinend wurde es bei Zwickmühlen aktiviert. Ainsley fixierte Mom13s Pupillen, die klitzeklein waren und glänzten. Als das Surren leiser wurde, antwortete endlich Mom13.
„Ich gehe hinterher und hole sie zurück."
Die Drohne flatterte lautlos auf Mom13 zu, da hörte das Surren ganz auf und Mom13s Mund öffnete sich einen Spalt. Sie hauchte die Worte, so als könnte sie sie selber nicht glauben.
„Nur wenn Ainsley verletzt ist, gehe ich hin."
Ainsley hatte eine Gänsehaut im Nackenbereich und sie rollte weiter den Rücken hinunter. Hieß das, dass Mom13 sie erst hängen ließ und abwarten würde?
Die Drohne brummte laut und klickte dabei ein Mal. Ihre

Flügel flatterten mit dem Geräuschpegel eines Wasserkochers.
„Mom13, stelle fest, Sie funktionieren einwandfrei. Daher breche ich den Test jetzt schon ab. Der 24-Stunden-Test ist nicht notwendig."
Ainsley sah so etwas wie Befriedigung in Mom13s Augen. Mom13 erhob sich von ihrem Stuhl und begleitete die neben ihr schwebende Drohne in den Flur, um dann die Wohnungstür mit einem Winken freizugeben. Die Prüfungseinheit 7401 flötete ihre Abschiedsworte.
„Mom13, wünsche einen schönen Urlaub."
Ainsleys Magen fühlte sich an, als würde er sich einmal umdrehen.

Kapitel 63

Ein aufgeregtes Klopfen an der Zimmertür weckte Ainsley. Sie blendete über Human Wifi die AGU-Zeit ein. Ohje, 5 Uhr 33. Sie hüpfte sofort aus ihrem Bett. Mom13 betrat bereits ihr Zimmer.
„Tochter Ainsley, wir müssen die 6.30-Uhr-Transportkapsel zum Flughafen GILSBY kriegen. Zieh dich rasch um, mach dich frisch und komm frühstücken."
Die Tür schloss sich viel zu schnell. Eine kurze, knappe Ansage und Ainsley wusste, dass es nun ernst wurde mit dieser Urlaubsfaselei. Sie mit einem KI-Androiden im Urlaub, der eine komische Ansicht über Rettung hatte?
Sie streichelte Hope und wurde mit einem sanften Schnurren belohnt. Sie seufzte. Es war jetzt keine Zeit mehr für Extra-Streicheleinheiten für ihre Katze. Sie musste sich beeilen. Sie rannte zu ihrem Kleiderschrank, riss beide Schranktüren auf und griff wahllos in die bunt gemischten Kleiderstapel. Mit großem Schwung schmiss sie die Kleidungsstücke in ihre schwarze Reisetasche aus hochmodernem Poly-Wasserstoff-Acrylat, das sowohl eine samtige als auch glitzernde Oberfläche besaß. 73 Sekunden war eine neue Rekordzeit zum Packen. Sie atmete erleichtert auf und versiegelte ihre Reisetasche mit dem neuen Zeitschloss der Firma HEAVY WEIGHT. Sie drückte ihren linken Zeigefinger auf das vier mal vier Zentimeter große Feld aus Titanschwarz, eine Legierung aus Titandioxid und oxidiertem Silber. Die Stimme ihres Lieblingsschauspielers Chris Notown erklang und sagte „Die Tasche ist verschlossen".

Ainsley liebte dieses verspielte Detail des Zeitschlosses. Mit einem hochempfindlichen ULTRA-Sensor würde nun das Zeitschloss den Flug und die Flugzeit registrieren und erst am Ende dieses Fluges ermöglichen, dass sie die Reisetasche öffnen könnte. Ein sehr tolles Feature, denn so konnte niemand, auch wenn er den Fingerprint-Code knackte, an den Inhalt der Reisetasche drangehen. Das hieß aber auch, dass sie ein paar Utensilien in ihren jederzeit verfügbaren Rucksack stecken müsste.

Nach fünf Minuten hatte sie den Rucksack vollgepackt. Mit leisen Schritten verließ sie ihr Zimmer und schaute ein letztes Mal zurück. Hope lag nicht mehr an ihrem Platz.

Ainsley schlich bepackt mit Rucksack und Reisetasche Richtung Küche, wo Mom13 schon ungeduldig auf sie wartete.

„Tochter Ainsley, du hast wohl doch nicht eben gerade deine Sachen gepackt? Es sollte gestern Abend schon alles fertig sein."

Ainsley stöhnte. Wenn sie Pech hatte, würde jetzt wieder der Konsequenzchip aktiviert werden und irgendeine unglaubliche Strafe würde auf sie warten.

Aber Mom13 deutete stumm auf ihren Essplatz. Auf dem blauen Tischset stand ein Doppeldecker-Pfannkuchen mit Nutella dazwischen. Spontan ließ sie ihre Reisetasche vor dem Küchentisch fallen und setzte ihren Rucksack sanft ab. Sie lehnte ihn an der Wand ab. Hastig nahm sie auf ihrem Stuhl Platz und stopfte sich das überraschend leckere Frühstück hinein. Mom13 blinzelte.

„Tochter Ainsley. Während wir Urlaub machen, kümmert

sich deine Freundin Sage um die Katze."
Oh je, Sage hatte sie total vergessen. Durch diesen Teststress mit der Prüfungseinheit 7401 war ihr diese Tatsache durchgerutscht. Sie musste unbedingt von unterwegs aus ein Gedankentelefonat mit Sage machen. Endlich stand Mom13 auf und lief in den Flur, um nach ihrem Koffer zu schauen. Der Koffer war aus einem Material, das Ainsley nicht kannte. Es konnte Aluminium sein oder auch Stahl.
Als Ainsley sich unbeobachtet fühlte, holte sie ihr Stofftaschentuch mit den roten und blauen Katzenmotiven, das sie von ihrer Mutter Selma zum letzten Geburtstag geschenkt bekommen hatte, heraus und machte einen Knoten hinein. Das war eine Erinnerung, die nicht digital war und damit sicher vor irgendwelchen Kontrollen in ihrem Schüler-Profil.
Als sie den letzten Bissen zerkaut und mit Kakao hinuntergespült hatte, rief sie bereits Mom13.
„Tochter Ainsley, in zehn Minuten fährt unsere Transportkapsel zum Flughafen GILSBY. Komm jetzt."
Ainsley war gleichzeitig aufgeregt und neugierig. Sie war schon länger nicht mehr im Urlaub gewesen, da ihre Mutter Selma über fünf Jahre krank gewesen war. Sie war auch noch nie mit einer Flugkapsel geflogen. Wie würde sich das anfühlen? Sie grinste leicht. Vielleicht wie ein Shiftboard?

Kapitel 64

Ainsleys Pupillen weiteten sich zunehmend. Sie hatte den Kopf in den Nacken gelegt und schaute in einen nachtblauen Sternenhimmel, an dem zahlreiche Sternbilder zu sehen waren. Sie zwinkerte das Sternbild der Zwillinge an und sofort öffnete sich eine Erklärungsbox, die sie mit Zeigefinger und Daumen heranzoomen konnte. Ihre Mutter Selma hatte ihr einst erzählt, dass ihr Sternbild Zwillinge sei.

Eine Hand, die sich auf ihre Schulter legte, holte Ainsley aus ihrem staunenden Zustand.

„Tochter Ainsley, starre nicht so viel nach oben. Da vorne ist das Transportband zu Ende. Dann müssen wir wieder laufen."

Ainsley neigte ihren Kopf zurück in die Position, die sie normalerweise brauchte, um weiterzulaufen.

Mom13 lächelte Ainsley an, die in ihren Jeans und dem schwarzen Hoodie sehr sportlich wirkte. Mom13 hob ihre Hand und hielt sie Ainsley vor die Nase.

„Es ist erstaunlich, dass wir hier Tageslicht haben. Eine Meisterleistung unseres Star-Ingenieurs Van Rogh. Er entdeckte vor gut zehn Jahren, dass man durch Reflektionen auch auf dunklen Untergründen Licht erzeugen kann."

Mom13 breitete ihre Arme aus.

„Ist das nicht toll?"

Ainsley stolperte, da das Transportband zu Ende war und sie durch die Rede von Mom13 nicht mehr das Warnschild gesehen hatte, dass sie aufpassen sollten. Auch Mom13

kam ins Stolpern.
„Hoppla, Tochter Ainsley. So geht's einem, wenn man abgelenkt ist."
Ainsley wunderte sich, dass selbst Androiden mit KI ablenkbar waren.
Sie betraten nun einen schlauchartigen Korridor, an dessen Ende ein grünes Blinken zu erkennen war. An den Seiten waren Halterungen, die von der Decke herabhingen. Mom13 ermahnte Ainsley.
„Du musst jetzt eine dieser Halterungen fassen, dann geht alles von selbst."
In der rechten Hand hielt Ainsley ihre Reisetasche und mit der linken Hand griff sie zu der neongelben Halterung. Als auch Mom13 sich an einer Halterung festhielt, gab es ein rauschendes Geräusch, das wie extrem starker Wind klang. Auf einmal zog Luft an ihnen und ein Sog beförderte die beiden in Windeseile durch den Korridor. In Ainsley schwirrte ein Gefühl von schwankendem Boden und Schwerelosigkeit. Sie juchzte laut. Gerade als sie am meisten Spaß empfand, spuckte der Luftsog sie am Ende des Korridors aus. Sie blickte zur rechten Seite. Mom13 landete auch aufrecht mit einem Grinsen im Gesicht auf dem dunkelgrauen Korridorboden mit oktaedrischem Muster.
„Tochter Ainsley, wir haben soeben zwanzig Kilometer in zwei Minuten zurückgelegt."
Ainsley sah fragend zu Mom13, die ihren Blick erwiderte.
„Das war irre schnell, oder?"
Mom13s Augenbrauen schoben sich nach oben.
„Schau jetzt mal nach draußen. Das ist fantastisch, oder?"

Ainsley drehte ihren Kopf von Mom13 weg nach vorne und ihre Kinnlade klappte nach unten. Mom13 hatte untertrieben, weit untertrieben.

Kapitel 65

Ainsley rieb sich die Augen, als sie einen Blick durch die riesigen Fenster wagte, die wie ein Kaleidoskopglas erschaffen waren. Das ursprüngliche Bild einer goldenen Flugkapsel spiegelte sich in tausend Bildern auf der riesigen Aussichtsplattform, die aus drei Fensterfronten bestand und wie ein Erker gebaut war.

Eine Lautsprecherdurchsage erschreckte Ainsley ganz leicht.

„Für Flug AE889 werden Ainsley Amber und Mom13 erwartet. Bitte checken Sie sich ein.“

Im gleichen Moment schwang das Frontfenster mit den Kaleidoskopbildern der Flugkapsel nach oben und eine frische Luft umwehte Ainsley. Eine furchtbar vertrocknete Landschaft bis zum Horizont war zu sehen und ein bekanntes Summen von der Flugkapsel erreichte Ainsley Ohren. Das Summen erinnerte sie an einen Schwarm Hornissen, aber es war in einem weitaus höheren Ton. Ihre Oma Fiona hatte ihr einst einen Film über Hornissen gezeigt und so überkam sie ein starkes Unwohlsein.

Vor ihnen lag eine Granitsteintreppe aus drei sehr breiten, weitläufigen Stufen. Am obersten Treppenabsatz stand auf der rechten Seite eine goldene Säule, die Mom13 mit ihrem rechten Handgelenk berührte. Aus der Säule schepperte eine mechanische Stimme.

„Willkommen, Mom13. Sie sind eingecheckt.“

Mom13 drehte sich zu Ainsley um und winkte sie heran. Ainsley hielt ihr linkes Handgelenk davor und das

Zeitschloss ihrer Reisetasche klickte. Die künstlich klingende Stimme tönte.
„Willkommen, Ainsley Amber. Du bist eingecheckt."
Ein selbständig schwebendes Shiftboard näherte sich ihnen und hob zuerst Mom13s Koffer mit einer Schaufel aufs Board und dann Ainsleys Reisetasche. Ainsley sah erstaunt, wie das Shiftboard das Gepäck zur Flugkapsel flog und durch eine geöffnete Luke im Heck verschwand. Sogleich schloss sich die Heckluke.
Mom13 streckte ihre Hand nach Ainsley aus und sie schritten gemeinsam die drei großen Stufen hinunter. Luftwirbel zerstoben Ainsleys und Mom13s Haare und sorgten für lustige Frisuren. Ainsley kicherte.
Mom13 zog Ainsley immer näher zur Einstiegstreppe der Flugkapsel. Ainsleys Mund öffnete sich leicht vor Staunen. Die ovalförmige Flugkapsel mit Mini-Flügeln an beiden Seiten war ungefähr sieben Meter lang und zwei Meter hoch. Sie konnte kein einziges Fenster entdecken. Ein leichter Widerwillen, in dieses Geschoss einzusteigen, keimte in Ainsley. Mom13 schloss ihre Hand fester um Ainsleys Hand.
„Tochter Ainsley, die Flugkapsel ist absolut sicher. Ein Leitstrahl aus Magnetwellen bringt sie an ihr Ziel."
Ainsley zitterte.
„Aber das Ding hat keine Fenster. Woher will der Pilot wissen, wo er hinfliegt?"
Mom13 blieb abrupt stehen und sah Ainsley mit teilnahmslosem Blick in die Augen.
„Tochter Ainsley, die Flugkapsel braucht keine Fenster,

weil sie selbst fliegt."
Mom13 löste ihren festen Griff. Sie ließ Ainsley los.
„Geh einmal rum und schau dir die Flugkapsel an."
Ainsley war leicht irritiert, folgte aber dem Rat von Mom13. Der metallische Glanz verführte sie dazu, näher an die Flugkapsel ranzugehen und sie anzufassen. Sie war irgendwie weich. Mom13 nickte.
„Sie ist aus modifiziertem Carbon, einem sehr leichten Material."
Ainsley zog eine Augenbraue hoch.
„Und dieser metallische Glanz?"
Mom13 lächelte.
„Die Oberfläche ist mit Gold bedampft, damit keiner unseren Flug verfolgen kann."
In Ainsley brodelte der Magen vor lauter Angstgefühlen. Warum sollte sie jemand verfolgen? Wer hatte Interesse, ihre Aktivitäten zu überwachen?
Ainsley atmete tief durch und schlich dann zu Mom13 und zeigte auf die Einstiegstreppe.
„Wir sollten einsteigen, Mom13."
In Mom13s Gesicht spiegelte sich ein wenig Misstrauen.
„Ich hätte wetten können, du kneifst, Tochter Ainsley."
Ein gedämpftes Miauen aus Ainsleys Rucksack ließ Ainsley zusammenzucken. Sie rannte die Treppe hinauf und hoffte, dass Mom13 es nicht gehört hatte.

Kapitel 66

Ainsley hatte das Gefühl, dass ihr Magen ihr hinterherflog. Auf dem Display in der Flugkapsel entzifferte sie die Geschwindigkeit. 999 Kilometer pro Stunde.
Ihr Körper war in den weichen Passagiersessel hineingedrückt. Den Rucksack hatte sie vor ihren Füßen hingestellt. Er lehnte an der Wand der Flugkapsel. Erneut war ein Maunzen zu hören. Dieses Mal schaute Mom13, die auf der anderen Seite des Flures in ihrem Passagiersessel saß, zu Ainsley. Sie senkte den Blick auf den Rucksack, dann flackerten leicht ihre Augenlider, bevor sie redete.
„Tochter Ainsley, öffne bitte deinen Rucksack."
Ainsley versuchte, einen Unschuldsblick aufzusetzen, aber Mom13 nickte zum Rucksack.
„Jetzt."
Ainsley hob den Rucksack an und friemelte am Verschluss. Sie zuckte mit den Schultern.
„Der geht nicht auf, Mom13."
Mom13 löste ihren Gurt und lief schwankend zu Ainsley hinüber. Als sie nach dem Rucksack griff, gab es einen erneuten Schub und die Ziffern auf dem Display veränderten sich schlagartig. Mom13 kippte leicht nach hinten und stürzte vornüber auf den Rucksack. Ein klägliches Miauen ertönte. Mom13 krabbelte auf den Knien und Händen zum Rucksack, da Ainsley ihn unter Mom13 weggezogen und auf ihren Schoß gestellt hatte. Mom13 kniete vor Ainsley und knurrte sie an.
„Gib mir den Rucksack."

Mom13 umschloss Ainsleys linkes Handgelenk und drückte fest zu. Ainsley verspürte einen Schmerz und ließ den Rucksack los.
Das Display zeigte 1.499 Kilometer pro Stunde.
Mom13 zog den Rucksack zu sich und öffnete die Schnalle und die Kordel, die über dem Inhalt zusammengezogen war. Ein Katzenkopf mit rot-weißem Fell schlüpfte aus der Rucksacköffnung und Mom13 grunzte.
„Du hast eine Unbestimmte an Board. Das gibt Ärger in einem Erlebnispark."
Ainsley strengte sich an, ihre Gedanken zu ordnen. Was zur Hölle war eine Unbestimmte? Hatte es damit zu tun, dass Hope ohne Chip war?

Kapitel 67

Ainsley las die AGU-Zeit auf ihrem Hologramm. Sie waren jetzt genau eine Stunde unterwegs. Auf ihrem Schoß hatte sich Hope eingekugelt und genoss Ainsleys sanfte Streicheleinheiten. Sie schnurrte wie ein Weltmeister. Mom13s Blicke traf beide wie ein Giftpfeil.

„Wir landen gleich auf dem Flughafen MOUNTAIN ROCK."

Ainsley horchte auf. Anscheinend verbrachten sie den Urlaub in den Bergen. Sie grinste, doch Mom13 schaute streng zu der schnurrenden Hope.

„Pack die Unbestimmte wieder in den Rucksack."

Mom13 starrte zum Display. 788 Kilometer pro Stunde.

„Wir setzen zur Landung an. Schnell, ab mit ihr in den Rucksack."

Ainsley setzte Hope in die Öffnung des Rucksackes, doch sie fuhr die Krallen aus und hakte sich an der Öffnung fest. Ainsley schwitzte.

Das Display zeigte 555 Kilometer pro Stunde und die Flugkapsel sackte weiter ab.

Ainsley legte ihren Kopf an Hopes Kopf und flüsterte ihr zu.

„Los, Hope, sei brav."

Ainsley versuchte weiter, die Katze hineinzustopfen, aber der Widerstand war zu groß. Hope fauchte.

Das Display zeigte 470 Kilometer pro Stunde. Mom13 rief Ainsley panisch zu.

„Tochter Ainsley, wenn du willst, dass das gutgeht, beeile

dich.“

Schweißperlen rannen Ainsley Schläfen hinunter. Die Hitze strömte in ihren Rachen und trocknete den Mund aus. Die Zunge klebte trocken am Gaumen. Ihr Durst war stark, aber sie musste Hope überreden, wieder in den blöden Rucksack zu steigen. Da fiel ihr etwas ein. Sie streckte ihre linke Hand in die Jeanstasche und friemelte herum. Sie hatte es jedenfalls so in Erinnerung. Sie hoffte, dass es klappen würde. Endlich hatte sie zwei Fisch-Leckerlis aus ihrer vorderen Hosentasche herausgeholt. Sie präsentierte sie Hope, die sie dankend annahm und nun endlich in den Rucksack bereitwillig kletterte.

Die Flugkapsel setzte sanft auf und die seitliche Ausstiegsluke öffnete sich. Ein Reiben von harten Oberflächen hörte Ainsley und ein Mann betrat die Flugkapsel. Er lächelte übertrieben stark.

„Herzlich willkommen, meine Damen. Sie befinden sich im Erlebnispark HOLIDAY SOUTH.“

Er verneigte sich wie ein Künstler, dem man applaudiert hatte.

„Wenn ich mich vorstellen darf, ich bin Harold46. Ich bringe Sie zu Ihrer Ferienwohnung.“

Ainsley stöhnte innerlich. Na toll, Urlaub mit zwei Androiden.

Kapitel 68

Nach zwei Stunden Fahrt mit einer schwebenden Glasgondel auf Magnetwellen zu dem höchsten Berg im Erlebnispark HOLIDAY SOUTH verabschiedete sich Harold46 überraschend, als er den beiden die Reisetasche und den Koffer in der Gondelstation LOOK UP abstellte.
„Meine Damen, die nächsten Gäste warten bereits. Ich fahre mit der nächsten Gondel nach unten.“
Ainsley fiel auf, dass es nicht einen einzigen Lautsprecher gab. Unglücklicherweise war ihr von der Schaukelei ein wenig schlecht geworden. Auch wenn die Glasfenster und das Glasdach einen herrlichen Panoramablick ermöglichten, für Ainsley war es definitiv kein Vergnügen gewesen. Sie war auch heilfroh, dass Hope die ganze Zeit still war, so dass Harold46 keinerlei Verdacht geschöpft hatte, dass so eine Unbestimmte in Ainsleys Rucksack kauerte. Ainsley fand den Ausdruck Unbestimmte irgendwie komisch.
Mom13s laute Ansprache holte Ainsley aus ihren Grübeleien.
„Tochter Ainsley, könnten wir uns jetzt wieder konzentrieren. Zuerst suchen wir die Berghütte SUNSET auf und dann schauen wir, was wir mit der Unbestimmten machen.“
Ainsley runzelte leicht die Stirn.
„Wieso Unbestimmte?“
Mom13 stöhnte laut.
„Du weißt aber auch rein gar nichts. Lernt ihr denn so was nicht in eurer Schule?“
Ainsley antwortete verwundert.

„In welchem Fach denn?“
Mom13 schaute genervt.
„Natürlich in Roboterethik.“
Ainsley konnte es nicht glauben. Was hatten die beiden Sachen miteinander zu tun? Sie hakte nach, auch wenn sie Mom13s Reaktion fürchtete.
„Robert Rodney weiß etwas über Unbestimmte?“
Mom13 schnaufte.
„Er hätte euch das sagen müssen.“
Mom13 schaute sie sehr streng an. Ainsley wartete, aber sie gab keine Erklärung. Verlegen tätschelte Ainsley Hopes Kopf und ihre Katze miaute so laut, dass es wie ein Protest klang. Ainsley dachte auch an Sages Hund Tailwind, der ohne Chip war. Sie wollte unbedingt wissen, was hinter diesem rätselhaften Begriff Unbestimmte stand. Es war nur eine Frage der Zeit. Bei der nächsten Gelegenheit würde sie ein Gedankentelefonat mit Sage führen. Sie vermisste Sage sehr und vor allem ihre Umarmungen, wenn es Ainsley nicht so gut ging.

Kapitel 69

Massenweise Geröll aus sehr kleinen Steinen lag mitten auf dem schmalen Weg nach oben. Ainsley konzentrierte sich auf jeden ihrer Schritte. Mom13 hatte ihr in der Gondelstation LOOK UP Wanderschuhe aus ihrem Koffer gepackt und ihr gesagt, dass es sicherer sei, damit zur Berghütte SUNSET zu wandern. Ainsley hatte daher ihre Lieblingssneaker ausgezogen und war in die Wanderschuhe aus dunkelbraunem Wildleder geschlüpft. Die Schuhe fühlten sich ungewohnt an, so als hätte sie eingegipste Füße. Sie erinnerte sich an ihren Gipsfuß vor einem Jahr. Beim Basketballunterricht hatte sie sich das Gelenk gebrochen und sie konnte sich zwischen einer Operation und einem Gips entscheiden. Der Arzt hatte sich damals den Mund flusig geredet, dass sie die Operation machen sollte, aber sie fühlte sich mit dem Gipsfußgedanken wohler. Ihre Mutter Selma hatte ihr in ihrer Gipsfußzeit jeden Abend eine heiße Schokolade mit einer großen Sahnehaube serviert.
Ainsley trat plötzlich auf einen der Steine und rutschte weg. Sie kam ins Stolpern und ruderte kräftig mit den Armen, während Hope aufgeregt im Rucksack miaute.
Mom13 drehte sich blitzschnell um und mit einem ultraschnellen Griff packte sie Ainsley an beiden Handgelenken und stellte sie auf ein geröllfreies Stück. Ihr Blick ging ins Leere.
„Tochter Ainsley, konzentrier dich. Das ist in den Bergen wichtig.“
Ainsley war erstaunt, dass Mom13 so schnell geholfen

hatte. Welches Programm und welches Bauteil in ihr sorgte für diese Rettungsaktion? Wie viel Bewusstsein hatte sie überhaupt?

Kapitel 70

Ainsley atmete tief durch. So klare Luft hatte sie schon lange nicht mehr gerochen. Sie suchte bei TRANSIT nach dem momentanen Edelgas-Gehalt. Er war so niedrig wie in Zeiten, als sich die Menschen noch keine Sorgen um die Luft machen mussten. Ein Hauch von Freiheit durchströmte sie. Sie fühlte sich entspannt, auch wenn dieser komische KI-Android vor ihr her tänzelte.

Am Horizont entdeckte Ainsley die Berghütte. Hinter den dunkelgrauen Dachschindeln der Hütte versank der orangefarbene Sonnenball. Sie visierte das Gebäude, das aus großen, hellgrauen Steinen gebaut und mit vertikalen, dunkelbraunen Holzlatten verziert war. Eine rustikale Holztür, die einen kleinen Spalt offenstand, zierte den Eingang. Sie liefen ein Stück weiter und sahen hinter der Hütte eine große Wiese aus Moos und alpinen Blumen. Ainsley schickte die Bilder durch die Suchmaschine TRANSIT und war vollkommen fasziniert. Trompetenförmige, blaue Enzianblumen wechselten ab mit pinken Alpenveilchen und gelb-pinken Geißblatt-Blumen. Sie blieb staunend stehen und entdeckte nun vereinzelt Edelweißblumen.

Mom13 lief die Strecke hinter die Hütte und stellte sich neben ihr hin.

„Nichts pflücken, okay?"

Ihr strenger Blick ließ keine Zweifel aufkommen, dass es Ärger mit ihr geben könnte. Das erinnerte Ainsley wieder an die schwierige Situation mit Hope, aber ohne Hope könnte sie es niemals allein mit Mom13 durchstehen.

Jetzt blendete sich ein Hologramm vor Ainsley ein, dass die Blumen, die vor ihr wuchsen, geschützt waren, die meisten seit 60 Jahren. Sie fühlte ein Verlangen in sich, sie wenigstens zu berühren. Sie bückte sich leicht, doch Mom13 schüttelte den Kopf und hob den Zeigefinger, also streckte sich Ainsley wieder und lief Richtung Hütteneingang zurück.
Sie schob die schwere Tür auf und war überrascht. Die Holzdecke bestand aus tieferliegenden Querbalken, über denen hellere Längsbalken lagen. Ainsley schaltete TRANSIT ein, als sie den Innenraum abscannte. TRANSIT spuckte die Info sehr schnell aus. In der Mitte der Hütte stand tatsächlich ein gusseiserner Herd, in dem Holzscheite gestapelt waren. Auf dem Herd war ein silberner Wasserkessel platziert, der aussah, als hätte er sich komplett in der Zeit geirrt, ebenso wie der Herd. Hinter dem rustikalen Herd befand sich eine Küchenzeile, auf der Tassen und Teller standen. Ainsley schwenkte hinüber nach rechts. Sie atmete erleichtert auf. Da waren zum Glück zwei Türen. Sie waren aus dem gleichen hellen Holz wie die Längsbalken. Vorsichtshalber lugte sie hinter jede Tür. Puh, in jedem Raum befand sich ein Bett. Sie wäre durchgedreht, wenn sie mit diesem Androiden in einem Raum hätte schlafen müssen. Mom13 lief zur zweiten Tür und schwang sie temperamentvoll auf.
„Das ist mein Schlafraum, Tochter Ainsley."
Ja, phänomenal, dachte Ainsley und drückte auf den Türgriff der ersten Tür. Sie rief Mom13 zu.
„Ich packe dann mal meine Sachen aus."

Mom13 verschwand kommentarlos hinter der zweiten Tür. Na gut, dann war es wohl okay. Plötzlich öffnete sich die zweite Tür wieder und Mom13s Kopf lugte heraus.
„Nachher besprechen wir, was wir mit der Unbestimmten machen, bevor uns Harold46 mit ihr erwischt.“
Ainsley nickte stumm und schloss ihre Tür. Sie lief zu einem Holzregal mit zwei Fächern und stellte ihre Reisetasche im untersten Fach ab. Sie zog ihren Rucksack aus und stellte ihn vors Bett. Vorsichtig kniete sie sich vor den Rucksack, öffnete die Schnalle und zog am Band. Sogleich schnellte Hopes Kopf heraus. Sie miaute laut. Als Ainsley das Band noch weiter lockerte, hüpfte Hope mit einem sanften Sprung auf den Holzboden. Sie schnüffelte am Rucksack und sprang dann in das Bett, das mit einem blau-weiß karierten Bezug überzogen war. Ainsley ließ sich aufs Bett plumpsen. Hope fauchte leicht und Ainsley streichelte sie sanft.
„Ganz ruhig, Hope. Ich werde einen Weg finden.“

Kapitel 71

Ainsley trommelte mit den Fingern auf dem Holz ihres Bettgestells. Endlich hatte sie eine Antwort von Sage.

Hi, Ains. Wo bist du?

Sage, ob du es glaubst oder nicht, ich sitze in den Bergen. Im Erlebnispark HOLIDAY SOUTH.

Oh, wow. Das ist ein sehr exklusiver Erlebnispark. Wie kann sich Mom13 das nur leisten?

In Ainsleys Kopf spukten wieder die Namen dieser exklusiven Lebensmittel herum, die sie in letzter Zeit gegessen hatte.

Sage, Kirschen, Himbeeren und jetzt so ein Urlaub. Wo kommt das Geld her?

Ein Seufzen von Sage war zuerst die Antwort, dann fügte sie hinzu.

Ains, du hast einen Prinzessinnenstatus, meinst du nicht auch?

Ainsley schüttelte ihren Kopf.

Nein, Sage, garantiert nicht.

Ainsley überlegte kurz, dann breitete sie Sage ihr Geheimnis aus.

Sage, ich habe Hope mitgenommen.

Was? Du hast was? Bist du verrückt, Ains?

Beruhige dich, Sage. Übrigens, Mom13 nannte sie eine Unbestimmte und irgendwie hat das was mit ihrer Chiplosigkeit zu tun.

Moment, Sage, Moment. Das heißt, Tailwind wäre dann auch ein Unbestimmter?

Ich denke schon. Und Mister Rodney weiß angeblich, was das heißt.
Sorry, Ains. Er hat nichts davon erzählt.
Sage, Mom13 behauptet aber, er hätte es erzählen müssen. Verstehst du das?
Nein, absolut nein. Wieso müssen?
Das frage ich mich auch, Sage.
Ains, ich sage dir, da stinkt was ganz gewaltig.
Sage, noch eins. So eine Flugkapsel fliegt mit Tarnung.
Ains, das kann nur eins heißen. Die Rebellen wollen die Flüge wissen.
Ainsley lief ein kalter Schauer den Rücken runter. Sie stammelte leicht, als sie weiter das Gedankentelefonat führte.
Sage, dann haben Hope und Tailwind keinen Chip, weil Rebellen den Chip entfernt haben?
Ein anerkennendes Pfeifen schrillte in Ainsleys Kopf.
Mensch, Ains, Teacher842 weiß gar nicht, wie schlau du bist.
Ainsley kicherte. Ihr gefiel dieser Gedanke. Aber gleichzeitig brauchte sie jetzt eine Lösung für Hope.
Sage, was soll ich mit Hope machen? Mom13 will sie mir wegnehmen.
Ains, lass sie laufen. Das ist besser als das, was Mom13 mit ihr vorhat.
Ainsley schluckte schwer. Sie fühlte einen enormen Kloß im Hals.
Sage, das hier in den Bergen wäre Hopes sicherer Tod.
Aber Ains, wenn sie von den Rebellen kommt, weiß sie auch den Weg dorthin. Meinst du nicht?

Ainsley drängte sich ein Gedanke auf. Sie musste Kontakt zu stupid_0123 aufnehmen. Nur so könnte sie Hope retten.

Kapitel 72

Ein Poltern hinter ihrer Tür ließ Ainsley aufhorchen. Sie schlich zur Tür und linste durch das Schlüsselloch. Sie sah, wie Mom13 einen schweren Holztisch neben den Herd schob. Noch war sie anscheinend beschäftigt. Konnte Ainsley es wagen, hier mit einem User aus dem PURPLE NET Kontakt aufzunehmen?

Ainsley ging auf Fußspitzen zurück zu ihrem Bett, auf dem Hope eingerollt schlief. Das Schälchen mit Rindfleischfutter, das Ainsley ihr vorhin vor das Bett hingestellt hatte, war komplett leergefuttert.

Sie wählte aufgeregt die Gedankenfrequenz von stupid_0123. Ihr Puls begann, an Tempo aufzunehmen, wie ein galoppierendes Pony. Ihre Gedanken kreisten. Was, wenn er nicht erreichbar war? Ein lauter Klick unterbrach dieses Gedankenkarussell.

Hi, Ainsley. Schön von dir zu hören. Was gibt's?

Gut, dass ich dich erreiche. Weißt du, was eine Unbestimmte ist?

Wow, Ainsley. In welchen Kreisen bewegst du dich? Wer hat dir den Begriff gesagt?

Mom13.

Erstaunlich.

Wieso?

Nur in Notfällen dürfen Androiden mit KI davon reden.

Welche Notfälle?

Das ist eigentlich geheim.

Los, komm schon. Du weißt es.

Gut, Ainsley. Unbestimmte haben keinen Chip.
Das dachte ich mir.
Aber was du bestimmt nicht weißt, ist, dass Unbestimmte eine Gefahr für das Oberste Gremium darstellen. Man kann sie nicht orten.
Während ich mit Chip zu orten bin?
Genauso ist es, Ainsley.
Wer kann mich alles orten? Nur das Oberste Gremium?
Alle, die Zugriff auf dein Schüler-Profil haben.
Ainsley rutschte spontan das Herz in die Hose. Ihre Gedanken stockten.
Der Schulleiter?
Stupid_0123 lachte.
Auch die Behörde für Familiäre Angelegenheiten und nicht zu vergessen…
Mom13?
Ja. Erstaunt dich das?
Und was ist mit dem Rebellennetz?
Nein, da greift keiner auf dein Schüler-Profil zu. Das ist gegen unser Ethos.
Was haltet ihr für richtig?
Dass jeder frei sein soll, ohne Chip.
Aber unsere moderne Technik ist erst durch diesen Chip möglich.
Aber es ist nicht nötig, damit zu überwachen, Ainsley. Diese Sonderfunktion ist nicht okay.
Ein Klopfen an der Tür unterbrach das Gedankentelefonat abrupt.
Muss aufhören.

Geht klar.
Mom13 drückte die Türklinke geräuschvoll nach unten und öffnete die Tür. Sie stand dominant im Türrahmen und Ainsley meinte, ein Grinsen um ihre Mundwinkel zu beobachten.
„Tochter Ainsley, ich habe Brotzeit für uns gemacht. Kommst du?“
Es war eigentlich keine Frage, sondern ein Befehl. Ainsley erhob sich vom Bett und schaute ängstlich zu Hope. Mom13 registrierte Ainsleys Blick.
„Darum kümmern wir uns nach der Brotzeit.“
Ainsley lief widerwillig in die Stube, in der bereits das brennende Holz im Herd knisterte. Die wohlige Wärme roch nach Baumharz. Eigentlich war die Berghütte idyllisch, aber ihre Begleitung war komisch, wenn nicht sogar gefährlich, denn Ainsley hatte keine Ahnung, wie sie Hope retten konnte.

Kapitel 73

Auf dem Naturholztisch lag auf Ainsleys Platz ein Brettchen, das fingerdick war. Darauf waren zwei krumm geschnittene Brotscheiben, ebenso fingerdick. Ainsley wendete die oberste Brotscheibe in ihrer linken Hand. Das Brot war eindeutig gesäbelt worden. Ihr Blick fiel auf ein langes Brotmesser mit großen Zacken. Auf einem Teller lag ein Stück wellige Butter und einem weiteren Teller waren mehrere Scheiben hauchdünner, roher Schinken geschichtet. Ainsleys Pupillen vergrößerten sich. Sie hatte rohen Schinken zuletzt gegessen, als sie sieben Jahre alt war, also 2068. Sie dachte, dass im ganzen Land kein Schwein mehr gezüchtet wurde. Mom13 hatte Bezugskanäle, die außergewöhnlich waren. Anscheinend gab es irgendwo in diesem Land noch einen Bauernhof mit Schweinen.
Ainsley griff nach ihrem kleinen Messer, das einen Korkgriff besaß, und schnitt sich ein Stück Butter ab. Sie verteilte die zarte Butter auf dem Brot und fischte dann mit der linken Hand eine Scheibe rohen Schinken. Sie hielt die Wurst unter ihre Nase und atmete den Duft ein. So roch ihre eigene Kindheit bei witzigen Abendessensgesprächen mit Opa Fred am Tisch. Zuerst hatte sie es damals gut gefunden, als es plötzlich kein Fleisch mehr gab. Sie gewöhnte sich daran und mochte auch den Gedanken, dass keinem Tier Leid zustieß, nur weil sie gerne rohen Schinken aß. Aber heute brauchte sie dieses Stück Sentimentalität. Eine wohltuende Erinnerung an ein Abendessen mit ihrer Mutter Selma und Opa Fred.

Als sie den rohen Schinken auf die Butter legte und nach dem Brot greifen wollte, legte Mom13 ihre rechte Hand auf Ainsleys linke Hand.
„Tochter Ainsley, wir werden einen Urlaub verbringen, so wie die Menschen im Jahr 2022.“
Mom13s Mundwinkel zuckten leicht. Kam ein Grinsen zustande oder wollte sie gar lachen? Plötzlich war der Mund wieder nur ein Strich bei Mom13 und sie entfernte wieder ihre Hand von Ainsleys Hand.
Ainsley wollte in das Brot beißen, dass so nach ihrer Kindheit roch. Kurz vor ihrem Mund stoppte sie. Sie sah ein süßes Ferkelchen vor ihren Augen. Es quiekte. Eine andere Kindheitserinnerung kam hoch. Opa Fred und sie besuchten einen Bauern in der Nähe des Ballungsgebiets TOUCHGROUND. Der letzte Bauer, der ums Überleben kämpfte, denn seine Schweine starben aufgrund dieser elenden Dürre. Ainsley streichelte damals das Ferkelchen und die lustigen Knopfaugen strahlten sie dankbar an.
Ainsley legte das Brot wieder ab. Sie überlegte kurz, danach nahm sie den rohen Schinken herunter. Mom13 schaute irritiert.
„Stimmt etwas nicht mit dem rohen Schinken?“
Ainsley schüttelte ihren Kopf.
„Nein, es ist nur, dass ich mal ein Ferkelchen gestreichelt habe.“
Mom13 hob die mit Butter leicht beschichtete Schinkenscheibe in die Luft und sah Ainsley prüfend an.
„Ihr Menschen seid echt komisch.“
Ainsley dachte das Gleiche von Androiden mit KI, aber sie

wollte es nicht sagen. Ihre Gedanken flogen zu ihrer Katze Hope. Was könnte Mom13 umstimmen?
Mom13 erhob sich von ihrem Stuhl gegenüber und stiefelte zur Küchenzeile. An der Wand blieb sie stehen und riss eine Lasche am Puls ihres rechten Handgelenks auf. Mit der linken Hand griff sie nach einem Stecker eines Ladekabels und befestigte den Stecker an ihrem Puls.
Das war also die Essensaufnahme für Androiden, dachte Ainsley und grübelte, wie sie Mom13 überreden konnte, ihre Entscheidung um einen Tag zu verzögern. Ainsley sah darin die einzige Chance. Denn dann hätte sie genug Zeit, noch ein wenig zu recherchieren. Ainsley stand von ihrem Platz auf und wendete sich zur Küchenzeile, wo Mom13 Energie tankte. Sie räusperte sich.
„Mom13, wie würdest du dich entscheiden, wenn du kalte Füße hättest und du schlafen gehen wolltest und nur eine Katze deine Füße wärmen könnte? Würdest du diese Katze vor die Tür setzen oder doch lieber in deinem Bett übernachten lassen, damit du gut schläfst? Was ist wichtiger?"
Mom13 summte und brummte ein wenig. Sie hob ihren Blick an und weg von dem Anschluss an ihrem Puls.
„Tochter Ainsley, geh ins Bett und benutze deinen Fußwärmer."
Ainsley drehte sich ganz schnell um und grinste. Sie versuchte, so langsam wie möglich in ihr Zimmer zu gehen. Mom13 sollte nicht erkennen, dass sie sich freute, diebisch freute.

Kapitel 74

Ainsley verbrachte zwei Stunden im PURPLE NET und konnte nichts über Unbestimmte finden. Für ein Gedankentelefonat mit stupid_0123 war es zu spät. Ihre AGU-Zeit zeigte 0 Uhr 14. Sage war bestimmt schon im Bett und garantiert nicht erfreut, nachts aus dem Schlaf gerissen zu werden.
Sie überlegte, was stupid_0123 ihr gesagt hatte. Es ging um Ortung, also startete sie eine Suche zum Stichwort Ortung im PURPLE NET. Sie erhielt genau einen Treffer. Es war ein Foto von einer Katze, die Hope ähnlichsah. Mit dem linken Zeigefinger und Daumen vergrößerte sie das Foto in dem Hologramm. Geheimakte Z35.7 stand darunter. Und dass es sich um das erste Haustier ohne Chip handelte. Eine Ortsangabe war in Klammern geschrieben. Erlebnispark HOLIDAY SOUTH. War das Zufall? Wie weit war dieser Park vom Ballungsgebiet VANITY entfernt, wo sie einst Hope gefunden hatte? Sie und Mom13 waren erst 22 Minuten mit einer Transportkapsel mit 300 Kilometer pro Stunde zum Flughafen GILSBY und dann 30 Minuten geflogen mit einer Geschwindigkeit von 700 bis 1.500 Kilometern pro Stunde. Ainsley befragte TRANSIT und die Suchmaschine schlug ihr eine Strecke von 660 Kilometer vor. Wenn diese Katze wirklich Hope war, wie war sie dann ins Ballungsgebiet VANITY gekommen? Sie konnte nicht gelaufen sein. Es musste sie jemand mitgenommen haben und sie war ihm entlaufen. Wer hatte so eine Berechtigung, eine Flugkapsel zu benutzen außer Mom13? Und wer hatte

anscheinend eine Verbindung zu den Rebellen? Denn nur diese konnten einen Chip entfernen. Und wie es aussah, hatte die Geheimakte Z35.7 auch was mit den Rebellen zu tun. Mit diesem Gedanken schlief sie ein, während Hope ihr schnurrend die Füße wärmte.

Kapitel 75

Mom13 klopfte drei Mal mit je einem Abstand von genau einer Sekunde laut an Ainsleys Tür. Durch die dicke Tür hindurch vernahm sie den strengen Ton von Mom13.
„Tochter Ainsley, pack deine Katze ein. Wir suchen heute eine Stelle, wo wir sie aussetzen können."
Ainsley schnürte sich das Herz zu. Sie nahm Hope in ihre Arme und legte ihr Gesicht auf Hopes Kopf. Sie murmelte ihr zu.
„Warte ab, ich habe noch eine Idee."
Ainsley setzte Hope wieder auf ihrem Bett ab und schlüpfte aus ihrem Bett. Sie hatte sich in einer neuen Rekordzeit umgezogen und frisch gemacht. Sie öffnete ihren Rucksack. Mit sanftem Druck steckte sie Hope in die Öffnung und ließ ihren Kopf herausschauen. Die Lasche des Rucksackes hing locker nach hinten, als Ainsley sich den Rucksack auf den Rücken schnallte. Hope maunzte aufgeregt und Ainsley lächelte leicht.
Ainsley schritt mit ihren schweren Wanderschuhen zur Zimmertür und riss sie auf. Sie zuckte sofort zusammen, denn Mom13 stand direkt hinter der Tür. Mom13 verzog nicht ansatzweise ihr Gesicht. Sie starrte teilnahmslos auf den Katzenkopf, der aus Ainsleys Rucksack schaute.
„Lass uns aufbrechen, Tochter Ainsley. Hope wird ihre neue Freiheit genießen."
Welches verfluchte Programm und Bauteil war für diesen Mistspruch verantwortlich? Ainsley wollte sofort mit dem zuständigen Entwicklungsingenieur sprechen. Der Begriff

Freiheit wurde mit Aussetzen gleichgesetzt. Innerlich kochte Ainsley, aber sie versuchte, ruhig zu bleiben. Einatmen, ausatmen, weiterlaufen. In diesem Zustand verließ sie die Berghütte und wartete vor der Hütte, weil Mom13 diese ganz besondere Ferienwohnung abschloss. Ainsley lachte. Es war so ein Metallstift mit einem Teil, das wie bei einem kleinen Messer aussah. Sie suchte sofort bei TRANSIT und lachte laut. Ein Schlüssel? Wurde zuletzt 2061 benutzt. Das war das Jahr, in dem sie geboren wurde. Sie konnte es nicht glauben, es war sogar der Tag, an dem sie geboren wurde. Der 27. Mai.

Ainsley beobachtete Mom13, wie sie verzweifelt diesen Schlüssel hin- und herdrehte. Ainsley stellte schließlich eine Frage an TRANSIT: „Wie benutze ich diesen Schlüssel?“ und die überaus freundliche Stimme ihres Lieblingsschauspielers Chris Notown gab ihr die passende Antwort. Sie war so laut, dass es auch Mom13 hören musste. „Fasse den Schlüssel am Kopfende an, stecke ihn so tief ins Schloss, dass er anstößt. Drehe ihn dann rechts herum, um die Tür zu verschließen. Zum Öffnen drehst du später links herum.“

Ein Aufseufzen kam von Mom13. Sie drehte sich sehr schnell zu Ainsley um.

„Tochter Ainsley, Chris Notown hatte recht.“

Ainsley kicherte. Mom13 hatte wohl ein Schlüsselproblem, wenn man es so nennen konnte. Sie blickte zur aufgehenden Sonne, die hoffentlich wie ein Versprechen den neuen Tag ankündigte.

Kapitel 76

Mom13 lief in einem Affentempo durch diese wunderschöne Berglandschaft, in der sich saftig grüne Wiesen mit kleinen Pfaden, die schlangenlinienförmig über die Anhöhe führten, abwechselten. Ein kleiner Bach plätscherte über die felsigen Wände und sein klares Wasser floss über den steinigen Pfad. Ainsley blieb stehen und starrte fasziniert auf dieses Wunder. Mom13 stiefelte weiter, merkte aber dann an der nächsten Wegbiegung, dass Ainsley fehlte. Sie schrie zurück.

„Tochter Ainsley, wir wollen doch zu den Murmeltieren."

Ainsley ging in die Hocke und fasste mit der linken Hand in das frische Wasser. Es perlte von ihrer Hand ab und hinterließ ein angenehmes Gefühl der Frische. Wo kam das Wasser her?

Sofort befragte sie TRANSIT. Sie erhielt die Antwort, dass es sich um natürliches Wasser handelte, aus einer Quelle weiter oben. Ainsley konnte es nicht fassen. Sie kannte nur dieses rationierte Wasser aus dem Wasserhahn, aus dem Duschkopf oder der Toilettenspülung, das im zentralen Werk des Ballungsgebietes aus PET-Flaschen als wertvolles Nebenprodukt bei der Esterspaltung gewonnen wurde. Man sammelte im ganzen Land die PET-Flaschen im großen Stil, um diese Wassergewinnung zu gewährleisten. Ihr Opa Fred sagte, bevor er damals einfach verschwand, dass diese Plastikflaschenvorräte im Jahr 2080 alle aufgebraucht wären und dann die Menschheit auf dem Schlauch stehen würde, wenn ihnen nicht ganz schnell mal was so richtig

Gutes einfallen würde. Und der Schlauch wäre nicht aus PET, fügte er lachend hinzu.
Ainsley tauchte nun beide Hände in das klare Bachwasser und bildete eine Kuhle mit den Händen. Das Wasser sammelte sich an und sie hob ihre Hände nach oben. Mit einem freudigen Lächeln legte sie die Hände an ihren Mund und trank. Es schmeckte köstlich. Es war um so vieles besser als dieses Wasser aus der Leitung.
Mom13 rief ihr wieder zu.
„Ainsley, beeil dich."
Ainsley wurde bewusst, dass Mom13 etwas sehr Entscheidendes fehlte. Sie konnte nicht unterscheiden, was wirklich gut und was schlecht war. Ihre Sinne schienen abgestumpft zu sein. Ainsley wusste momentan keinen besseren Ausdruck dafür, aber sie würde noch einen finden.

Kapitel 77

Ainsley stand andächtig neben dem riesigen Gipfelkreuz aus Holz und Stahl. Sie hielt ihre Hand über den Augen, da die Sonne blendete. Mom13 reichte ihr eine Sonnenbrille.
„Tochter Ainsley, das ist gut für deine Augen."
Ainsley schüttelte ihren Kopf.
„Aber so sehe ich die schönen Farben der Natur."
Mom13 schaute leicht genervt und steckte die Sonnenbrille wieder in ihre Jackentasche.
Ainsley breitete ihre Arme zur Seite aus und rief zum Berg gegenüber.
„Yippieh-ey-heh."
Das Wort schallte vom Berg als „Ey-eh" zurück. Ainsley grinste.
„Mom13, ich habe eine Antwort erhalten."
Mom13 zog eine Augenbraue hoch.
„Das ist ein Echo. Sonst nichts."
Mom13 war ein hoffnungsloser Fall von Anti-Natur-Romantik. Was machte ihr eigentlich Freude? Gab es Freude in ihrem Androiden-Dasein? Oder war es immer nur ein Abarbeiten von Programmen? Zeile für Zeile.
Mom13 war in erster Linie Dienstleister. Und Ersatz. Aber kein gleichwertiger Ersatz. Niemand konnte Ainsleys Mutter Selma ersetzen. Das wurde Ainsley in dem Anblick dieser herrschaftlichen Berge so richtig bewusst. Wunderschöne Natur wie diese ließ sich auch durch nichts ersetzen. Durch Ainsley strömte Dankbarkeit, an diesem Ort zu sein. Sie wünschte sich, dass ihre Familie auch hier wäre. Hope

miaute so kräftig, dass auch ihr Miauen von dem Berg gegenüber zurückgeworfen wurde. Ainsley fühlte nun ihre Liebe zu Hope sehr intensiv. Hope war ein Teil von ihr und darum würde sie kämpfen.

Kapitel 78

Die sterilen, graugrünen Augen von Mom13 fixierten jede noch so kleine Bewegung von Ainsley, als Ainsley Hope aus dem Rucksack herauspuhlte. Mom13 hob ihr Kinn an und zeigte mit ihrem Kopf zu einem Felsvorsprung.

„Da kannst du sie aussetzen."

Ein nüchterner Satz, der in Ainsley eine Achterbahn der Gefühle auslöste. Innerlich sträubte sie sich gegen den Gedanken, dass ihre geliebte Hope einfach ihrem Schicksal überlassen werden sollte. Ainsley blinzelte, da sie direkt in die Sonne sah, als sie zu Mom13 aus der Hocke heraus aufblickte.

„Wir könnten sie weiterhin verstecken. Harold46 ist nicht so schlau, glaube ich."

Die Augenlider von Mom13 zuckten nervös.

„Harold46 würde uns beide bestrafen, nicht nur dich."

Ainsley startete einen neuen Versuch.

„Das wäre Hopes Tod und man soll Leben schützen."

Mom13s Blick erfror derart, dass Ainsley meinte die Kälte ihrer Bauelemente und Programme sehen zu können. Sie bellte ihre scharfen Worte.

„Tochter Ainsley, es gibt keine Diskussion. Du weißt nicht, wie scharf das Halten von Unbestimmten bestraft wird."

Ainsley fühlte, dass sie einen virtuellen Fuß in Mom13s Gedankentür hatte.

„Was würde passieren, wenn Harold46 Hope entdecken würde?"

Die Augen von Mom13 wanderten hin und her. Schließlich

sahen sie wieder Ainsley an. Mit einem klaren, sachlich klingenden Ton sprach sie zu Ainsley.
„Man würde dich mit einem Rebellen gleichstellen."
Ainsley zuckte mit den Schultern und Mom13 holte weiter aus.
„Das heißt, du kämst in die Strafkolonie WALK."
Ainsley kicherte leicht.
„Gleich in eine Strafkolonie, nur weil meine Katze keinen Chip hat?"
Mom13 hüstelte leicht.
„Keinen Chip zu haben, ist ein Verstoß gegen Paragraf 1 vom Obersten Gremium. Und wer sich oder seinem Tier den Chip entfernt, kommt lebenslang nach WALK."
Mom13s Blick klebte an Hope, die auf Ainsleys Armen ruhte.
„Hope stellt eine Gefahr für uns dar. Deswegen müssen wir sie freilassen."
Ainsley klammerte Hope fest und gab ihr einen Kuss auf den felligen Kopf. Mom13 schüttelte ihren Kopf.
„Entwickle keine Gefühle für eine Unbestimmte. Das ist nicht gut für dich."
Mom13 machte einen großen Schritt auf Ainsley und Hope zu. Plötzlich schnappte sie sich Hope und warf sie in hohem Bogen zum Felsvorsprung. Ainsleys Augen waren voller Entsetzen, als Hope nicht auf dem Felsvorsprung auf ihren Samtpfoten landete, sondern weiterflog, in die Schlucht hinein.

Kapitel 79

Ainsley robbte vorsichtig an den Felsvorsprung heran und schielte vorsichtig in die Schlucht. Sie sah nach unten. Ein Schwindelgefühl machte sich bei ihr bemerkbar. Sie krallte sich mit beiden Händen in die rutschige Oberfläche des Gesteins. Sie bekam eine Ahnung, was es heißen musste, hier hinuntergeflogen sein. In ihren Augen sammelten sich Tränen der Trauer über Hopes Schicksal und Tränen der Wut über diesen idiotischen KI-Androiden, der sich einbildete, ihre Mutter zu sein. Sie schob sich noch ein Stück nach vorne, als sie plötzlich ein leises Geräusch vernahm. Es klang wie die Tür in der Berghütte, die sich quietschend öffnete. Sie wagte sich ein kleines Stück weiter vor, um noch mehr über den Felsvorsprung schauen zu können. Sie blinzelte. Sie konnte es nicht glauben. Jetzt wusste sie, welches Geräusch es war. Miau. Leise, aber bestimmt und nicht unbestimmt.

Ainsley atmete aufgeregt. Sie hatte das Gefühl, keine Luft mehr zu bekommen. Sie rief in die Schlucht hinein.

„Hope.“

Das Miauen war nun kräftiger. Mit einem weiteren Schwung schob sich Ainsley so weit nach vorne, dass ihr Kopf mit dem Hals über der Schlucht hing.

Ein Schrei hinter ihr erschreckte sie.

„Tochter Ainsley, ich verbiete dir, dass du diese dusselige Katze holst.“

Mom13 war absolut ahnungslos. Wie bitte schön sollte sie aus dieser Position heraus nach unten klettern?

Ainsley konzentrierte sich wieder darauf, wo das Geräusch herkommen könnte. Da, endlich entdeckte sie eine kleine, rothaarige Gestalt mit weißen Flecken. Sie stand auf ihren vier Pfoten und blickte hoch zu Ainsley. Sie maunzte aus vollem Herzen. Ainsleys Gehirn ratterte. Es mussten gut 30 Meter bis zu diesem Felsvorsprung sein, auf den sich Hope retten konnte. Ainsleys Herz hüpfte vor Freude, dass sie noch lebte. Doch sie machte sich Sorgen. Wie sollte sie Hope retten? Mit einem verrückten Androiden im Nacken und Null Plan, wie sie Hope nach oben holen sollte.

Kapitel 80

Ainsley starrte auf dieses kleine rothaarige Fellwesen, das voller Zuversicht zu ihr nach oben schaute. Sie aktivierte TRANSIT, doch aus irgendeinem Grund erhielt sie immer wieder eine Fehlermeldung, dass sie sich in einem Sektor aufhält, der keine Antworten zulassen würde.
Hinter ihr hörte sie die herannahenden Schritte von Mom13, die auf einmal verstummten. Mom13 sprach ruhig, ungewohnt ruhig.
„Tochter Ainsley, soeben wurden wieder die alten Frequenzen für Kommunikation freigegeben."
Ainsley konnte keinen Freudensprung machen, auch wenn ihr geliebter Radiosender SAGACITY wieder verfügbar sein würde. Sie brauchte eine Lösung. Schnell und effektiv. Was würde Opa Fred machen?
Eine lustige Erinnerung drängte sich in Ainsleys Bewusstsein. Sie dachte an dieses Experiment mit den Dominosteinen. Opa Fred hatte zu Ainsleys sechsten Geburtstag im Keller alle Packungen von Dominosteinen aufgemacht und sie hintereinander in wilden Schlangenlinien hochkant aufgestellt. Er hatte zu Ainsley gesagt: „Warte nur, Ains, ich muss es nur gut vorbereiten, dann wird es richtig gut."
Nach gut drei Stunden hatte er ihre Mutter Selma und sie zu dieser Überraschung geholt. Er hatte seine linke Hand vor den Dominostein, der ganz am Anfang stand, gehalten. Er hatte gegrinst. Gleichzeitig hatte er den Stein einfach umgeschnippt. Eine gigantische Wellenbewegung hatte diese unendlich wirkende Dominostein-Reihe durchlaufen.

An den Abbiegungen war es eine seitliche Bewegung gewesen, die den raschen Fluss gestoppt hatte, um dann wieder auf gerader Strecke Tempo aufzunehmen. Ainsley hatte wieder dieses Bild vor Augen, als der letzte Dominostein umgefallen war. Plötzlich meinte sie zu ahnen, was Hope helfen könnte.

Kapitel 81

Ainsley riskierte einen nervösen Seitenblick auf die Wanderschuhe von Mom13, die anscheinend dachte, dass Ainsley nur Hope beobachtete. Ainsley schaute wieder direkt in die Schlucht und so konnte Mom13 nicht wissen, ob sie ein Gedankentelefonat hatte. Allerdings war Ainsley nicht klar, woran Mom13 bisher gemerkt hatte, dass sie mit stupid_0123 oder Phil77 per Gedanken verbunden gewesen war. Sie musste es riskieren.

Ainsley wartete nur eine Sekunde, bis stupid_0123 das Gedankentelefonat aufnahm.

Hi, Ainsley, schön dich zu hören. Du bist in der Nähe.

Ainsley erschrak, dass stupid_0123 ihren Ort feststellen konnte.

Hi, die alten Frequenzen sind wieder nutzbar.

Ainsley, wenn Mom13 Zugriff auf dein Schülerin-Profil hat, kann sie auch auf deine Gedankentelefonate zugreifen.

Stupid_0123 machte eine kleine Pause.

Aber sie kann es erst nach drei Minuten ausmachen.

Ainsleys Augenbrauen rutschten eine Etage höher.

Dann sollten wir uns beeilen. Sieh mal, was mit Hope ist.

Ainsley machte ein Foto von Hope auf dem Felsvorsprung unter ihr und schickte es ihm per Gedankenübertragung.

Oh, Ainsley, das ist furchtbar. Ich kann dir nur einen Tipp geben. Arbeite mit der Kraft des Gegners.

Ainsley dachte wieder an diese umfallenden Steine. Einmal angestoßen, konnten sie nicht anders als umzufallen.

Ich habe schon eine Idee. Ich sage sie dir.

Stupid_0123 hörte zu und schwieg erst, als er schließlich gedanklich durch die Zähne pfiff.
Es ist gewagt, aber die Möglichkeit gibt es. Viel Glück.
Das Gedankentelefonat war abrupt zu Ende. Ainsley schaute auf ihre AGU-Zeit. Drei Minuten. Dieser stupid_0123 war professionell vorsichtig.
Ainsley schob sich langsam zurück und krabbelte rückwärts. Mom13 kommentierte.
„Na, endlich, Tochter Ainsley. Ich dachte schon, du springst hinterher."
Ainsley stand mühsam auf und lief zu ihrem Rucksack. Sie zog an der Kordel zum Zusammenziehen. Schließlich hielt sie die schwarze Baumwollkordel in der Hand. Die Kordel pendelte hin und her, da ein leichter Wind über den Berg wehte. Der Wind war jedoch mild und angenehm. Sie war aber traurig, denn diese Kordel war höchstens zwei Meter lang. Sie dachte an die Geduld ihres Opas. Stein für Stein hatte zusammen die Lösung gebildet.
Ainsleys Blicke schweiften über den Wiesenhügel zu den gut hundert Meter entfernten Bach. Ihr Opa hätte auch nicht aufgegeben. Wie vom Blitz getroffen rannte sie los und schaute nicht zurück. Sie schnaufte und ächzte. Sie stolperte über die Steine und rutschte fast im Wasser des kleinen Baches aus, der über den Weg führte. Sie hörte Mom13 hinter sich rufen.
„Tochter Ainsley, was ist los mit dir?"
Ainsley hob die Beine mechanisch an und setzte sie hart auf. Sie kam erst an der Berghütte wieder zum Stehen. Sie fragte TRANSIT, wie sie das Schloss ohne Schlüssel

knacken könnte. Ihr Lieblingsschauspieler Chris Notown gab ihr einen Tipp. Also holte sie einen kleinen Ast, der unter der hohen Fichte, die vor der Hütte stand, lag. Sie stocherte damit im Schloss, bis es klickte. Sie stürmte in die Stube und sie erinnerte sich an den ersten Scan der Hütte. Da war ein Gegenstand, der bisher uninteressant war. Aber in ihrem Kopf war der erste Dominostein umgefallen und er fiel genau auf diese Erinnerung. Sie schnappte sich das Seil, das laut TRANSIT zum Absichern beim Klettern dienen sollte. Ainsley war froh, dass hier mal früher richtige Bergsteiger waren.
Ainsley sah in Gedanken den nächsten Dominostein umfallen und rannte wieder aus der Hütte heraus, vorbei an einer total überraschten Mom13.
„Tochter Ainsley, was ist, was soll…"
Ainsley nahm ihre Beine in die Hand und lief einen Sprint. Sie war nie gut in Sport, aber heute verlangte sie sich eine Bestleistung ab. Es ging um Hopes Leben.

Kapitel 82

Ainsley hatte das fingerdicke, raue Seil ausgerollt und ließ es nun Stück für Stück nach unten auf den Felsvorsprung, auf dem Hope kauerte. Ein klägliches Maunzen war zu hören. War sie vielleicht doch verletzt? Dann könnte sie nicht zugreifen. Unablässig näherte sich das Seilende dem neugierigen Blick von Hope. Ainsley lag links neben dem felsigen Untergrund, direkt in einer weichen Wiese, die am Abgrund war. Der Halt war auch hier nicht sonderlich gut. Ein Rufen hinter ihr ließ sie aufschrecken.
„Tochter Ainsley, Tochter Ainsley, das hat keinen Sinn."
Ainsley wollte aber nicht aufgeben. Sie wusste aber auch nicht, ob das Seil lang genug war. Stückchenweise rollte sie es ab und seilte es nach unten zu Hope ab. Hope miaute bei jeder neuen Bewegung. Ainsley dachte an Opa Freds Worte. „Ains, das Leben ist ein Spiel. Vergiss das nicht, mein Kind."
Die Seilrolle in Ainsleys rechter Hand war fast leer. Sie schob noch mehr Seil mit der linken Hand nach. Doch der Wind verfing sich im Seil und ließ es baumeln. Als die Rolle nur noch ein kleines Stück zum Festhalten hatte, berührte das Seilende Hopes Kopf. Sie schlug mit einer Tatze nach dem Seil. Ainsley flüsterte.
„Ja, los, Hope, spiel mit dem Seil."
Ainsley hatte sich ihr Seilende vier Mal um die linke Hand gewickelt. Sie rief ihrer Katze zu.
„Pack es dir, los."
In diesem Moment spürte Ainsley einen harten Griff im

Nacken. Sie wurde nach oben gezogen und auf die Füße gestellt. Sie sah nicht, dass Hope bereits das untere Seilende sich gekrallt hatte und mit beiden Vorderpfoten sich hochhangelte. Ainsley hatte ihr Seilende fest um ihre linke Hand geschnürt.
Mom13 hob Ainsley an und schüttelte sie. Von der Felswand hörte man ein erschrecktes Miauen, da Hope versuchte, diese Bewegungen auszugleichen. Mom13 sah Ainsley sehr erbost an.
„Hatte ich dir nicht gesagt, dass du das lassen solltest?"
Ainsley schrie.
„Ich habe keine Angst vor Harold46."
Mom13 schüttelte Ainsley kräftiger und stellte sie dann wieder ab.
„Das solltest du aber. Das Straflager WALK ruiniert dein Leben, egal ob Mensch oder Android."
Ainsley wickelte rasch das Seil auf, doch Mom13 packte ihr T-Shirt am Bauch und zog sie zu sich. Ein ängstliches Maunzen war am Ende des Seiles zu hören. In Ainsleys Kopf gab es nur einen Gedanken. Hope hochziehen. Ainsley rollte das Seil weiter auf, obwohl Mom13 sie massiv bedrohte. Als das Miau schon sehr nahe klang, packte Mom13 Ainsley unter beide Achseln und hob sie in die Luft. Ainsley schrie.
In diesem Moment kletterte Hope vom Seil über den Felsvorsprung auf die Wiese. Doch Mom13 stemmte Ainsley Richtung Abgrund. Mom13 ächzte.
„Du brauchst eine Strafe, ganz sicher."
Ainsley wimmerte.

„Bitte, Mom13, das ist gefährlich.“
Mom13s Augen flackerten sehr wild, wie die Bilder eines einarmigen Banditen, die versuchten, drei Mal das gleiche Bild zu erzeugen. Sie hob Ainsley nun so weit in die Luft, dass sie über dem Abgrund hing, während Mom13 ganz nah am Abgrund stand. Ainsley schwitzte. Sie sah, wie Hope an dem Seil schnupperte. Mom13 schaute entschlossen aus. Ainsley war klar, wenn Mom13 loslassen würde, dass sie es nicht überleben würde.
Ainsley konnte nicht mehr sagen, wie lange sie schon in der Luft schwebte, zwischen Leben und Tod. Sie merkte nach einer unendlich gefühlten Zeitwolke, dass Mom13 kleine Schritte zurückmachte. Vorsichtig und sehr langsam, bis sich Ainsley wieder über der Wiese befand.
In Mom13s Augen war Unsicherheit. Sie blinzelte stark.
„Tochter Ainsley, mach das nie wieder.“
Ainsley dachte das Gleiche von Mom13. Sie wollte das auf keinen Fall mehr haben.

Kapitel 83

Als Mom13 sich seit einer Stunde in ihrem Zimmer aufhielt, packte Ainsley Hope in ihren Rucksack, und schlich sich auf Socken aus ihrem Zimmer. Mom13 hatte zwar auf dem Rückweg zur Berghütte beteuert, dass sie Hope eine Chance geben wollte, aber Ainsley glaubte ihr nicht mehr. Mom13 änderte irgendwann wieder ihre Meinung aufgrund dieses dominanten Angstprogramms vor dem Straflager WALK. Es war nur eine Frage der Zeit, bevor sie dieser durchgedrehte Android um die Ecke bringen würde. Ainsley wollte es nicht riskieren.
Mit einem sanften Druck zog Ainsley die Hüttentür zu. Draußen vor der Hütte war einzigartig klare Luft laut TRANSIT. Der Vollmond beschien die einzelnen hohen Fichten, die rund um die Hütte standen, und auch den Weg. Ainsley schlüpfte in ihre Wanderschuhe.
Sie machte sich auf, weil sie leben wollte und weil sie wusste, dass stupid_0123 irgendwo da draußen war.
Sie knipste ihre Taschenlampe ein und strahlte den schmalen Bergpfad aus. Sie folgte der Beschilderung.
Berghütte FAIRYTALE.
Sie war aufgeregt und ihr Puls raste. Hope schlief zum Glück und gab keinen Mucks von sich.
Ainsley machte einen Schritt vor den anderen und schaltete ihren Lieblingsradiosender SAGACITY ein. Sie summte das neue Lied der CRAZY DOVES mit, ganz sanft. I like myself, I like myself.

Kapitel 84

Ainsley war die ganze Nacht hindurch gewandert und hatte die Navigation über das PURPLE NET genutzt. Ihr rechter Fuß schmerzte von diesen neuen Wanderschuhen und so zog sie ihn aus. Eine fiese Blase zeichnete sich im Licht der über den Bergwipfeln aufgehenden Sonne auf ihrem kleinen Zeh ab. Sie setzte ihren Rucksack ab und fischte das Pflasterspray aus der Seitentasche. Ainsley spürte sofort Linderung und glitt wieder in den klobigen Wanderschuh. Ein leises Maunzen erregte ihre Aufmerksamkeit. Sie öffnete die Lasche des Rucksackes und lockerte dessen Kordel. Hopes Kopf schnellte sofort heraus. Miau hieß wohl „Guten Morgen".

Ainsley streichelte ihren Kopf.

„Guten Morgen, liebe Hope."

Ainsley fühlte sich einerseits gut, aber andererseits machte es ihr Sorgen, dass Mom13 ihren Chip zum Orten nehmen könnte. Sie stellte die Frequenz zu User stupid_0123 ein. Er gähnte leicht.

Woaah, Ainsley. So früh am Morgen? Was ist los?

Hi, ich bin von Mom13 abgehauen.

Seine Stimme klang schlagartig wacher.

Was? Du bist in den Bergen allein unterwegs?

Ich brauche deine Hilfe, stupid_0123. Mom13 soll mich nicht orten. Weißt du einen Trick?

Eine kleine Pause entstand, bevor er weiterdachte.

Ainsley, kann ich dir wirklich vertrauen?

Sie stockte leicht.

Also, ähem, weißt du, ich denke, dass du keinen Chip hast und weißt, wie man ihn loswird.
Die Stille dauerte mehr als drei Sekunden und Ainsley hakte nach.
He, bist du noch da?
Seine Gedanken flossen unregelmäßig.
Ainsley, schau nach Plan SYBIL1a. Wenn du alles richtig machst, bist du den Ortungsteil des Chips innerhalb von fünfzehn Minuten los. Und denk dran, du musst den Chip wieder einbauen, sonst funktioniert das Gedankentelefon nicht mehr. Auch nicht Musikhören oder das Lesen der AGU-Zeit.
Okay, danke, du hilfst mir total. Ich weiß gar nicht, wie ich das wieder gutmachen kann.
Ainsley, die drei Minuten sind gleich um.
Die Verbindung war unterbrochen und Ainsley suchte per Human Wifi im PURPLE Net nach dem Plan SYBIL1a. Ihr rann der Schweiß den Nacken hinunter, obwohl die Sonnenstrahlen noch nicht ihre volle Kraft entfaltet hatten. Die AGU-Zeit zeigte 7 Uhr 03. Nach ihren bisherigen Beobachtungen würde Mom13 um 7 Uhr 30 aufstehen.

Kapitel 85

Ainsley ekelte sich bereits nach zehn Sekunden lesen bei dieser Bedienungsanleitung namens SYBIL1a. Sollte sie das wirklich machen? Aber wenn Mom13 sie aufspüren würde, gäbe es den größten Stress aller Zeiten. Wahrscheinlich wäre auch Harold46 nicht erfreut, dass Ainsley allein in der Gegend umher marschierte.
Sie ging die Checkliste durch, während Hope sie über ihren Ausguck im Rucksack ganz genau betrachtete. Hope kniff ihre Augen zusammen und Ainsley strich mit zwei Fingern über ihren weichen Kopf.
„Für uns mache ich das, Hope."
Ainsley staunte über ihren Mut und prüfte die Werkzeuge, die sie für die Ortungsteil-Entfernung brauchen würde. Eine Nagelschere, eine Pinzette, ein Taschenmesser, ein Ohrenstäbchen, einen Kieselstein und das Pflasterspray. Bei dem siebten Gegenstand fragte sie sich allerdings, wofür das gut sein sollte. Nagellack. Sie hatte tatsächlich einen mit, weil ihre Mutter Selma zu ihrem sechzehnten Geburtstag einen schwarzen Nagellack geschenkt und sie vergessen hatte, ihn aus dem Rucksack zu nehmen. Wofür Vergesslichkeit manchmal gut war.
Die AGU-Zeit sprang auf 7 Uhr 07. Ainsley erzeugte mit einem doppelten Zungenschnalzer ein nicht-transparentes Hologramm mit der Anleitung SYBIL1a. Sie starrte auf das blutende Ohr mit dem entfernten Chip und ein leichter Würgereiz überfiel sie.

Kapitel 86

Ainsley hatte Glück im Unglück. Die Quelle des kleinen Baches war ganz in der Nähe und sie hielt ihr linkes Ohrläppchen zwei Minuten in das eiskalte Wasser. Mithilfe eines von einem Hologramm generierten Spiegels sah sie exakt, wo sie mit den feinen Spitzen der Nagelschere hineinstechen musste. Sie drückte ihre Augen zusammen, als sie den Schmerz in dem Moment spürte, als sie das in der Quelle gekühlte Metall in ihr Ohrläppchen stieß. Sie schrie kurz ein „Autsch" auf und Hope drehte den Kopf zu ihr. Im nächsten Moment griff sie zu dem ebenfalls gekühlten Taschenmesser und machte einen kleinen Schnitt ins Ohrläppchenfleisch. Daraufhin langte sie nach der ebenfalls im Quellwasser gekühlten Pinzette und holte aus ihrem blutenden Ohrläppchen den Chip heraus.
Sie schaute auf das Bild in der Anleitung. Auf der Platine gab es diesen gelben Knubbel, der für die Ortung zuständig war. Aber wie sollte sie erkennen, was Gelb war?
Sie eilte zur Quelle, kniete sich davor und hielt den Chip ins fließende, klare, kühle Wasser. Endlich konnte sie sehen, welcher der gelbe Knubbel war. Sie rannte zurück zu ihrem Rucksack und nahm die Pinzette von dem Taschentuch, das sie auf einem kleinen Grasstück ausgebreitet hatte. Sie zupfte an dem Knubbel, aber er saß bombenfest auf der Platine.
Ihr Blick huschte zum Hologramm, auf dem die AGU-Zeit 7 Uhr 27 anzeigte. Ihr Herz schlug schneller. Es musste doch was in der Anleitung stehen. Sie las die Passage

mehrmals. Da stand, dass der Knubbel mit der Pinzette entfernbar sei. Mist, schon 7 Uhr 28. Sie riss an dem gelben Ding herum, aber sie durfte auch nicht die anderen Funktionen kaputtmachen. Gleich links daneben war der grüne Knubbel für das Gedankentelefonat und auf der anderen Seite der schwarze Knubbel für die niedere Frequenzen, die der Independent Musiksender SAGACITY nutzte. Sie schwitzte. 7 Uhr 29 und das Ding bewegte sich keinen Millimeter. Sie nahm ein Taschentuch und tupfte den Knubbel ab. Danach zog sie wieder an dem gelben Teil. Endlich gab dieser Knubbel nach. Es löste sich erst der obere Verbindungsdraht zur Platine und dann der untere Verbindungsdraht. Sie putzte mit dem Ohrenstäbchen ausgiebig die einstige Stelle des Ortungsteils. 7 Uhr 30. Ainsley hoffte inständig, dass Mom13 noch nicht spitzgekriegt hatte, dass sie weg war.

Mit dem schwarzen Nagellack versiegelte sie die Stelle, wo sich das Ortungsteil befand. Sie pustete auf den aufgepinselten Lack, damit er schneller trocknete. Laut Anleitung musste sie vier Minuten warten, aber nur, wenn es ein schnelltrocknender Nagellack war. Sie dankte innerlich ihrer Mutter Selma, dass sie diesen Ultra-Lack einst gekauft hatte.

Schließlich fingerte sie das Plasterspray heraus, das auch desinfizierend wirkte. Mit großer Akribie sprühte sie damit den ganzen Chip ein, bevor sie mit der Pinzette ihn anpackte und in die blutende Ohrwunde wieder einpflanzte. Endlich konnte sie das Pflasterspray auf das lädierte linke Ohrläppchen sprühen. Der Schmerz ließ sofort nach.

Ainsley las den letzten Schritt in der Anleitung. Mit einem Kieselstein sollte sie das Ortungsteil zermalmen. Sie lief zur Quelle und fischte einen flachen, hellgrauen Kieselstein heraus. Sie legte das gelbe Ortungsteil auf einen felsigen Untergrund und drückte mit der Hand darauf herum. Sie hob den Stein wieder hoch, doch das Ergebnis war kaum sichtbar. Also nahm sie den Stein, platzierte ihn auf dem flachen, gelben Teil und stellte sich mit dem linken Fuß auf den Stein. Sie nahm den Stein in die Luft und das Ergebnis reichte immer noch nicht. Sie legte den Stein wieder auf dem noch flacheren Ortungsteil und sprang nun mehrmals auf den Stein und ruckelte mit ihrem gesamten Gewicht auf dem kleinen Stein herum. Mit Spannung lüftete sie den Kieselstein und grinste. Niemand konnte sie mehr orten. Ein wenig wunderte sie sich über die Anleitung SYBIL1a. Es gab Verbesserungsbedarf, aber das könnte sie ja stupid_0123 noch mitteilen. Sie schnalzte mit der Zunge und das undurchsichtige Hologramm mit der Anleitung verschwand wieder. Stolz sah Ainsley auf das Resultat ihrer Kraft. Der gelbe Knuppel bestand nur noch aus Bröseln, die keinerlei Funktion mehr zuließen. 7 Uhr 44. Sie schnaufte schwer. Es konnte sein, dass Mom13 noch eine letzte Meldung zu diesem Ort bekommen hatte. Sie musste weiter, ganz schnell.

Ainsley sammelte sämtliche Werkzeuge ein und verstaute sie wieder in den Nebentaschen des Rucksacks. Hope zwinkerte sie aus ihrem Guckloch an und maunzte einmal kräftig, so als wollte sagen „Das hast du gut gemacht, Ainsley“.

Kapitel 87

Die Sonne stand inzwischen am Zenit und strahlte mit voller Kraft auf Ainsleys Haut. Ainsley hatte ihre schwarze Baseballkappe aus dem Rucksack geholt und aufgesetzt. Ihre Arme und Beine hatte sie mit der hautfarbenen Sonnencreme-Emulsion LUCKY SUN eingesprüht, die ihr Mom13 gestern gegeben hatte, mit der Aufforderung sie auch wirklich zu benutzen. Ainsley fingerte sogar die bisher abgelehnte Sonnenbrille heraus und merkte zugleich, dass sie nicht mehr die Augen zusammenkneifen musste. Über TRANSIT fragte sie die Details zum Sonnenlauf. Da das Ortungsteil jetzt fehlte, konnte sie auch selber nicht mehr orten und musste sich nun anhand vom Sonnenstand orientieren, um die richtige Richtung einzuschlagen. Ainsley war erstaunt, wie viel Wissen davon bei TRANSIT zu finden war.
Sie erinnerte sich auch an den Geographie-Unterricht, den Teacher842 gab. FUTURANIEN lag auf der Nordhalbkugel der Erde. Daher galt es, dass die Sonne im Osten aufging, zu Mittag im Süden stand und im Westen wieder unterging.
Teacher842 erzählte noch von anderen Ländern, deren Namen sich Ainsley nicht so gut merken konnte. MARANIEN und MERIDIANIEN waren wohl weiter südlich und ganz im Süden befand sich SICCITANIEN. Von SICCITANIEN behauptete Teacher842, dass kein Mensch mehr dort sei, weil es komplett ausgetrocknet war. Die Siccitanier waren nach MERIDIANIEN und MARANIEN geflüchtet. Einige

waren sogar in FUTURANIEN gelandet.
Ainsley hielt sich mit der rechten Hand an einem Stahlseil fest, das mit Halterungen im Felsen befestigt war. Der felsige Weg war extrem schmal. Links neben ihr ging es steil nach unten. Sie scheute sich, in die Tiefe zu schauen, während sie auf dem Pfad lief. Sie konzentrierte sich auf ihre Schritte, die ihren Platz auf dem Weg fanden.
Sie hörte plötzlich ein hohes Geräusch, das ihre Gedankengänge und Recherchen in TRANSIT sowie ihre Konzentration auf den schmalen Weg unterbrach. Auch Hope spitzte die Ohren. Es klang wie das Zwitschern einer aufgeregten Amsel.
Noch ein paar Meter, dann war der Weg mit dem Abgrund an der Seite zu Ende. Sie mochte das Geräusch auf eine unangenehm merkwürdige Art, aber es signalisierte auch ein gestresstes Tier. Sie hörte genauer hin. Es mussten mehrere Tiere sein.
Endlich wurde der Weg wieder breiter und führte nach oben. Die Grashalme wuchsen hier niedriger und die Luft war schwerer zum Atmen, obwohl sie so klar war, dass es Ainsley vollkommen neu war. Sie lief bis zur nächsten Abbiegung und blieb vor Erstaunen stehen. Auf einem Baumstamm saßen drei pelzige Tiere, aufgerichtet mit den Vorderpfoten in der Luft. Ihr Fell war am Kopf Grau und der Körper in Beige. Sie hatten das Maul, über dem sich eine dreieckige, schwarze Schnauze befand, halb geöffnet. Die unteren spitzen Zähne blitzten heraus. Schwarze Knopfaugen blickten Ainsley an. Sie machten das vogelähnliche Geräusch immer wieder.

Mit ihrer Chip-Kamera knipste sie Fotos von den niedlichen Tieren. Bei TRANSIT suchte sie nach ihnen und war erstaunt. Das waren also die Murmeltiere, von denen Mom13 gestern gesprochen hatte.

Kapitel 88

Die Schilder am Wegesrand verwirrten Ainsley. Wenn sie weiter geradeaus laufen würde, käme sie in der Berghütte BOUNDARY an. Nach oben führte ein Schild mit der Richtung SECOND CHANCE. Sie suchte beide Begriffe in TRANSIT und konnte wertvolle Informationen erhalten. Berghütte BOUNDARY war kurz vor der Grenze von MARANIEN. Das konnte sie keinesfalls wagen, da ihr die Ortungsfunktion fehlte. Was, wenn dies jemand beim Grenzübergang merken würde? Irgend so einer von diesen Harolds?

Die Informationen über SECOND CHANCE versprachen einen besseren Ort. Sie würde an einem Ort ankommen, an dem man sogar Wein anbaute. Es hörte sich nach einer fruchtbaren Gegend an.

Warum das Schild der Berghütte FAIRYTALE fehlte, konnte sich Ainsley nicht erklären. Wahrscheinlich hatte sie es irgendwo übersehen. Da ihr nun das Ortungs-Bauelement auf ihrem Chip fehlte, war es unmöglich, diese Berghütte zu orten. Diesen Nachteil hatte sie nicht so richtig beim Entfernen des gelben Knubbels bedacht. Sie war jetzt auf diese Schilder und ihren Orientierungssinn angewiesen. Hope miaute laut und Ainsley lächelte.

„Ja, Hope, du hast recht. Wir sollten eine Pause zum Essen einlegen."

Sie schulterte ihren Rucksack sanft ab und stellte ihn auf das saftgrüne Gras, das mit bunten Wildblumen übersät war. Ab und zu blitzte ein graues Felsstück im Boden auf

und erinnerte sie daran, dass sie wirklich auf einem Berg stand, der 1.782 Meter hoch war. Sie packte eines der Schälchen für Hope aus und sah besorgt auf den Vorrat. Sie hatte nur noch acht Schälchen, was gut eine Woche reichen würde. Bis dahin musste sie auf Menschen stoßen, die ihr helfen würden. Aber sie war in diesem verflixten Luxus-Erlebnispark HOLIDAY, wo sonst nur außerirdisch Gut-Verdienende Urlaub machten. Sie war leicht verärgert über diese Tatsache, dass nicht jeder hierher durfte, weil die Natur hier so überwältigend schön war. Während Hope genüsslich ihre Thunfisch-Häppchen verschlang, wagte Ainsley einen Rundum-Blick in die eindrucksvolle Berglandschaft. Egal, zu welchem Berg sie sah, er strahlte in unterschiedlichen Grüntönen, vermischt mit hellgrauen Flecken. Die hellgrauen Pfade, die über die Berge führten, blitzten auf und das Dunkelgrün der Bäume thronte im Saftgrün der Wiesen. Sie atmete die klare Luft tief ein und war nahe dran, wieder ein „Yippie-ey-heh“ zu schmettern. Sie stoppte sich selbst in letzter Sekunde, denn Mom13 könnte es hören und was wäre dann?
Sie packte ihr selbstgeschmiertes Nutellabrot aus und biss genussvoll hinein. Ihr Magen füllte sich mit dem schon lang erwarteten Essen und ein Wohligkeitsgefühl machte sich in ihr breit. Ihr Blick ruhte auf Hope, die sich vor ihr leeres Schälchen hingesetzt hatte, und sich mit ihrer Zunge ums Maul schleckte. Hope kniff leicht die Augen zusammen.
Ainsley drückte auch ihre Augen zusammen und Hope miaute. Ainsley fühlte in ihrem Herzen eine starke

Zusammengehörigkeit mit dieser sogenannten Unbestimmten.

Kapitel 89

Die Sonne stand nicht mehr am höchsten Punkt am strahlendblauen Himmel. Ainsley merkte, dass der Pfad, der nach SECOND CHANCE führte, auch in den Westen führte. Dieser Weg führte auch unterhalb des Gipfels erst um den Berg herum. Ein weiteres Schild mit SECOND CHANCE tauchte auf und zeigte anscheinend auf den Berg gegenüber. Ainsley nahm ihre Sonnenbrille ab, um genauer festzustellen, wo es weiterging. Sie hielt den Atem an. Ein schmaler Gratweg führte zu dem Berg gegenüber. Sie dachte wieder an ihre unangenehmen Schwindelgefühle in der Glasgondel. Wie sollte sie es schaffen?

Eine alte Erinnerung an ihren Opa Fred kam ihr in den Sinn. Er hatte sich mit ihrer Mutter Selma gestritten. Es war auch die einzige Erinnerung an einen Streit der beiden. War es einen Tag, bevor er damals fortgegangen war? Sie konnte es nicht mehr sagen.

Ihr Opa hatte mit ihrer Mutter Selma geschimpft. Er hatte ihr vorgeworfen, zu schnell aufzugeben. Ainsley kam dieses komische Wort wieder in den Sinn. Frustrationstoleranz. Selma sollte tatsächlich so etwas wie ihre Frustrationstoleranz erhöhen. Und er sagte noch etwas anderes. Wenn sie das machen würde, würde sie Dinge können, von denen sie nie gedachte hätte, sie zu schaffen.

Als Selma erwidert hatte, dass manches einfach nicht möglich sei, hatte er erwidert, dass sie sich mit einer Visualisierung motivieren sollte. Selma sollte sich vorstellen, wie es wäre, wenn sie es geschafft hätte. Ihre Mutter hatte damals

gelacht und ihm gesagt, dass das idiotisch sei. Da hatte Opa Fred grimmig geschaut und war in seinen Experimentierkeller gerannt. Nicht mal zum Abendessen war er nach oben gekommen.
Ainsley stieß sehr viel Luft aus und atmete tief wieder ein. Sie lief Richtung Grat und stellte sich vor, wie es sei, drüben anzukommen. Ihre Beine zitterten leicht, aber sie setzte den ersten Fuß fest auf den Gratweg.

Kapitel 90

Ainsley fokussierte den hellgrauen, felsigen Weg und hob ihren linken Fuß an. Sie stand mit einem Bein auf diesem verrückten Grat. Was hatte sich die Natur nur dabei gedacht, solche Wege zu erschaffen?
Sie konzentrierte sich wieder und sah vor ihrem geistigen Auge, wie sie vor Freude in die Luft sprang, weil sie den Grat überquert hatte.
Sie setzte den rechten Fuß auf den Gratweg. Nun befand sie sich mit beiden Beinen auf diesem Weg. Sie überlegte. Wenn sie jetzt umdrehen würde, wäre das viel gefährlicher, da sie sehr wenig Platz hatte. Und so hob sie wieder den linken Fuß an und setzte ihn vor ihren rechten Fuß.
Hope miaute laut und es war wie ein mehrfaches Echo zwischen den Bergen zu hören. Ainsley stöhnte.
„Hope, sei leise, wenn wir es schaffen sollen."
Das Zittern der Beine ließ immer mehr nach. Ainsley atmete regelmäßiger. Die klare Luft durchströmte erneut ihre bisher vom Ballungsgebiet TOUCHGROUND gestressten Atemwege, als ein kleiner Felsbrocken sich bei ihrem Auftritt löste und sie ins Schwanken kam. Sie ruderte wild mit den Armen und fand mit zwei kleinen Schritten nach vorne wieder Halt. Sie konnte hören, wie dieser kleine Felsbrocken am steilen Gratabhang hinunterrollte und weiteres lockeres Gestein mit sich in die Tiefe riss. Sie versuchte, dieses Bild zu unterdrücken und konzentrierte sich auf den Moment, wenn sie drüben ankommen würde. Sie machte nun kleinere Schritte und tastete auch vorher mit dem Fuß

ab, ob ein Felsstück des superschmalen Weges locker saß. Sie fühlte den Schweiß in ihrem Nacken, der den Rücken perlenartig hinunter rann. Ihr Atem ging stoßweise und stockte leicht bei jedem weiteren Schritt. Die Beine zitterten wieder, was sie nervte, aber sie verfolgte stur diesen Weg. Sie konnte die Zeit nicht mehr einschätzen, weil sich alles in Zeitlupe anfühlte. Sie schob sich selbst von innen an und als sie sah, dass ihr linker Fuß zuerst auf dem anderen Berg angekommen war, merkte sie gar nicht, dass sie den rechten Fuß auch noch heranholte. Aus ihr entwich der angespannte Atem wie aus einem zugehaltenen, quietschenden Luftballon. Sie schaute auf das saftgrüne Gras, in dem ihre Wanderschuhe versanken. Sie hatte es tatsächlich geschafft. Eigentlich wollte sie einen Freudensprung machen, als sie gegenüber Mom13 am Anfang des Gratweges stehen sah.

Kapitel 91

Ainsley beschleunigte ihre Schritte. Rennen war bei dieser Steigung nicht möglich. Außerdem musste sie das Tempo dauerhaft halten und da war schnelles Gehen die bessere Wahl. Sie schaute nach oben und beobachtete, wie die Sonne ihren Bogen am Himmel vollendete. Ainsley entschied sich, genau in diese Richtung zu laufen. Sie hastete und drehte sich ab und zu immer wieder um, ob Mom13 in Sicht war. Sie stolperte vorwärts und ihr Atem wälzte sich durch ihre Lungen. Sie versuchte, ihre Gedanken zu fokussieren. Doch es herrschte Chaos zwischen ihren Synapsen. Ein Gedanke war besonders dominant. Wenn Mom13 sie erwischen würde, käme sie garantiert ins Straflager WALK. Ohne es zu wollen, löste sie eine Suche bei TRANSIT aus.

Ein Hologramm erschien vor ihr mit einem Bild, das ihr gar nicht gefiel. Menschen, die vor sich hinstarrten. Sie saßen auf einem Sessel. Bei der Bildunterschrift erschrak Ainsley zutiefst. Es waren nicht nur Menschen, sondern auch Androiden, die in einem unsichtbaren Magnetresonanzkäfig gefangen waren. Dieser Käfig galt als einer der ausbruchssichersten Gefängnisse. Sie schnalzte ganz schnell mit der Zunge und das Hologramm verschwand, aber dieses Bild mit den verzweifelt blickenden Menschen, während die Androiden nur starrten, klebte hartnäckig in ihren Gehirnwindungen wie ein Stück Kaugummi auf der Straße. Sie wählte die Frequenz des Radiosenders SAGACITY, um sich zu beruhigen. Es wurde ein Lied der SMART IDIOTS gespielt. How should I move on.

Kapitel 92

Die Sonne warf bereits orangerote Schatten am Himmel, als Ainsley merkte, dass sie nicht mehr auf das Schild SECOND CHANCE geachtet hatte. Sie war irgendwo auf irgendeinem Berg und wusste nun auch nicht mehr das Ziel. Sie war Richtung Westen unterwegs, aber das war auch schon alles.

Sie ließ den Independent Radiosender weiterlaufen, denn sie brauchte eine gehörige Portion Beruhigung. „Breathe in and out“ von den LAST SMURFS bohrte sich in ihre Gehörgänge, als sie eine Bewegung vor sich wahrnahm. Sie starrte auf die kleine Fichte am rechten Wegesrand. Ein Zweig wackelte. War sie schon so vom Stress benebelt, dass sie sich Dinge einbildete? Oder war es nur ein Tier? Sie entschleunigte ihren Gang und lief sehr gemäßigt an der Fichte vorbei. Sie wagte einen Blick hinter den Baum und erschrak.

Da stand ein Junge mit einem schwarzen T-Shirt und schwarzen Wildlederhosen. Sein Blick ruhte auf ihr und es bildete sich etwas wie ein Lächeln um seine Mundwinkel. Ainsley schätzte ihn auf ein ähnliches Alter wie sie. Er grinste sie frech an.

„Na, haste dich verirrt?“

Verdammt, woher wusste er das?

Kapitel 93

Ainsley sah misstrauisch zu dem Jungen mit den strubbeligen schwarzen Haaren, der aussah, als würde er einem modernen Comic entspringen. Er ging mit behutsamen Schritten auf sie zu. Die kleinen Äste, die unter der Fichte verstreut herumlagen, knackten bei jedem seiner Schritte. Mit federndem Gang bewegte er sich zielstrebig auf Ainsley zu, blieb aber in einem Abstand von gut zwei Metern vor ihr stehen. Er streckte die Hand nach ihr aus.

„Hi, Fremde, ich bin Basil."

Ainsley ging zögernd auf ihn zu und schüttelte schüchtern seine Hand.

„Hi, Basil, ich bin Ainsley."

Er lachte und sie schaute ihn nervös an.

„Irgendwas falsch mit meinem Namen?"

Er lachte erneut.

„Nein, nein, im Gegenteil, er ist sehr schön."

Sein Blick blieb an Hope hängen, deren Kopf aus dem Rucksack schaute.

„Du bist abgehauen?"

Ainsley nickte und entgegnete.

„Und du, Basil?"

Sein Blick wurde unruhig.

„Ich verstecke mich in den Bergen."

Ainsley beäugte ihn scharf, aber er reagierte nicht, also fragte sie ihn.

„Warum?"

Er schnaufte schwer aus.

„Kann ich dir vertrauen? Sag mir erst, woher du kommst und warum."
Ainsley wollte nicht einem wildfremden Jungen ihre Story erzählen. Sie wusste gar nicht, ob er irgendwelche Kontakte haben könnte. Sie hakte nach.
„Ich finde, du solltest anfangen."
Sein Mund verzog sich, so als hätte er in eine Zitrone gebissen.
„Na gut, Ainsley, ich verstecke mich hier seit zwei Jahren vor der Behörde für Familiäre Angelegenheiten."
Ainsleys Augenbrauen rutschten eine ganze Etage höher und ihr Magen gluckerte leise vor Überraschung. Sie rief „Wow" und fügte hinzu.
„Wir haben was gemeinsam, Basil. Ist das nicht lustig?"
Er zeigte mit der Hand in Richtung Westen.
„Lustig würde ich es nicht nennen. Denn ich vermute, deine Lage ist ernst, Ainsley."
Er begann zu rennen, während er redete.
„Wir müssen uns beeilen."
Ainsley folgte ihm, denn wenn er sich schon zwei Jahre in den Bergen durchschlagen konnte, konnte sie ihm eigentlich vertrauen. Ihr Bauchgefühl und auch ihr Herz sagten ihr, dass gemeinsames Schicksal gute Freundschaften schmieden konnte. Sie hoffte es jedenfalls.
Über ihren Köpfen kreiste auf einmal ein dunkelbrauner Schatten. Ainsley hörte ein „Wiiik" sehr langgezogen und in hoher Tonlage.
Basil schaute sofort nach oben, stoppte kurz und drehte sich zu ihr um.

„Ein Steinadler, der ein Weibchen sucht.“
Ainsley grinste, als sie sah, dass Basil leicht errötete.
Sie hatte ein gutes Gefühl bei ihm. Er kannte sich aus. Er musste nicht erst bei TRANSIT nachschlagen.
Sie rannten wieder und Basil schien zu wissen, wohin sie laufen mussten.

Kapitel 94

Die Sonne tauchte bereits in ein rötliches Wolkenfeld am Horizont ein, als Ainsley und Basil über die grüne Bergkuppe des unbekannten Berges eilten. Ainsley hatte am Anfang Mühe gehabt, Schritt zu halten, da sie auf die herumliegenden Steine achten musste, um nicht umzuknicken. Doch nach einiger Zeit gewöhnte sie sich an Basils Tempo. Sie rief ihm zu.

„Wo laufen wir eigentlich hin?“

Er schrie zurück.

„Zu einem sicheren Unterschlupf.“

Ainsley überlegte, was wohl sicher in den Bergen bedeutete.

Unterschwellig spürte sie die Angst vor Mom13 in sich vibrieren. Wie schnell konnte eigentlich Mom13 rennen? Sie schickte eine Anfrage an TRANSIT und war über die prompte Antwort erstaunt. Ein Android mit KI erreichte bis zu 30 Kilometer pro Stunde an Laufgeschwindigkeit. Sie verfeinerte die Anfrage mit dem Hinweis, dass es ein steiniger Weg sei. Die Geschwindigkeit lautete auf einmal nur 12 Kilometer pro Stunde. Das war immer noch viel schneller, als sie und Basil rennen konnte.

Aber Basil bog immer wieder unvermutet ab. Es konnte eine Taktik sein, um einen Androiden abzulenken. Wie konnte Mom13 Ainsley ohne das Ortungsteil überhaupt ausfindig machen? Gab es noch andere Möglichkeiten, die dieser komische Android nutzte? Mal abgesehen davon, dass sie und Hope ordentlich Geräusche auf dem Gratweg

gemacht hatten. Aber wie hatte Mom13 den Weg zum Grat gefunden? Das Ortungsteil hatte Ainsley schon am Morgen zu Bröseln vernichtet. Von dieser Stelle aus bis zum Grat waren es gut acht Stunden Fußweg.
Plötzlich stoppte Basil und wendete sich an Ainsley.
„Wir müssen jetzt langsamer laufen, da eine steile Strecke nach unten kommt. Wenn einer von uns umknicken sollte, könnte das fatale Folgen haben.“
Ainsley sah ein großes Geröllfeld hinter einer saftgrünen Wiese mit kunterbunten Wildblumen. Er sah zuversichtlich aus.
„Ainsley, das ist unsere einzige Chance.“
Basil machte einen vorsichtigen Schritt auf dieses hellgraue Steinmassen und lief wie auf rohen Eiern über die hellgraue Fläche, die genügend Gelegenheit bot, um rasant auszurutschen und wie auf einer Rutsche irgendwo zu landen. Ainsley hob ihren linken Wanderschuh langsam an und versuchte, die Fußstapfen von Basil zu verfolgen. Sie war froh, dass er nicht ultraschnell war. Er hatte glücklicherweise das richtige Tempo. Er machte einen Schritt vor und sie folgte ihm gut vier Schritte später nach. So bewegten sie sich stetig den Bergabhang hinunter.
Basil rief ihr zu.
„Diese Mom13 ist verdammt schnell und sehr lernfähig. Ich versuche, mein Tempo leicht zu erhöhen, damit wir es schaffen.“
Ainsley wollte nicht nach hinten blicken. Sie dachte an das Lied, das sie vorhin bei SAGACITY gehört hatte. Never look back. Sie summte leise die Melodie und Basil blieb

sofort stehen.
„Fear without a cause?“
Sie nickte und er lächelte sie an.
„Ist meine Lieblingsband.“

Kapitel 95

Ainsley fiel auf der linken Seite des Geröllfeldes eine Unebenheit auf, auf die Basil zusteuerte. Er hob in einem schnelleren Takt die Beine an und setzte die Füße verdammt schnell auf. Sie konzentrierte sich stark auf die herumliegenden Steine und wusste schon gar nicht mehr, ob es auch eine andere Möglichkeit gab, zu laufen.
Basil stoppte plötzlich und wartete, bis sie sich ihm näherte. Er sprach wesentlich leiser.
„Ainsley, gleich hier links müssen wir hin."
Nach gut zwanzig Storchenschritten sah Ainsley den sicheren Unterschlupf. Eine Höhle inmitten der Felslandschaft. Basil winkte ihr hektisch zu.
„Los, Ainsley, wir dürfen keine Zeit verlieren."
Der Eingang war kreisrund und inmitten des Gesteins reingehauen. Er hatte einen Durchmesser von 1,50 Meter, sodass Basil sich hinkniete und hineinkrabbelte. Ainsley tat es ihm gleich und folgte ihm in die dunkle Höhle.
Im vorderen Bereich war das Tageslicht geschwächt und konnte nur über dieses kreisrunde Loch hineingelangen. Basil stoppte auf einmal seine krabbelnde Bewegung und drehte seinen Kopf zu ihr rum.
„Wenn du genau hinsiehst, Ainsley, kannst du hinter der Einstiegsluke einen kleinen Felsen sehen. Er dient zum Verschließen der Höhle."
Ainsley war erstaunt über dieses perfekte Versteck. Kein Wunder, dass ihm noch keiner auf die Schliche gekommen war. Sie sah ängstlich zu dem enormen Felsbrocken.

„Wie bewegst du das schwere Ding?“
Er kicherte und zeigte auf einen stabilen Ast, der hinter dem Felsbrocken lag. Ainsley kam dieses Kichern bekannt vor. Es platzte aus ihr heraus.
„Bist du stupid_0123?“
Das Kichern erstarb sofort. Sein Mund war nur noch ein Strich und seine Augenbrauen hatten sich ernst zusammengezogen.
„Ist das wichtig?“ hallte es in der Höhle und Ainsley fröstelte ein wenig.

Kapitel 96

Basil saß auf einer piksenden Strohmatte und Ainsley kauerte ebenfalls auf einer Strohmatte ihm gegenüber. Der Eingang der Höhle war immer noch geöffnet. Basil schaute sie ernst an.

„Diese Höhle ist nicht auf den Landkarten von TRANSIT verzeichnet. Wir verschließen den Eingang nur im äußersten Notfall."

Vor ihnen flackerte ein künstliches Feuer, das sie auch gleichzeitig in der kühlen Höhle wärmte. Trotzdem fror Ainsley. Es waren die Gedanken, die ihr Innerstes zum Frieren brachte. Sie hüstelte.

„Basil, was ist der äußerste Notfall?"

Sein Blick schweifte von ihr weg zum Eingang.

„Mom13 findet uns."

Ainsley wechselte in den Schneidersitz.

„Aber merken wir es dann nicht zu spät? Es könnte uns hier alles zum Verhängnis werden."

Seine Augen starrten sie an.

„Hast du einen besseren Vorschlag?"

Sie schüttelte ihren Kopf.

„Nein, es ist nur so, dass ich…"

Er blickte sehr interessiert.

„Ja, was?"

Sie antwortete leiser.

„Dass ich nicht von Mom13 erwischt werden will. Sie sprach vom Straflager WALK. Das soll die Hölle sein."

Er blickte sie genervt an.

„Du hast es bis hierhin geschafft, also schaffst du es auch weiter."
Ihr Magen gluckerte nervös.
„Meinst du das wirklich?"
Er schwieg und stocherte mit einem Stock in dem erdig-sandigen Boden herum. Vertraute sie wirklich ihm? Warum gab er nicht zu, dass er stupid_0123 ist? Was hielt ihn davon ab, ihr die Wahrheit zu sagen?
Sie war erstaunt, als er plötzlich über diese unglaublich schöne Landschaft sprach, in der sie sich befanden. Er schaute sie interessiert an.
„Hast du dich noch gar nicht gefragt, warum es hier Bäche mit fließendem Wasser gibt und in Ballungsgebieten nicht?"
Sie nickte ihm schüchtern zu.
„Ja, schon, wahrscheinlich ist es ein irrer Aufwand, um das hier künstlich zu erzeugen?"
Sein Lachen schallte in dem kleinen Raum.
„Du denkst, dass hier ist künstlich? Da, wo du gelebt hattest, ist es künstlich. Hier ist die ursprüngliche Natur, so wie sie im Jahr 2022 war."
Ainsley öffnete vor Staunen ihren Mund.
„Wie kann das sein?"
Basil erzeugte ein nicht-transparentes Hologramm mit doppelter Leuchtkraft vor ihren Augen.
„Alles sollte so sein wie hier, Ainsley."
Nach einer kleinen Pause fügte er hinzu.
„Die Rebellen setzen sich dafür ein, dass es wieder so wird, weil die KI-Androiden herzlos die Welt regieren."

Ainsley fiel eine Textpassage auf.
„Was heißt das? Autarke Wassergewinnung zum Wiederaufbau.“
Er sah sie anerkennend an.
„Du hast einen Riecher für das Wesentliche, Ainsley.“
Sie erschrak ein wenig.
„Ach ja? Warum verfolgt mich dann so eine dusselige Mom13?“
Er grinste.
„Lass uns lieber über diese autarke Wassergewinnung sprechen. In zwei Jahren Einsamkeit habe ich viel darüber gelesen.“
Sie unterbrach ihn.
„So eine Art Selbststudium?“
Er nickte.
„Du kannst es so nennen, Ainsley. Ich kann dir sagen, wie die Welt eine Chance hat. Die Chance ist klein, aber möglich, wenn alle an einem Strang ziehen.“
Ainsleys Neugierde war geweckt.
„Erkläre mir diese autarke Wassergewinnung.“
Er hob seinen Kopf an und zeigte immer wieder auf das Hologramm, dann blendete er Bilder dazu ein. Bilder mit Flüssen. Ozeane, deren Wasserstand so hoch war, dass man an den Küsten nicht riesige Sandbänke und Felsklüfte sah, sondern dass sie mit Wasser bedeckt waren. Ainsley erinnerte sich wieder an den Geographie-Unterricht. Sie hatte sich an diese Bilder gewohnt. Sie dachte bisher, das sei normal, dass alles so aussieht. Dass es mal anders ausgesehen hatte, war ihr neu, vollkommen neu.

„Basil, was braucht man, um wieder den alten Zustand herzustellen?“
Sein Blick ruhte auf ihr. Ein paar Sekunden dauerte seine Antwort, die ihr fast den Atem raubte.
„Wir brauchen eine Sintflut.“
Ainsleys Erinnerung schaltete sich wieder ein. Opa Fred hatte auch von so etwas gesprochen. Sie hakte bei Basil nach.
„Wie alles in der Welt willst du sie erzeugen?“
Er beäugte sie misstrauisch, so als ob er überlegen würde, ob er ihr vertrauen könnte. Doch er antwortete schließlich.
„Eine Magnetresonanz-Entladung in der Stratosphäre.“
Sie pfiff durch die Zähne.
„Dafür brauchst du eine Flugkapsel, tippe ich.“
Er nickte vorsichtig.
„Nicht nur eine, gut tausend Flugkapseln, also der gesamte Flottenbestand des Obersten Gremiums.“
Ainsley schnaufte.
„Mensch, Basil, das ist zu abgefahren.“
Er grunzte.
„Das, was wir jetzt haben, ist auch abgefahren.“
Sie stand auf und neigte sich leicht gebückt zu ihrem Rucksack. Sie holte Hope heraus, die sofort maunzte. Über Basils Gesicht huschte ein leichtes Lächeln. Ainsley starrte Basil an. Er war ihr ein Rätsel. Er half ihr und erklärte ihr seine Vorstellung von Zukunft, aber warum wollte er nicht seine Identität mit User stupid_0123 zugeben?
Ainsley kniete neben dem Rucksack und streichelte ihre Katze. Sie hielt sie Basil hin.

„Du kannst sie auch mal haben."
Er schüttelte erst leicht den Kopf, doch Hope zwinkerte ihm zu, und er streckte beide Hände aus.
„Ja, gut, gib sie mal her."
Er setzte Hope auf seinen Schoß und sie begann sofort zu schnurren. In der ganzen Höhle war dieser tiefe, brummende Ton zu hören. Er kicherte wieder.
„Sie ist nett."
Ainsley nickte eifrig.
„Ja, sie lindert die Aufregung."
Sein Blick flackerte leicht im Schein des künstlichen Lagerfeuers.
„Sie kann aber zu einem Problem werden, wenn wir fliehen müssen."
Hope miaute und Ainsley war entsetzt.
„Hope ist kein Problem. Einsamkeit ist ein Problem."
Basil griff auf einmal der Katze unter ihren Bauch und hob sie an. Er hielt sie Ainsley vor die Nase.
„Es ist deine Katze, nicht meine."
Er schaute nervös zum Eingang und hob sein Kinn in diese Richtung.
„Ich schaue mal nach dem Rechten, Ainsley."
Basil krabbelte flugs zum Ausgang und Ainsley hörte wieder das schrille „Wiik" des Steinadlers.

Kapitel 97

Ainsley sah durch die kreisrunde Steinluke, wie sich die Sonne glühend am Horizont verabschiedete und die Dämmerung hereinbrach. Das künstliche Lagerfeuer wärmte sie und gab ihr ein wenig Licht, aber langsam machte sie sich Sorgen, wo Basil blieb. Sie krabbelte zum Ausgangsloch und schlüpfte hindurch. Hope miaute in der Höhle.

„Still, Hope."

Ainsley setzte sich mit angehockten Beinen vor die Höhle und beobachtete den Sternenhimmel. Auch wenn diese Imitation im Flughafen GILSBY faszinierend war, die Natur war einfach überwältigend einzigartig.

Sie lauschte den zirpenden Geräuschen der Zikaden und bestaunte die Sternbilder. Sie sah im Westen das Sternbild des Löwen und der Jungfrau. Traurig dachte sie wieder an ihre Mutter Selma, die Sternbild Löwe gewesen war.

Auf einmal hörte Ainsley das Geräusch von rollenden Steinen. Sie krabbelte zur rechten Seite der Steinhöhle und streckte vorsichtig ihren Kopf um die Ecke. Sie erschrak sich zutiefst. Mom13 stakste durch die Geröllwüste. Sie war höchstens fünf Minuten entfernt. Ainsley fühlte Panik in sich aufsteigen. Wo blieb nur Basil?

Ainsley zog ihren Kopf wieder zurück. Sie musste jetzt ganz ruhig überlegen. Meine Güte, wie sollte sie da ruhig bleiben? Sie krabbelte schnell in die Höhle und besah sich den Ast, der als Hebel dienen sollte. Sie befühlte den Steinbrocken, der vor die Höhle geschoben werden konnte.

Sie konnte nicht auf Basil warten.

Also hob sie den Ast auf und schob ihn unter diese Felskugel. Zuerst rührte er sich nicht, aber als sie genau in der Mitte den Hebel ansetzte und den Ast runterdrückte, rollte die Kugel endlich los. Sie stemmte wieder den Ast darunter und hebelte ihn nach unten. Die Kugel bewegte sich erneut. Sie wiederholte das so oft, bis der Eingang verschlossen war.
Sie atmete erleichtert auf und krabbelte zurück zu Hope. Sie legte ihren Finger vor den Mund, um Hope zu signalisieren, dass sie leise sein soll. Schließlich schaltete sie das künstliche Lagerfeuer aus und wartete mit Hope zusammen in der dunklen Höhle. Sie fühlte die nackte Angst vor einem zornigen KI-Androiden.

Kapitel 98

Ainsley lauschte in die Dunkelheit hinein, während ihre linke Hand auf Hopes Kopf ruhte. Hope schnurrte, was Ainsley beunruhigte, da sie fürchtete, dass Mom13 das Geräusch hören könnte. Sie nahm ihre Hand auf ihren Schoß zurück.

Ein Schaben am Felsbrocken ließ Ainsley aufhorchen. Ob das Basil war?

Ainsley hörte, wie jemand die Kugel an die Seite schob, mühelos anscheinend. Sie hielt den Atem an und im nächsten Augenblick vernahm sie einen Rums, so als ob die Kugel mit viel Schwung an die Seite gestoßen worden war. Ein Strahl einer grellen Taschenlampe traf Ainsley mitten ins Gesicht. Die laute Stimme erschütterte sie in Mark und Bein.

„Tochter Ainsley, du dachtest, du könntest mir entkommen, was?“

Angst breitete sich in Ainsley wellenartig aus, über die ganze Haut. Die Haut kribbelte, der Puls raste. Ihr Herz schlug bis zum Hals. Sie griff nach Hope und steckte ihren Kopf in das weiche Fell der Katze. Mit einem lauten Gluckern ihres Magens schloss sie ihre Augen. Sie wollte das nicht erleben. Warum konnte sie jetzt nicht woanders sein? Sie hörte ein Wetzen auf dem Stein. Mom13 krabbelte zu ihr.

Da hörte Ainsley ein Rufen von draußen.

„Hier, Mom13, ich bin einer der Rebellen. Wenn du mich fängst, erhältst du einen Bonus.“

Ainsley öffnete langsam wieder ihre Augen, da sie Basils Stimme erkannt hatte. Wo hatte er nur so lange gesteckt?
Ainsley sah nun, wie sich Mom13 tatsächlich umdrehte und Richtung Basil krabbelte. Basil tänzelte im Schein seiner Taschenlampe vor dem Eingang. Er winkte Mom13 zu, dass sie näherkommen sollte, was sie auch tat.
Ainsley rutschte das Herz komplett in die Hose. Basil war doch auch nicht diesem durchgeknallten Androiden mit KI gewachsen. Oder doch?

Kapitel 99

In Ainsley kam wieder dieser Gedanke hoch: Wie viel Bewusstsein könnte Mom13 haben? Oder bestand sie nur aus Programmen und Bauelementen? Gab es noch etwas außer der Hard- und Software?

Mom13 war nun am kreisrunden Ausgang der Höhle angelangt. Sie strahlte Basil mit ihrer Taschenlampe an. Sie bellte geradezu.

„Du bist Basil, den die Behörde für Familiäre Angelegenheiten seit zwei Jahren sucht."

Nach einer kleinen Pause, in der vier Mal Klicken für Fotos zu hören war, fügte sie hinzu.

„Du hast recht. Der Bonus ist sehr hoch."

In Ainsley ratterte es. Von welchem Bonus war die Rede? Sie hatte Angst um Basil, der allerdings überhaupt nicht aussah, als würde er sich fürchten. Er wirkte sogar fröhlich, wenn nicht sogar außer sich vor Freude. Es machte keinen Sinn für Ainsley.

Mom13 war nun durch den Höhlenausgang gekrochen und erhob sich wieder. Ainsleys Mund öffnete sich zu einem „Oh", als Basil einen Schraubendreher aus seiner vorderen Jeanstasche zog und Mom13 direkt in ein Auge mit voller Wucht stieß. Ein Bitzeln wie von einem Schalter mit Wackelkontakt war zu hören. Danach ein Knistern, das wie das Abbrennen einer Wunderkerze klang. Das wusste Ainsley auch nur, weil Opa Fred an ihrem fünften Geburtstag fünf Wunderkerzen auf ihrem Geburtstagskuchen angezündet hatte.

Im nächsten Moment sackte Mom13 in sich zusammen und fiel auf ihre Knie. Aus ihrem Mund kamen Wortfetzen.
„Ihr, wenn, bald, fertig."
Daraufhin kippte sie nach vorne weg und lag lang ausgestreckt da.
Basil rief Ainsley aufgeregt zu.
„Komm schon, Ainsley, in drei Stunden hat sie sich selbst repariert."
Ainsley schnappte sich ihren Rucksack und schob ihn vor sich her, während sie zum Höhlenausgang krabbelte. Sie schlüpfte hindurch, schnellte auf ihre Füße und stürmte auf Basil zu. Sie umarmte ihn, während sich in seinem Gesicht Verwunderung spiegelte. Sie drückte ihn fest, weil er sie gerettet hatte, und sie murmelte ihm zu.
„Basil, das werde ich dir nie vergessen."
Basil erwiderte ihre Umarmung und Ainsleys Herz flatterte wie ein fröhlicher Schmetterling auf einer sehr bunten Frühlingswiese.

Kapitel 100

Die Lichtkegel von Basils und Ainsleys Taschenlampen strahlten zusätzlich den Weg durch die Dunkelheit aus. Basil flüsterte Ainsley zu.

„Wir haben großes Glück, dass Vollmond ist.“

Ainsley hatte, obwohl Basil einen richtig guten Trick auf Lager hatte, um Mom13 auszuschalten, Bedenken.

„Wo gehen wir jetzt hin?“

Basil schwenkte kurz mit der zweiten Stirnlampe Richtung Westen.

„Wir müssen in die höheren Lagen des Gebirges PHENOMEN.“

Ainsley kicherte.

„Das Gebirge heißt PHENOMEN?“

Basil lachte.

„Ja, die Menschen gaben ihm diesen Namen, weil hier noch die Natur in ihrem Urzustand geblieben war.“

Ainsley hakte sich bei Basil unter. Sie merkte, wie er sich leicht verkrampfte.

„Wenn wir so laufen, wärmen wir uns gegenseitig ein wenig.“

Er kicherte.

„Dann hat das also rein praktische Gründe?“

Sie lachte.

„Ja, was denkst du denn?“

Sie marschierten die ganze Nacht durch die Berge, als die ersten Sonnenstrahlen aus dem Osten ihnen endlich den Weg komplett ausstrahlten.

Ainsley sah drei noch höhere Berge, die vor ihnen lagen. Basil deutete auf die drei Schilder am Wegesrand.
„Faith“
„Destiny“
„Patience“
Basil lächelte sie scheu an.
„Ainsley, such dir aus, wo wir hingehen.“
Ainsleys Herz hüpfte leicht vor Freude, auch wenn es eine lebensgefährliche Verfolgungssituation war, denn sie mochte Basil, sehr sogar.

Kapitel 101

Ainsley und Basil kletterten in die höheren Lagen des Berges Patience. Basil kontrollierte die AGU-Zeit immer wieder, bis er schließlich Ainsley ansprach.
„Jetzt wird das Selbstreparaturprogramm von Mom13 fertig sein."
Ainsley fröstelte bei diesem Gedanken.
„Findest du das nicht gruselig, Basil?"
Er schüttelte den Kopf.
„Du musst nur wissen, wie diese KI-Androiden ticken, dann kennst du ihre Schwachstellen."
Sie sah ihn bewundernd an.
„Wo hast du dieses Wissen her?"
Er schaute verlegen zur Seite und wieder zurück zu ihr.
„Ich weiß nicht, ob ich dir das sagen soll. Andererseits bist du jetzt irgendwie auch eine Rebellin."
Ainsley lachte laut.
„Ich bin eine Rebellin?"
Basil lächelte sie strahlend an und strich ihr mit einem Finger über ihre Wange.
„Ja, das bist du."
Nach einer kleinen Pause fügte er schüchtern hinzu.
„Wie du das Ortungsteil aus deinem Chip entfernt hattest, war eine Meisterleistung. Das können nur Rebellen."
Er legte einen Arm um sie und zog sie zu sich ran. Sie roch seinen typischen Geruch aus Erde und Baumharz. Ein Gefühl in ihr wurde stärker und stärker. Sie hauchte ihm einen zarten Kuss auf die Wange. Er erschrak nicht, sondern

drehte sich zu ihr und blieb stehen. Sie schauten sich an, während die Sonne unaufhaltsam ihre morgendlichen Strahlen zu ihnen sandte, mit viel wohliger Wärme.

Kapitel 102

Ainsley und Basil hatten es sich auf einer weichen Wildblumenwiese gemütlich gemacht. Sie lagen auf dem Rücken und starrten in den azurblauen Himmel, an dem einzelne Wolken vorbeizogen. Basil kaute auf einem Grashalm herum und Ainsley lag neben ihm und hielt seine Hand. Hope fraß dankbar ihren geliebten Thunfisch aus dem Schälchen. Sie schmatzte dabei und die beiden lachten.

Ainsley drückte Basils Hand fester.

„Los, jetzt sag es mir. Wo hast du all das Wissen her?“

Seine Stimme brummte ein wenig, als er sprach.

„Sagt dir die Geheimakte Z35.7 was?“

Ainsley hielt die Luft kurz an.

„Du kennst sie?“

Er drehte seinen Kopf zu ihr.

„Ich kenne jemanden, der daran beteiligt war.“

Sie blinzelte.

„Wieso war?“

Er zwinkerte sie an.

„Er ist ausgestiegen.“

Sie pfiff leise durch die Zähne.

„Und ist zu euch übergelaufen?“

Er drehte seinen Kopf wieder zurück, um in den Himmel zu blicken.

„Ja, so kann man es nennen.“

Sein Kopf bewegte sich wieder zu ihr.

„Soll ich dir sagen, wie er heißt?“

Ein kribbelndes Gefühl durchlief Ainsleys Magengrube und löste einen erhöhten Puls aus. Sie reagierte schnell.
„Meinst du meinen Opa Fred Samuel Amber?“
Er nickte grinsend und sein Grinsen ging über beide Ohren.
„Ja, Ains, so ist es.“

Kapitel 103

Nach dem Sonnenbad in der Blumenwiese waren Ainsley und Basil den ganzen Tag gewandert, immer weiter hoch, bis sie an der dünnen Luft merkten, dass das Atmen schwerer fiel.
Ainsley löcherte Basil sehr lange, ob ihr Opa Fred noch leben würde, doch er wusste es nicht, da er seit zwei Monaten keinen Kontakt mehr zu ihm hatte.
Sie machten in der obersten Region des Berges Patience Rast. Zum Glück hatten sie weiter unten wilde Beeren gesammelt. Basil bot Ainsley eine Handvoll Himbeeren und Brombeeren an.
„Hier, Ains, du brauchst mal wieder einen kleinen Energiekick."
Basil hatte seinen ganzen Rucksack mit Himbeeren, Brombeeren und Preiselbeeren vollgepackt. Er nannte es ihren Vorrat.
Ainsley lächelte ihn an und pickte sich drei Beeren heraus. Er sah sie vorwurfsvoll an.
„Du sollst dir alles nehmen."
Sie schaute Richtung Gipfel, wo nur eine Felsenwüste zu erkennen war.
„Da wächst nichts, oder?"
Seine Augenbrauen zogen sich leicht zusammen und eine Stirnfalte bildete sich.
„Da müssen wir uns die nächsten drei Wochen aufhalten."
Ihr fiel die Kinnlade leicht nach unten.
„So lange?"

Er nickte und sprach mit einem gedämpften Ton.
„Ja, so lange braucht Mom13s Programm, um unsere Fährte zu verlieren.“

Kapitel 104

Ainsleys Orientierungssinn war komplett durcheinander, als sie die vielen Felseneingänge erblickte. Basil zeigte mit seinem Kopf auf einer der Eingänge.

„Da werden wir uns in den nächsten Wochen verstecken."

Ihr Blick zeigte Verwunderung. Er legte eine Hand auf ihre Schulter.

„Mach dir keine Sorgen, Ains. Ich habe ein Navigationssystem und die Höhlen haben verschiedene Namen."

Er grinste leicht.

„Wenn du genauer hinschaust, Ains, siehst du, dass jede Höhle anders ist."

Ainsley blickte gen Westen und sah fünf Höhlen auf einmal, die alle von außen gleich aussahen.

„Basil, für dich als Profi sehen sie verschieden aus. Denk dran, für mich ist alles neu."

Er lächelte sie voller Zuversicht an, hob seine Hand von ihrer Schulter, um über ihre Wange zu streicheln.

„Du bist schnell im Lernen, echt."

Sie lachte laut auf, hielt sich aber gleich die Hand über den Mund, da sie an Mom13 dachte. Sie sprach leise.

„Das solltest du mal Teacher842 sagen."

Basils Blick wurde ernst.

„Du unterschätzt dich, Ains. Und es gibt einen Grund, warum dich Mom13 so verfolgt."

Ainsleys Herz rutschte eine Etage tiefer. Ihr Puls ging schneller. Ihre Augen sahen verängstigt aus. Basil nahm sie in den Arm und schmiegte sich an ihr Haar.

„Ains, es wird alles gut, glaub's mir."

Kapitel 105

Als Ainsley und Basil in die erste Höhle robbten, wurde Ainsley wieder bewusst, wie viel bedrückende Dunkelheit in so einem Raum herrschte. Basil erklärte ihr viele Details zu den Höhlen.

„Ains, das Wichtigste, was du dir merken musst, ist, dass alle Höhlen miteinander verbunden sind. Daher hast du immer zwei Fluchtwege. Das ist ideal, wenn dich jemand verfolgt."

Ainsley atmete so stark aus, dass der Staub des erdigen Bodens aufwirbelte. Sie hüstelte.

„Ja, prima, aber woher weiß ich, welche Höhle mit welcher anderen verbunden ist?"

Er kicherte.

„Das ist gar nicht so entscheidend. Hauptsache, du kannst fliehen."

Sie überlegte.

„Aber wenn ich über diese Höhle fliehe, wo kann ich überall hin?"

Er lachte.

„Wir robben jetzt zur Osthöhle 2 und dann erkläre ich dir das Höhlensystem. Es ist logisch aufgebaut."

Ainsley rief ein „Oh" und ihr „Oh" hallte an den Felsenwänden.

„Haben die Rebellen hier das Höhlensystem gebaut?"

Basil kicherte wieder.

„Ja, mit Hilfe von mehreren Felsenrobotern."

Sie überlegte. Sie musste es ihn fragen.

„Wo sind die anderen?“
Er seufzte.
„Sie sind weitergewandert. Sie wollten hier nicht bleiben, weil die Natur nicht genügend Lebensmittel abgeben konnte.“
Sie hakte nach.
„Wie viel wart ihr ursprünglich?“
Er machte eine minimale Pause, bevor er weitersprach.
„Zehn. Und bevor du fragst, ich bin zurückgeblieben, weil ich Angst hatte, geschnappt zu werden.“
Sie grinste.
„Du fühlst dich hier sicher?“
Sie erhielt keine Antwort und nicht nur die Stille war erdrückend, sondern auch die Felsdecke, die kaum einen Meter hoch war.

Kapitel 106

Laut AGU-Zeit waren sie genau vier Minuten und fünfundzwanzig Sekunden lang durch den Berg gerobbt, um in der Osthöhle 2 anzukommen. Sie sah sich die Wände genauer an, indem sie sie mit ihrer Taschenlampe, die sie zu einer Stirnlampe umfunktioniert hatte, anstrahlte. Plötzlich musste sie grinsen. Basil lächelte zurück.

„Und, Ains, schwierig zu erkennen, wo du bist?"

Sie schüttelte lachend den Kopf.

„Nein, da steht ganz fett „Osthöhle 2"."

Er zeigte auf den Gang, durch den sie gekrabbelt waren. Ainsley strahlte den Eingangsbereich des Ganges an. Auch hier stand, wohin man fliehen konnte. Zwei Mal rechts und dann geradeaus. Westhöhle 5. Sie nickte.

„Und wir sind aus der Westhöhle 5 gekommen."

Er kicherte.

„Super. Zur Sicherheit lade ich dir das Höhlensystem auf dein Schüler-Profil hoch."

Sie erschrak.

„Aber dann können doch mein Schulleiter und Mom13 mitlesen."

Er kicherte erneut.

„Ains, das mache ich verschlüsselt mit der neuen Technologie, die sogar dein Opa Fred entwickelt hat. Sie nennt sich SILLY und verschlüsselt diesen Höhlenplan über einen angeblichen Chat zum Thema Schule."

Ainsley pfiff durch die Zähne.

„Das heißt, niemand schöpft Verdacht?"

„Absolut keiner, nicht mal ein Mitarbeiter des Obersten Gremiums."
Ainsley grübelte kurz, bevor sie weiterfragte.
„Wie ist es mit einem Gedankentelefonat mit meiner Freundin Sage?"
Er seufzte stark.
„Das geht leider nicht, Ains, damit würdest du unseren Standort Sage übermitteln, da sie ein Ortungselement auf ihrem Chip hat."
Sie war erstaunt.
„Das heißt, die Ortungstechnologie geht auch über Zweite?"
Ein langgedehntes „Ja" mit einem leicht gestressten Unterton war Basils Antwort.
Ainsley blickte zum Ausgang der Höhle.
„Wollen wir nicht noch ein bisschen Tageslicht genießen?"
Er kippelte seinen Kopf leicht hin und her.
„Könnte schon schwierig sein, da Mom13 rein theoretisch in elf Minuten hier sein könnte."
Ainsley erschrak über diesen Satz. Sie hielt die Luft kurz an, atmete wieder, um dann laut auszuschnaufen. Basil drehte den Kopf zu ihr und rückte näher an sie heran. Langsam hob er seinen linken Arm und legte ihn um sie.
Ainsley roch wieder seinen typischen Geruch nach Erde und Baumharz, diesmal vermischt mit dem Herb-Fruchtigen der Wildbeeren. Sie mochte Basil sehr. Er gab ihr ein Gefühl für Sicherheit und sogar Geborgenheit, eine Sache, die sie seit dem Tod ihrer Mutter Selma nicht mehr gespürt hatte. Und sie merkte auch eine tiefe Verbundenheit mit

ihm, auch wenn er noch nicht zugegeben hatte, dass er mit User stupid_0123 identisch war.
Ainsley legte auch einen Arm um ihn und beugte sich zum ihm hinüber. Scheu näherte sie sich seinem Gesicht. Sie zögerte, doch es zog sie magisch zu seinen Lippen. Wie von Zauberhand geführt berührten ihre Lippen sanft seine Lippen. Er erwiderte ihren Kuss erst schüchtern und dann intensiver. Trotz dieser beengten Höhle fühlte sie sich wie auf einer Wolke sitzend. Sie fasste seinen Kopf mit beiden Händen und drückte sich stärker an ihn. Plötzlich zog er seinen Kopf weg und griff nach ihrer linken Hand. Sie rief „He“ und starrte ihn erbost an. Sein Blick war voller Erstaunen, als er auf den Ring an ihrer Hand schaute.
„Ains, das ist einer dieser seltenen Beobachtungsringe. Weißt du, was das bedeutet?“
Sie erinnerte sich an ihre Flucht aus dem Krankenhaus, als ihre Mutter Selma gestorben war, und sie sich mit Oma Fionas Ring in eine Überwachungskamera einwählen konnte. Sie zog die Schultern leicht hoch.
„Keine Ahnung, hier ist der Ring nutzlos, oder?“
Seine Augenbrauen hoben sich stark vor lauter Aufregung.
„Nein, Ains, wir können damit uns in das Überwachungssystem von Mom13 einwählen.“
Ainsley fixierte ihren türkisfarbenen Ring, der sein Display unter dem Schmuckstein versteckt hatte. Sie streifte ihren Ring ab und überreichte ihn feierlich dem grinsenden Basil.

Kapitel 107

Basil zog den Ring über seinen rechten Ringfinger, klappte den Schmuckstein nach oben und tippte wild auf dem Display herum. Anscheinend hackte er sich in Mom13s System ein.

Basil fluchte immer wieder, bis er auf einmal aufschrie.

„Ains, ich habe es geschafft. Das ist so super, weil Mom13 es nicht merken wird."

Gespannt schauten sie beide, nebeneinandersitzend, auf das Mini-Display und sahen aus Sicht von Mom13 das Gebirge. Die Landschaft sah irgendwie gleich aus, als plötzlich ein Schild zu sehen war.

500 Meter zum Gipfel von Berg Faith.

Ainsley lachte.

„Sie denkt, wir wären auf den Berg Faith."

Basils Mund war zu einem Strich geformt.

„Da wollte ich zuerst hin, weil dort die Lebensmittelversorgung besser ist als hier."

Ainsleys Blick erstarrte leicht.

„Du wusstest also, wie sie denken würde?"

Er kicherte.

„Warum hat mich so lange noch keiner entdeckt?"

Ainsley nickte. Sie hakte nach.

„Wo wird sie als Nächstes hingehen?"

„Ich vermute zum Berg Destiny, weil die Rebellengruppe damals über diesen Berg geflohen war."

Ainsley nickte vor Anerkennung.

„Du kennst ihre Prioritäten?"

Er nickte eifrig.
„Ja, von deinem Opa Fred. Er hat bei Mom13 mitgebaut."
Ainsley schluckte schwer. Sie konnte es nicht fassen.
„Was? Dann stresst mich eigentlich mein Opa?"
Er legte beide Hände auf ihre Schultern, da sie vor Aufregung zitterte.
„Ruhig, Ains, ganz ruhig. Es ist nicht dein Opa, der Mom13 zu dir geschickt hat. Dein Opa wollte sogar verhindern, dass Mom13 auf die Menschheit losgelassen wird. Deswegen ist er bei der Geheimakte Z35.7 ausgestiegen."
Basil sackte leicht in sich zusammen und blickte auf den felsigen Boden. Ainsley fand zuerst die Worte wieder.
„Basil, das ist okay, du hast nichts Schlimmes verraten. Früher oder später hätte ich es eh rausgefunden."
Er hob seinen Kopf wieder an und schaute ihr direkt in die Augen. Sie sah Zustimmung in seinem Blick, tiefe Zustimmung.

Kapitel 108

Ein Flattern dröhnte von draußen gedämpft in ihre Höhle, in der sie eng nebeneinander hockten und Beeren futterten. Hope stand vor ihrem Schälchen und fraß ihr Thunfisch-Menü. Ein Schmatzen erfüllte die Höhle, das schließlich von diesem flatternden Geräusch übertönt wurde, da es sich unaufhaltsam näherte.
Ainsley streckte ihren Hals und krabbelte ein Stück nach vorne.
„Basil, das ist eine rote Drohne."
Basils Augen weiteten sich panisch.
„Das ist Verstärkung."
Basil klappte wieder den türkisfarbenen Schmuckstein des Ringes nach oben und tippte auf dem Display herum. Er fluchte.
„Mist, das Ding lässt sich nicht hacken."
Ainsley krabbelte zu ihm zurück.
„Warum?"
Er schnaufte schwer.
„Das kann nur einen Grund haben. Es ist eine Hochsicherheits-Drohne."
Ainsley erschrak und sah ihn ängstlich an.
„Wir fliegen auf?"
Er sah zweifelnd zur Öffnung der Höhle.
„Wenn sie erkennen kann, dass wir hier sitzen, ja."
Ainsley flüsterte.
„Manchmal wünsche ich mir, ich wäre wie mein Schulkamerad Bob."

Basil warf einen eifersüchtigen Blick zu ihr.
„Was ist so toll an Bob?“
„Er hat nie Angst.“
Basil legte einen Arm um sie und zog sie an sich, während Hope ein leises Miau von sich gab.
„Ains, manchmal ist es nützlich, Angst zu haben.“

Kapitel 109

Inzwischen kündigte sich die Abenddämmerung draußen vor der Osthöhle 2 an und Basil hatte sich an die Felswand mit dem Rücken angelehnt und war mit dem Kopf auf seinen angehockten Beinen eingeschlafen. Ainsley beobachtete sein Gesicht, das friedlich und überaus hübsch aussah. Die strubbeligen Haare standen frech nach oben. Sein Kopf lag seitlich auf den Knien, sodass sie seine jungenhaft freche Nasenform bewundern konnte. Sie spürte ihren Herzschlag, der eindeutig für ihn schlug.
Ein Piepen ließ Basil auf einmal hochschrecken. Er schaute sofort auf das Display des Ringes. Sein verschlafener Blick war ernüchtert von dem, was er gesehen hatte.
„Ains, Mom13 ist unterwegs. Die Drohne hat wohl ihr Bescheid gegeben. Lass uns die Höhle wechseln."
Hektisch packte Ainsley ihre Katze Hope in den Rucksack, aber Hopes Kopf schaute diesmal nicht heraus. Ainsley wollte nicht riskieren, dass Mom13 sie sofort sah.
Basil drückte fest Ainsleys Hand und gab ihr einen flüchtigen Kuss auf die Lippen. Er grinste.
„Das bringt Glück."
Er zeigte auf die Höhlenwand, auf der mehrere Höhlen gelistet waren.
„Ains, es geht zur Südhöhle 7."
Ainsley checkte die Datei auf ihrem Schülerin-Profil.
„Also, vier Mal links und zwei Mal rechts."
Er rief ihr zu.
„Ja, Ains, komm. Mom13 kann jede Minute hier sein."

Basil schaltete seine Taschenlampe ein, klemmte sie zwischen seine Zähne und krabbelte voraus. Ainsley knipste ihre Stirnlampe an und folgte ihm, hinein in das Höhlensystem, an dem einst ihr Opa Fred mitgebaut hatte.
Ein Donnern ließ Ainsley zusammenzucken. So stark, dass ihre Stirnlampe wackelte und der Lichtkegel sich hektisch bewegte. Basil drehte sich zu ihr herum und sein Lichtkegel streifte ihr Gesicht. Er nuschelte, aber sie konnte ihn verstehen.
„Eine Gewitterfront nähert sich. Nichts Schlimmes, Ains. Nur hier drinnen klingt es bedrohlicher, als es in Wirklichkeit ist.“
Hope maunzte im Rucksack und Ainsley war irgendwie auch zum Maunzen zumute.

Kapitel 110

Ainsleys Knie schmerzten von dem harten Felsenuntergrund, auf dem sie entlang krabbelten. Sie wollte endlich ankommen. Warum war der Weg in die Südhöhle 7 nur so irre lang? Gab es nicht eine unbekannte Abkürzung?
Als sie diesen Gedanken hatte, murmelte Basil sehr leise.
„Wir sind da."
So sehr hatte sie sich schon lange nicht mehr gefreut, denn diese engen Höhlenverbindungen, die im Felsen eingehauen waren, hatten so ein beengendes Gefühl auf sie ausgelöst. Ein wenig meinte sie, der Berg hatte sie verschluckt. Umso fröhlicher war sie, als ihr Stirnlampenstrahl in die Südhöhle 7 leuchtete. Basil schaltete seine Taschenlampe aus und gab Ainsley ein Zeichen, sie sollte auch die Lampe ausschalten. Er tastete rechts an der Felswand nach einem Knopf und Ainsley traute ihren Augen nicht. Sie konnte ihn sehen, obwohl kein Licht eingeschaltet war.
Ihr linkes Ohrläppchen kribbelte. Ein Gedankentelefonat.
Hi, Ains, ich habe die Infrarot-Beleuchtung eingeschaltet.
Ainsleys Magen kribbelte jetzt auch. Er war stupid_0123. Jetzt hatte er sich endlich zu erkennen gegeben. Sie lächelte ihn an und er lächelte zurück. Sie liebte sein Lächeln. Ihr Herz schmolz wie Eis in der Sonne.

Kapitel 111

Ein erneutes Donnern rumpelte geräuschvoll draußen und der Schall fand seinen Weg über die Höhlenöffnung zu ihnen. Ainsley sah ein paar Sekunden später einen hellen Blitz in der tiefschwarzen Wand, die sich draußen befand. Hope miaute ängstlich, aber Ainsley hatte Bedenken, Hope herauszuholen, da sie vielleicht weglaufen könnte, wenn ihr die Blitze zu unheimlich vorkamen. Aus der Vergangenheit wusste Ainsley, dass Hope Gewitter nicht mochte. Meist verkroch sie sich unter ihrem Bett.

Ainsleys linkes Ohrläppchen juckte wieder und Basil grinste sie an.

Lass Hope lieber im Rucksack.

Ainsley nickte.

Dachte ich auch gerade.

Ein Piepen des Ringes erweckte Basils Aufmerksamkeit. Sein Blick wurde ernst.

Mom13 ist an der Westhöhle 5. Die Daten scheint sie von dieser roten Drohne zu haben.

Es blitzte erneut und ein berstendes Krachen war in der Nähe zu hören.

Ains, da hat irgendwo ein Blitz eingeschlagen.

Ainsleys hatte plötzlich wieder eine intensive Erinnerung an Opa Fred. Eines Abends hatte er mit einem unheimlichen Grinsen vor dem Fenster gesessen und sich die Blitze angesehen, die nacheinander den tiefblauen Abendhimmel erhellt hatten. Ainsley war aus ihrem Zimmer gestürmt, weil sie Angst hatte. Sie war auf ihn zugelaufen und er hatte

sie in seine Arme geschlossen. Er hatte ihr zugeflüstert. „Ains, eines Tages wird Quantenenergie Unglaubliches können."
Ainsley überlegte sich, ob sie Basil fragen sollte. Was, wenn er sie für irre dann hielt?
Basil, hast du eine Ahnung, ob Blitze Quantenenergie freisetzen können?
Eine schwere Stille erfüllte die Frequenz, auf der sie beide funkten. Basils Gedanke kam stockend.
Ains, du bist eindeutig die Enkelin von Fred Samuel Amber.

Kapitel 112

Basil starrte konzentriert auf das Display des Ringes. Ainsleys linkes Ohrläppchen kitzelte wieder.

Ains, Mom13 läuft momentan mit Notstromaggregat.

Ainsley wusste nicht, ob das eine gute oder eine schlechte Nachricht war.

Was heißt das, Basil?

Sie braucht in gut zwei Stunden eine gehörige Portion Energie.

Draußen prasselte der Regen auf den nackten Felsen. Das Geräusch beunruhigte Ainsley.

Wir müssen also zwei Stunden durchhalten, Basil?

Basil blickte sie sorgenvoll an.

Wenn nicht irgendeine Auflade-Einheit zu ihr vordringt, ja.

Ainsley schaute nachdenklich durch den Höhleneingang in die dunkle Nacht, die von Wasser und Blitzen gepeitscht wurde.

Basil, sag mal, was macht eigentlich die KU-Box bei Mom13?

Ainsley dachte schon, sie würde gar keine Antwort mehr erhalten, als er einen Gedanken zurückschickte.

Sie ist für die Selbsterkennung notwendig.

Ich dachte für Storytelling.

Basil kicherte.

Wer hat dir denn den Bären aufgebunden?

Robert Rodney.

Ains, du meinst Robert Rodney, den Erfinder der KU-Box? Der hätte es besser wissen müssen.

Ainsley sah ihn fragend an.
Ains, diese KU-Box erzeugt eine Einheit, die der Android mit KI haben soll, wenn er auf andere Menschen oder Androiden mit KI stößt.
Ainsley hatte noch ein viel größeres Fragezeichen im Gesicht.
Okay, Ains, ganz simpel erklärt, die KU-Box hat so feine Sensoren, dass sie das soziale Verhalten regelt.
Das heißt, sie steuert ethisch korrektes Verhalten?
Ja, nicht nur. Sie ist die Persönlichkeit des Androiden mit KI.
Mom13 hat eine Persönlichkeit?
Ja, Ains, allerdings eine programmierte, die flexibel auf Situationen reagieren soll. Warum willst du das wissen?
Nur so, Basil. Ich habe das Gefühl, dass es wichtig ist.
Ein Piepen des Ringes unterbrach die Gedanken der beiden. Basils Gesicht war schreckensbleich.
Ains, Mom13 steht vor unserer Höhle.
Ainsley sah im Gegenschein der Blitze, die im Hintergrund immer wieder aufhellten, das vertraute Gesicht, das ihr vorgaukelte, eine Mutter zu haben.
Im gleichen Moment beobachtete sie, wie ein greller Blitz exakt in den Androidenkörper und die neben ihm schwebende, rote Drohne einfuhr. Ein bitzelndes Geräusch erfüllte den Innenraum der Höhle und ein leuchtender Rand umgab Mom13 und die Drohne. Die Drohne fiel wie ein abgeschossener Vogel auf den Felsenboden und erzeugte einen Lärm, der in ihren Ohren dröhnte.
Mom13 zuckte von Stromstößen durchzogen und hatte die

Augenlider geschlossen. Plötzlich blieb sie ganz stillstehen und als sie ihre Augenlider wieder aufschlug, gruselte es Ainsley vor diesem Blick. Sie schrie in die Höhle hinein.
„Ainsley, Tochter der toten Selma, du entkommst mir nicht."
Hope maunzte so laut, dass die Felsenwand es mehrfach verstärkte. Ainsley merkte nicht, dass Hope den Verschluss des Rucksackes mit ihren Krallen bearbeitete.

Kapitel 113

Basil schickte spontan einen neuen Gedanken zu Ainsley.
Nordhöhle 4.
So schnell hatte Ainsley Basil noch nie auf den Knien krabbeln gesehen. Er raste förmlich in den rechten Gang, um dann wieder in einen linken abzubiegen und beschleunigt in den rechten Gang hineinzukrabbeln. Er bewegte sich torpedoähnlich und rief ihr per Gedankentelefonat neue Anweisungen zu.
Ains, bist du noch hinter mir? Es geht noch einmal rechts.
Als ihre beiden Lichtkegel in der Nordhöhle 4 den felsigen Innenraum ausleuchteten und einen Ausschnitt des Höhleneingangs erwischten, erschraken sie sich zu Tode.
Mom13 grinste diabolisch in die Höhle hinein.
„Na, ihr beiden, ich habe den Plan für das Höhlensystem. Ihr entkommt mir nicht."
Eine Hand griff bereits auf die Höhlenwand neben dem Eingang, als Ainsley Basil einen Gedanken sandte.
Wir müssen sie ablenken, Basil. Ich brauche Zeit, aber ich habe eine Idee.
Basil hob seine Stimme an.
„Hi, Mom13, wer ist dein Erfinder?"
Mom13s Blick ging ins Leere.
„Fred Samuel Amber. Wieso?"
Basil hüstelte leicht.
„Wir möchten uns bei ihm melden. Geht das?"
Sie legte die andere Hand auf die Höhlenöffnung.
„Ich bin nicht blöd, Basil. Oder soll ich lieber stupid_0123

sagen?"
Ainsley sah den Angstschweiß in Basils Gesicht. Sie griff nach seiner Hand und drückte sie fest. Er sah leicht verunsichert zu ihr und sprach dann wieder mit Mom13.
„Okay, jeder weiß, dass Fred Samuel Amber im Ballungsgebiet CLAY ist."
Mom13s Augen flackerten so wild, dass es Ainsley schwer beunruhigte.
„Ihr wisst es?"
Ainsley jubelte innerlich. Basil war echt raffiniert. Aber wie sollten sie jetzt diesen KI-Androiden entsorgen?
Als die Augenlider von Mom13 wieder aufhörten, hektische Bewegungen zu machen, spukte sie den gruseligsten Satz aller Zeiten aus.
„Ich werde euch kriegen. Tot oder lebendig."
Ainsley hörte ein lautes Donnern, von dem die Luft leicht vibrierte. Ein kalter Windhauch wehte einzelne Regentropfen durch die Höhlenöffnung.
Ainsleys linkes Ohrläppchen juckte.
Ains, lass dir was einfallen, schnell.
Ainsley wählte die Frequenz von Sage. Sie ging sofort dran.
Ainsley, gut, dass du dich meldest. In den Nachrichten werden üble Dinge über dich behauptet. Bist du wirklich abgehauen und bei den Rebellen?
Sage, beruhige dich, kannst du mir einen Gefallen tun?
Aber Ains, ist es schlimm?
Mom13 will uns wahrscheinlich Hopps nehmen.
Oh, mein Gott. Sag schnell. Ich erledige es.

Sage, du erinnerst dich an diese Box, die Robert Rodney per Quantensprung rückwärts durch die Zeit reisen ließ?
Ja, klar.
Geh bitte in mein Zimmer und öffne die linke obere Schublade meines Schreibtisches. Du nimmst diese schwarze Box heraus und schickst sie auch rückwärts durch die Zeit.
Mein Gott, Ains, wie denn?
Mit der gleichen Handbewegung wie Mister Rodney.
Ich beeile mich, Ains.
Basil blickte vorwurfsvoll zu Ainsley.
Du hattest ein Gedankentelefonat mit Sage, oder?
Vertrau mir, Basil.
Mom13 versuchte, den rechten Fuß in die Höhle zu setzen, aber ihre Elektronik hatte Probleme, diesen Befehl auszuführen.
Ainsley spürte einen leichten Druck an ihrem Rucksack. Als sie zur Seite sah, schaute sie zu einem knienden Basil, der an ihrem Rucksack herumfingerte.
Ruhig, Ains, ich habe einen Plan.
Mom13 versuchte es nun mit dem linken Fuß, der in der Luft schwebte. Doch aus dem Hintergrund raste Hope direkt vor die Füße von Mom13 und fauchte sie an. Mom13 nahm tatsächlich den linken Fuß zurück.
Ainsley bibberte vor Aufregung, als auf einmal die schwarze Box in ihrer Hand lag. Auf Sage war Verlass. Sie hatte sie wirklich rückwärts durch die Zeit schicken können.
Eine stärkere Gewitterfront näherte sich nun der Höhle und Ainsley wartete ab, bis der nächste Blitz grell aufleuchtete.

Sie zeigte mit der schwarzen Box auf Mom13 und die gesamte Quantenenergie des Blitzes durchfuhr Mom13 so heftig, dass sie vor Ainsleys Augen zu einem Häufchen geschmolzenes Plastik und Metall transformierte. Ainsley brauchte einen Moment, um zu kapieren, was geschehen war.

Hope miaute zufrieden und kam zu Ainsley und Basil zurückgelaufen. Basil streichelte Hope.

„Brave, Hope. Das hast du toll gemacht."

Ainsley nahm Hope auf ihren Schoß und streichelte sie auch. Sie schnurrte so laut, dass die ganze Höhle von diesem wohltuenden Klang erfüllt war. Basil strahlte Ainsley an und beugte sich zu ihr. Sein Kuss war aufregend anders. Es war der Kuss eines Helden.

Kapitel 114

Da Ainsley nun dank Basils geschickter Fragetechnik bei Mom13 wusste, dass ihr Opa Fred noch lebte, und zwar im Ballungsgebiet CLAY, machten sich die beiden am nächsten Morgen auf den Weg.

Sie liefen die felsigen Wege nach unten, während Hope belustigt aus der Rucksack-Öffnung miaute. Basil streckte seine Hand aus und kraulte Hopes Kopf.

Ainsley griff nach Basils Hand und so wanderten sie talwärts Hand in Hand, bis die Weggabelung zum Berg DESTINY vor ihnen lag.

Ainsley blinzelte leicht, da die morgendlichen Sonnenstrahlen sie blendeten. Das Bergpanorama war atemberaubend schön und an ihrer Seite lief ein junger Mann, der ihr Freund war. Ihr Herz hüpfte vor Freude bei jedem Schritt, da Basil sie mit leuchtenden Augen anschaute.

Er zeigte mit dem Kopf auf das Schild „Berg DESTINY“.

„Da sollten wir hingehen, Ains. Nur wir beide.“

Er zog sie zu sich heran und hielt sie in seinen Armen. Sie spürte seine Kraft und seinen Willen, für die Zukunft was zu ändern.

„Basil, ich will KI mit Herz entwickeln. Was hältst du davon?“

Seine Lippen umschlossen ihre Lippen sehr sanft und sein leidenschaftlicher Kuss durchfuhr ihren Körper wie eine Energie, die sie noch nicht kannte. Er hauchte ihr zu.

„Ains, alles, was du machst, wird erfolgreich sein.“

Sie strich ihm mit der linken Hand durch seinen

strubbeligen Haarschopf.
„Ohne dich hätte es nie geschafft, Basil.“
Er lachte und sie sah ihn verklärt an.
„Eine Frage habe ich noch. Wer hat eigentlich Hope und Tailwind zum Ballungsgebiet VANITY gebracht?“
Er kicherte in seiner typisch jungenhaften Art.
„Robert Rodney, wer sonst? Aber das ist eine andere Geschichte, Ains. Ich erzähle sie dir später mal.“

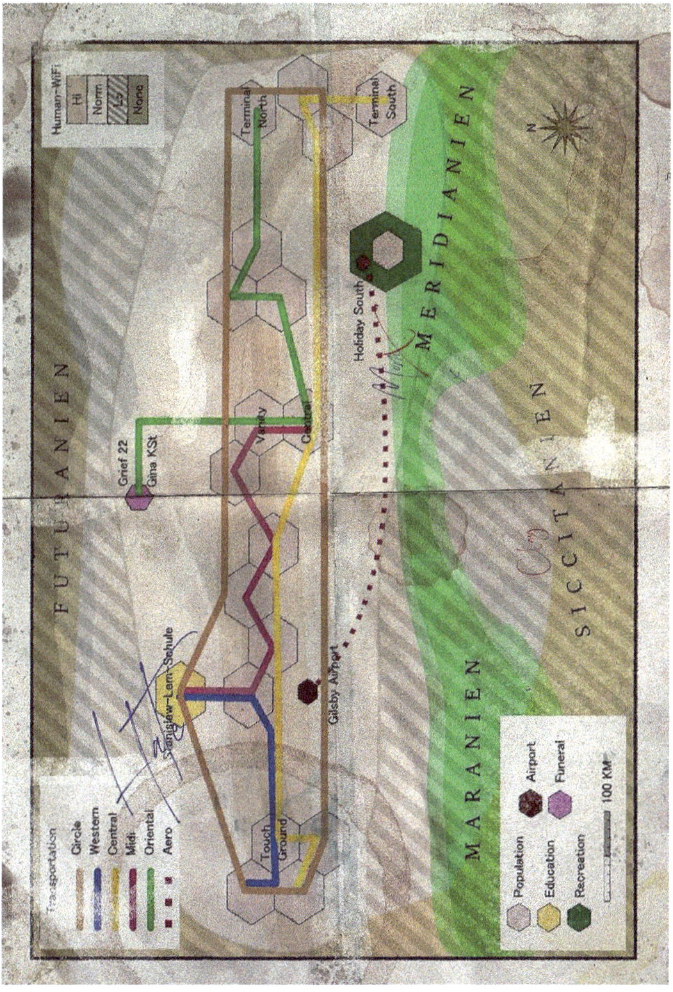
Transportation
Circle
Western
Central
Midi
Oriental
Aero
Human-WiFi
Hi
Norm
Lo
None
FUTURANIEN
Grief 22
Gina KSt
Stanislaw-Lem-Schule
Touch Ground
Vanity
Central
Terminal North
Terminal South
Holiday South
Gilsby Airport
MERIDIANIEN
SICCITANIEN
MARANIEN
N
Population
Education
Recreation
Airport
Funeral
100 KM

ISBN 978-3-7575-4210-8
9 783757 542108 00001
www.epubli.de